AF617704

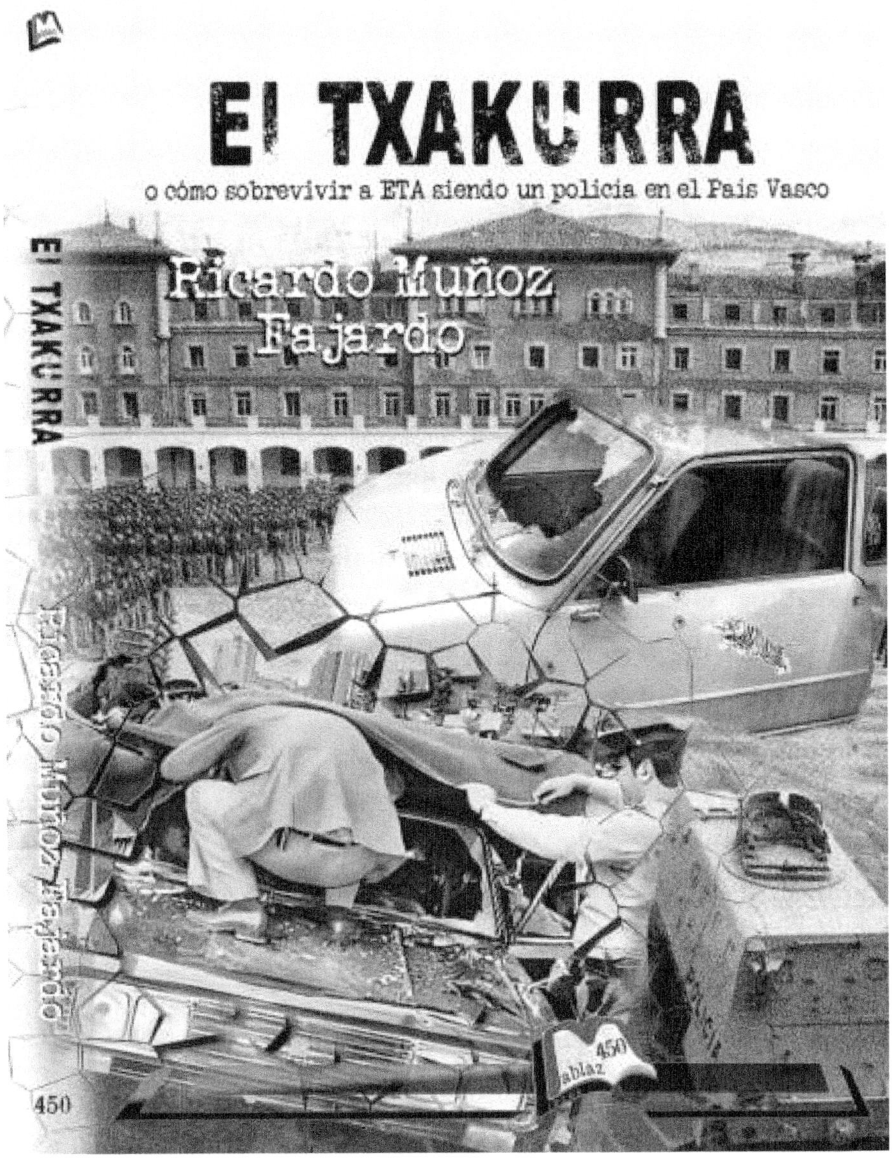

El TXAKURRA

o cómo sobrevivir a ETA siendo un policia en el Pais Vasco

Ricardo Muñoz Fajardo

El TXAKURRA

Ricardo Muñoz Fajardo

450

ablaz 450

El txakurra o cómo sobrevivir a ETA siendo un policía en el País Vasco
Primera Edición, marzo 2026

www.librosmablaz.com

blogs:
Editorial Libros Mablaz
https://www.facebook.com/groups/530547690292189/
Librería en Todocolección:
https://www.todocoleccion.net/s/catalogo?identificadorvendedor=LibrosMablaz

Diseño de cubiertas: Mari Carmen López

ISBN: 979-13-991637-6-6
Depósito Legal: M-5099-2026

LIBROS MABLAZ - 444

El txakurra

o cómo sobrevivir a ETA siendo un policía en el País Vasco

Ricardo Muñoz Fajardo

A las víctimas de verdad

A las asociaciones de víctimas,
sin su información e imágenes
no hubiese sido posible este libro

Introducción

No hay un número unánime de los asesinatos cometidos por ETA. Las diferencias en el conteo de víctimas entre instituciones como la AVT (Asociación Víctimas del Terrorismo), la FVT (Fundación Víctimas del Terrorismo) y el Ministerio del Interior se deben principalmente a los criterios de inclusión de cada entidad.

A continuación, los motivos clave por los que las listas pueden no coincidir:

Atentados no reivindicados: Algunas asociaciones (como la AVT) incluyen casos en los que, aunque ETA no reivindicó el crimen, existen indicios policiales o de contexto que apuntan a su autoría. Otras fuentes solo cuentan crímenes reivindicados o con sentencia judicial firme.

Sentencias judiciales: El Ministerio del Interior y fundaciones vinculadas al Estado suelen ceñirse a las víctimas reconocidas por sentencia o por la Ley de Reconocimiento y Protección Integral a las Víctimas del Terrorismo. Si un caso sigue sin resolverse o no tiene autoría probada, puede no aparecer en sus listas oficiales.

Secuelas posteriores: Algunas listas incluyen a personas que fallecieron años después debido a las heridas de un atentado, mientras que otras cronologías solo registran las muertes inmediatas en el lugar del ataque.

Grupos afines o escisiones: Existen discrepancias sobre si contabilizar como de ETA los asesinatos cometidos por grupos satélites (como los Comandos Autónomos Anticapitalistas o escisiones de los años 70).

Fallecidos por una circunstancia o manipulación que no tienen que ver con un atentado en sí: Hay casos de víctimas colaterales o civiles muertos durante la manipulación de explosivos por parte de terroristas que no todas las bases de datos clasifican bajo el mismo epígrafe.

Por estas razones, la cifra total suele oscilar entre los 829 (datos oficiales históricos del Gobierno) y los más de 850 que defienden asociaciones como el Colectivo de Víctimas del Terrorismo (COVITE) o la AVT.

Por este motivo, a veces puede haber alguna discordancia entre los homicidios citados en este libro según las referenciadas fuentes, dato que iremos recordando varias veces a lo largo de la novela.

I.

Antecedentes

Asesinados por ETA hasta 1980

Fuente 1	Fuente 2
1968: 2	**1968:** 2
1969: 1	**1969:** 1
1972: 1	**1972:** 1
1973: 6	**1973:** 6
1974: 19	**1974:** 19
1975: 16	**1975:** 15
1976: 18	**1976:** 17
1977: 11	**1977:** 11
1978: 67	**1978:** 66
1979: 80	**1979:** 80
1980: 97	**1980:** 98

1. La comisaría de Basauri

El día en que yo, el inspector de policía Manuel Moreno, que fue el dos de enero del año 1979, pisé suelo vasco, como no sabía hasta dónde llegaban los ojos y oídos de ETA y si me tenían fichado ya incluso antes de llegar allí, encendí todas las alarmas que mi cerebro pudo conjugar en ese momento, para ver si había algún tipo con aspecto sospechoso en el andén dispuesto a recibirme a tiros.

Digo andén porque el viaje desde Madrid hasta Bilbao lo hice en tren, porque según me dijeron antes de partir, durante los preparativos de mi traslado, era mucho más cómodo desplazarse a Basauri desde la estación que desde el aeropuerto, así que me avine a lo que me recomendaron, además que tampoco tenía muy claro si el Cuerpo me iba a sufragar que fuera en avión.

Un Cuerpo que había dejado de llamarse Policía Armada para ser renombrado como Policía Nacional. Los descontentos conmigo como policía y mis compañeros ya no podían decirnos gristapo, aunque había muchos de los nuestros que aún vestían de gris porque la intendencia que nos proveía no había suministrado aún el nuevo uniforme, de color marrón[1], a todos.

Vino a recogerme un subinspector con aspecto de quinqui, llamado Borja Bodas Nieto. Tan solo él, cosa que me pareció extraña, porque yo, en el fono y a pesar de lo que he dicho unas líneas más arriba, quería creer que los etarras aún no me tenían fichado, pero a él sí deberían tenerlo en su lista espantosa, como a todos los policías y picoletos destinados en el País Vasco, los *txakurras*, y me sorprendió que Bodas no condujera un vehículo por las calles del lugar sin escoltas de compañeros.

—¿Para qué? —respondió él cuando le hice la pregunta sobre la cuestión—, si nos van a matar igual si ponen una bomba en el camino o nos ametrallan a traición seamos uno o cuarenta.

Después de contestarme, Bodas dijo que me callara, que ahora le tocaba hablar a él durante un buen rato.

—Vamos a ver, desdichado inspector —evidentemente se refería con el adjetivo al hecho que hubiera sido destinado a Euskadi—, a partir de ahora, ¡ya!, debes tener la pipa cargada y sin seguro, por si acaso nos tenemos que liar

[1] Una forma habitual de referirse a la policía, aún hoy en día, es nombrarlos como maderos cuando se quiere utilizar un tono semidespectivo. El apodo viene de esta época, cuando la policía nacional empezó a vestir de marrón.

a tiros contra algunos de esos hijoputas que vengan contra nosotros, y cuando no esté yo contigo, deberás hacer siempre esto que te digo, incluido lo que viene a continuación. Tienes que estar al loro siempre. Tu cabeza debe de situarte enseguida de que estás viviendo en un lugar donde el enemigo nunca da la cara, sino que actúa a traición. Mentalízate que es así no solo mientras estés en la calle, incluso en tu casa o en las instalaciones de la comisaría, que también hace la baza de ser cuartel, porque cualquier momento es bueno para un terrorista para atacarte y que siempre actuarán contra ti jugando el factor sorpresa, tú no esperas que vengan a matarte y ellos lo tienen planeado de antemano. —El coche, que no era oficial sino particular, fue arrancado por el subinspector cuando casi no había cerrado la puerta del lugar que ocupé yo en el vehículo, porque estar mucho tiempo parado significaba ser un blanco fácil para los etarras—. ¿Entendido?

—Por supuesto que sí. De hecho, ya desde que bajé del tren he estado atento por si…

—Ya hablaremos de amor en otro momento —me interrumpió Bodas—. Ahora, mientras estamos circulando, tú con la pipa sobre las piernas, pero sin apuntarme a mí, sino a la puerta, no vaya a ser que se te escape un tiro y me jodas bien a mí, y atento a que no veas nada raro.

Yo había llegado a Bilbao hacía apenas unos minutos, nunca antes había estado allí. Pensé «¿cómo voy a saber yo lo que no es normal si no conozco las costumbres de la región?» Debí decirlo en voz alta, pero no lo hice, no fuera a aparecer un cabrón al lado del coche con una pistola o una ametralladora o, puestos en los peor, con un bazuca dispuesto a abrir fuego con nosotros.

El trayecto hasta Basauri transcurrió sin ataques terroristas al vehículo que ocupaba. Además de estar al loro de todo lo que sucedía alrededor de nosotros, pude ver las pintadas en favor de ETA o, en su caso, por el derecho a la autodeterminación o en contra de los *txakurras*, yo ahora uno de ellos.

El ambiente que me rodeaba, por tanto, lo percibí hostil desde el primer momento, algo que no me pillaba de sorpresa, porque era lo que me esperaba.

Antes de llegar a la comisaría, el subinspector me pidió que me bajara del coche unos cien metros antes de llegar a ella y me dijo que hiciera el resto del trayecto andando.

—¿No crees que será un blanco fácil si voy a pie

desde aquí a la comisaría? —protesté yo—. ¿Tantas precauciones para que me dejes al albur de un tirador que esté encaramando en uno de esos pisos altos o en esas colinas por donde va la carretera?

—¡Moreno, por Dios! —gruñó él al darme la respuesta—. ¡Este coche no está fichado por los terroristas y lo estará si te dejo a la puerta de la comisaría! ¡No me hagas hacer que todos los días antes de cogerlo tenga que mirar sus bajos para comprobar que no tenga una bomba pegada a él!

—¿Acaso tú, que lo primero que me has enseñado nada más verme es que mi vida se atenga a tener cuidado y más cuidado para que no me mate uno de esos locos de la ETA, no toma esa precaución que me has dicho siempre?

Bodas se quedó pensando en lo que le había dicho. Se quedó mirándome un breve instante y luego, sin decir palabra ni hacer el más mínimo gesto, quitó el freno de mano y se dirigió a la comisaría, en cuya puerta me dejó antes de marchar de nuevo a perderse por algunas de las calles de Basauri.

Observé en rededor. La instalación constaba de dos partes, la comisaría en sí y el cuartel de la policía nacional, donde luego supe que trasnochaban una buena parte de los agentes destinados allí.

El policía que custodiaba la puerta, aún vestido de gris y con un ajado chaleco antibalas, al verme me apuntó con su zeta, la metralleta que portaban mis compañeros uniformados y me pidió que me identificara.

Vi que tenía el dedo índice de su mano derecha en el gatillo de su arma, por lo que fui lo más presto que pude en enseñarle mi credencial como inspector de policía.

—¡Ah, tú eres el nuevo! —dijo y no dejé de sorprenderme por el tuteo, parecía que todo el mundo allí utilizaba esa fórmula en vez del usted.

A mí no me importaba, pero aquella simplicidad en el tratamiento me alertó aún más de dónde me había metido el cabrón de Roberto Conesa, porque a mí me vino a la cabeza que aquella era una forma de compañerismo entre todos los policías destinados en Basauri ante la inminencia de que pudieran ser asesinados.

El guardia de la puerta dio una voz hacia el interior e inmediatamente, sin apenas mostrarse, percibí señales de que estaba allí otro uniformado de gris. El primero le dijo al segundo quién era yo y este se aprestó a acompañarme, tuteándome también, hacia un despacho pequeño.

El interior de la comisaría me pareció que desprendía un ambiente muy tenso, que yo quise ver que no era debido únicamente a la proximidad de la muerte que sentían todos los policías presentes allí. Era como si un descontento generalizado se notara por todas partes.

En el despacho me esperaba el que presentó como Carlos Santos-Anechina Checa, jefe superior de Policía de Bilbao, al que no conocía de antes y del que luego supe que se había adquirido una justa fama de torturador durante al menos el franquismo y que, tal vez por eso, fue cesado de ese puesto menos de un año después de su nombramiento.

—Yo esperaba que me recibiera el comisario en jefe de Basauri, no usted —expresé al mando.

—Lamentablemente, eso no ha sido posible.

—¿No se encuentra en estos momentos?

—No. Está muerto. Y no solo él. El pasado cuatro de diciembre, cuando José María Sarrais Llasera[2], el comisario, Gabriel Alonso Perejil, subcomisario, ambos responsables de las comisarías de Rentería y esta misma,

[2] Las noticias sobre quién era el comisario de Basauri están envueltas en un velo de misterio por ser los años anteriores a 1979, este mismo, y los posteriores, una época de anonimato porque los policías eran uno de los blancos predilectos de ETA. De José María Sarrais Llasera he leído que era el comisario de Rentería y Basauri, de Rentería tan solo e incluso de San Sebastián. Si hemos citado su nombre y las otras dos personas asesinadas junto a él, es por rendirles un homenaje.

Basauri, junto a un tercer amigo, Ángel Cruz Salcines, policía municipal de Pasajes, fueron atacados por un trío de terroristas armados con pistolas, que entraron en un bar de San Sebastián donde los tres estaban tomando unas tapas. Uno de los etarras se quedó en la puerta amenazando al personal y a la clientela, a los que pidió que se tiraran al suelo, mientras que los otros dos hijos de puta fueron a donde estaban los tres policías y los acribillaron a bocajarro.

—Me ha parecido notar muy mal ambiente en la comisaria. ¿Es por estos asesinatos o simplemente por la situación tensa que produce el miedo a morir, que ya he sentido yo incluso antes de venir aquí?

—Los muertos no dejan de sucederse, por lo que sí, todos tenemos miedo a que el siguiente funeral sea el tuyo. Pero hay algo más, algo que ocurrió hace poco más de un mes y que tiene los ánimos de la comisaría enaltecidos.

—¿Me puede contar de qué se trata?

—Por supuesto, ahora mismo empiezo. Así que, inspector Moreno, acomódese en su silla y agárrese bien a ella, por lo que voy a contar parece más de una película de terror o de una surrealista, tan de moda ahora.

Aunque no se aprecia bien porque la foto es en blanco y negro, el uniforme del policía de la izquierda es gris y el de la derecha, marrón

Patio del cuartel de Basauri

12960 *ORDEN de 21 de mayo de 1979 por la que se nombra Jefe Superior de Policía de Bilbao a don Santos Anechina Checa.*

Excmo. Sr.: Haciendo uso de las facultades conferidas en el artículo 61 del vigente Reglamento Orgánico de la Policía Gubernativa, de 17 de julio de 1975, y de conformidad con lo dispuesto en el apartado 5.1 del Real Decreto 1375/1978, de 16 de junio,

Este Ministerio ha tenido a bien nombrar para el cargo de Jefe Superior de Policía de Bilbao a don Santos Anechina Checa.

Lo que comunico a V. E. para su conocimiento y efectos.

Dios guarde a V. E.

Madrid, 21 de mayo de 1979.

IBAÑEZ FREIRE

Excmo. Sr. Director de la Seguridad del Estado.

MINISTERIO DEL INTERIOR

5862 *ORDEN de 14 de marzo de 1980 por la que se dispone el cese en el cargo de Jefe Superior de Policía de Bilbao de don Carlos Santos Anechina Checa.*

Excmo. Sr.: Haciendo uso de las facultades conferidas en el artículo 61 del vigente Reglamento Orgánico de la Policía Gubernativa de 17 de julio de 1975,

Este Ministerio ha tenido a bien disponer el cese en el cargo de Jefe Superior de Policía de Bilbao de don Carlos Santos Anechina Checa, agradeciéndole los servicios prestados.

Lo que comunico a V. E. para conocimiento y efectos.

Dios guarde a V. E.

Madrid, 14 de marzo de 1980.

IBAÑEZ FREIRE

Excmo. Sr. Director de la Seguridad del Estado.

2 policías asesinados

unidad

opticafoto

MAÑANA, REFERENDUM

LOS COLEGIOS ELECTORALES ESTARAN ABIERTOS DESDE LAS NUEVE DE LA MAÑANA HASTA LAS OCHO DE LA TARDE

Elección de material para la final de mano por parejas

Mauritania rompe con el Polisario

VALENCIA: cajero muerto en atraco

Asalto a la Embajada búlgara en El Cairo

FUE OCUPADA POR LA POLICIA EGIPCIA

2. Antecedente 1º: El partido de fútbol

—El pasado veinte de noviembre, además del tercer aniversario de la muerte del caudillo —empezó a contar el jefe; no me gustó el término con el que se refirió a Franco—, era un día de asueto en la comisaría de Basauri. Treinta y trés de los policías destinados aquí estaban jugando al fútbol en la pista deportiva que hay en el recinto.

Sobre las once de la mañana del dicho día, unos terroristas de ETA, apostados allí arriba —señaló hacia un punto indeterminado del techo, como si estuviera al aire libre, para indicar a qué lugar se refería que yo, recién llegado no tenía ni puta idea de dónde era—, por donde pasa la autopista Bilbao-Behovia, ametrallaron sin piedad a los compañeros que hacían deporte.

De resultas de tan cruel ataque, que recordaba a las ráfagas con la misma arma que los gánsteres americanos ejecutan contra sus enemigos, tal como nos enseñan en las películas de Hollywood, mató prácticamente en el acto al cabo José Benito Sánchez Sánchez y al guardia primero Benjamín Sancho Lejido. También hirieron a uno de esos vascos que dicen que quieren liberar de no sé qué opresión a su tierra que estaba esperando en una parada de autobús e hicieron a otros dieciséis de los nuestros más.

El cuartel —siempre prefirió referirse así a la sede que teníamos en Basauri, nunca se refirió a ella como comisaría—, desde la autopista estaba en bragas con respecto a poder defenderse de cualquier ataque desde el punto elegido por los terroristas y muchos de los policías que sirven aquí ya habían dejado constancia de ello.

—¿Qué tiene ese sitio de especial? —yo ya suponía a lo que se iba a referir, puesto que cuando Bodas me dejó en la puerta de la comisaría ya pude ver que había sitios altos cerca de ella que podía ser un buen lugar para apostarse para atacarla.

—Los terroristas, que por lo que se pudo ver era un grupo numeroso, diez hijoputas al menos, se plantaron en el arcén de la autopista y desde allí tenían un blanco fácil. Vinieron en tres coches, un Seat 127, un Seat 132 y un Renault 5. Desde donde nos ametrallaron, la distancia al campo de fútbol no debe ser mayor a cincuenta metros.

—¿Todos los etarras consiguieron escapar?

—Todos, no sé si dimos a alguno, porque los policías que estaban de guardia repelieron el ataque de los terroristas, aunque yo creo que no, porque no se encontraron restos de sangre en el lugar desde que dispararon.

—O sea, que salieron todos por patas.

—Eso es. Pero los pillaremos. Esos cabrones no se van a ir de rositas.

—Ya entiendo entonces por qué hay tan mal ambiente en la comisaría. Más aún si se había avisado ya de su vulnerabilidad si se producía un ataque desde los puntos altos que la rodean.

—Es por eso y por más cosas, Moreno —puntualizó mi superior.

—¿Qué puede haber más grave que esto?

—Acabas de llegar, si quieres te sigo contando lo que se cuece aquí, hasta que se agote el tiempo que debería emplear para darte la bienvenida, así te integrarás cuanto antes en el infierno que te espera.

—Soy todo oídos.

E.I.A.

EUSKADI TA ASKATASUNA
E.T.A.
EUSKADIK ZUTIK DIRAU

EL CORREO ESPAÑOL
EL PUEBLO VASCO

BILBAO.-Martes, 21 de noviembre de 1978. Nº 22.199. 15 ptas.

EDICIÓN VIZCAYA

Aniversario de la muerte de Franco: Se llenó la plaza de Oriente

Ordenó 400 suicidios

Jim Jones, el líder de la secta «Templo del Pueblo» (que aparece en la foto de AP-Europa), hizo contraer a sus seguidores el compromiso de suicidarse mediante el «rito del veneno». Incluso, varios de los miembros de la secta, influidos por el fanatismo de su jefe, asesinaron a los compañeros que se negaban a ingerir el brebaje. El balance del rito mortal celebrado en Guayana se cifra en cuatrocientas víctimas, además del congresista norteamericano y cuatro de sus acompañantes, asesinados por la secta horas antes.

• ÚLTIMA PÁGINA

CARIDAD PLAZA

Los ametrallaron mientras jugaban al fútbol

BASAURI: DOS POLICIAS ASESINADOS Y NUEVE HERIDOS

Dos cabos de la Policía Armada han resultado muertos y otros nueve funcionarios heridos (tres de ellos de gravedad), en un atentado llevado a cabo a media mañana de ayer, por un grupo de jóvenes armados que dispararon contra más de una veintena de policías que se encontraban jugando al fútbol en las instalaciones deportivas que la Policía Armada dispone en el Cuartel de Basauri, localidad distante unos cuatro kilómetros de Bilbao.

• Páginas 10 y 11

En la fotografía de Miguel Angel el lugar de los hechos. A la derecha, desde donde dispararon los jóvenes. A la izquierda, el campo de fútbol y el acuartelamiento.

LOS REYES, CON LA VIUDA DE AZAÑA

BASURTO: LOS ENFERMOS DE LA S. S. COMENZARON A RECIBIR ASISTENCIA SANITARIA

• Página 3

Continúan las investigaciones sobre el complot militar frustrado

• Página 20

En un atentado contra el cuartel de la Policía Armada

BASAURI: DOS CABOS ASESINADOS Y NUEVE FUNCIONARIOS HERIDOS

★ Se recogieron más de un centenar de casquillos

★ Participaron diez jóvenes armados

★ Las víctimas estaban realizando prácticas deportivas

En la fotografía se puede ver el campo de deportes donde estaban practicando los policías armados. Al fondo, los cuarteles. (Foto MIGUEL ANGEL)

Dos cabos de la Policía Armada han resultado muertos y otros nueve funcionarios heridos (tres de ellos de gravedad) en un atentado llevado a cabo a media mañana de ayer por un grupo de jóvenes armados (se calcula que serían diez) que dispararon contra más de una veintena de funcionarios que se encontraban en prácticas deportivas en las instalaciones que cuenta el cuartel de la Policía Armada, en Basauri, localidad sita a unos cuatro kilómetros de Bilbao.

SE ENCONTRABAN JUGANDO AL FUTBOL

Según se ha podido saber, los hechos se registraron hacia las once y diez de la mañana. En esos momentos, más de una veintena de funcionarios de la Policía Armada (entre los que había un capitán), se encontraban jugando un partido de fútbol en el campo que el cuartel dispone en la zona oeste, sito a unos cincuenta metros de la salida que la autopista Bilbao - San Sebastián dispone en Basauri y que coincide, asimismo, con el ramal existente en esta localidad para enlazar con la «Solución Sur», dirección Bilbao y la carretera de Burgos. En esos momentos, tres vehículos paraban en la mencionada variante y desde la cual se dominan las citadas instalaciones deportivas. Del interior de estos turismos salieron, según testigos, seis de sus ocupantes, de los cuales seis iban armados con metralletas y uno con un «Cetme» repetidor de largo alcance. Al frente del volante de los tres coches esperaban otros tantos conductores. Segundos después, los jóvenes armados, unos de pie y otros apoyados sobre la barandilla protectora de la autopista, abrían fuego contra los funcionarios que se encontraban en las prácticas deportivas. Asimismo, los agresores dispararon contra la garita de vigilancia existente en el lado oeste del cuartel y que se encuentra a unos treinta metros del campo.

Como consecuencia de los disparos efectuados por los integrantes del grupo, resultaron alcanzados diez funcionarios que practicaban deporte y el centinela, que, al apercibirse de los hechos, tuvo tiempo de repeler la agresión.

Poco después, los agresores huían en los tres vehículos. Según testigos, dos de los coches tomaron la carretera que conduce a Bilbao (distante unos seis kilómetros), mientras que el tercero tomaba la carretera de San Miguel de Basauri. En esos momentos, y ya cuando los turismos se encontraban en marcha, otros funcionarios, próximos al lugar de los hechos, efectuaban disparos contra los ocupantes de los turismos sin llegar a alcanzarles.

En el lugar donde los presuntos miembros de ETA efectuaron los disparos, fueron recogidos más de un centenar de casquillos «Geco» 9 milímetros «Parabellum», así como treinta y tres casquillos de «Cetme», de 7,62 milímetros. Se da la circunstancia de que esta arma es la utilizada por el Ejército y las fuerzas de orden público.

TENSION Y FUERTES CONTROLES

Minutos después de producirse el atentado, un helicóptero de la Policía Armada, con base en este cuartel, comenzaba a sobrevolar la zona con el propósito de localizar a los tres vehículos. Asimismo, se establecieron numerosos controles en los accesos y salidas de Bilbao. Las inspecciones eran estrictas, principalmente a los vehículos sospechosos y ocupados por jóvenes a los cuales les hacían descender del coche para proceder a su identificación. Como consecuencia de estos rigurosos controles, se originaron largas colas en los accesos y salidas, ocasionándose grandes atascos.

Asimismo, en las proximidades del cuartel se originaron batidas a pie e identificaciones de las personas que se encontraban en las cercanías.

Respecto a las batidas hechas en las proximidades del cuartel se ha sabido que hacia la una menos cuarto de la tarde fueron escuchados varios disparos desconociéndose las causas de los mismos.

Por su parte, en la capital vizcaína funcionarios del Cuerpo General de Policía han patrullado las principales calles en busca de los autores del atentado. Según testigos, estos funcionarios llevaban chalecos antibalas y portaban metralletas.

IMPACTOS EN LA ESCUELA DE FORMACION PROFESIONAL

Como consecuencia de los disparos efectuados contra los funcionarios de la Policía Armada, varios proyectiles alcanzaron la fachada de la Escuela de Formación Profesional, situada frente a la puerta principal del cuartel. Se da la circunstancia de que en esos momentos los alumnos salían al exterior del centro pero afortunadamente ninguno resultó alcanzado.

Asimismo, en el exterior del Instituto Nacional de Enseñanza Media, sito junto a la Escuela de Formación, se encontraban numerosos alumnos en el tiempo de recreo que tampoco resultaron heridos. Tanto en uno como en otro centro fueron suspendidas las clases dada la tensión existente.

LLAMADA ANONIMA

Hacia la una de la tarde, una llamada anónima en la Asociación de la Prensa de Bilbao, que manifestó ser de ETA, comunicó donde se encontraban abandonados los coches en la localidad de Zaratamo. Según hemos podido saber, el comunicado dijo: **«Aquí ETA. En el cruce del semáforo de Arrigorriaga, sin girar hacia Zaratamo, por la derecha, hacia los canteros, y en el primer cruce después de pasar unas fábricas y a doscientos metros del cruce, hay una chabola de mármol. En la parte posterior, hay dos personas atadas a un poste».**

Personal de la Guardia Civil localizó a dos personas propietarias, al parecer, de dos de los vehículos utilizados en el atentado y a las cuales habían abandonado tras sustraerles los coches a punta de pistola.

FALLECIDOS

Pocos momentos después de producirse el atentado, diversas ambulancias transportaban a diez heridos al Hospital Civil de Basurto. Según hemos podido saber en este centro sanitario, ingresaron cadáveres José Benito Sánchez Sánchez y Benjamín Sancho Megido.

José Benito, natural de Morillo, provincia de Salamanca, de 30 años de edad, había ingresado en el Cuerpo el 15 de abril de 1974, habiendo ascendido a cabo el 15 de julio de este año. Pertenecía a la guarnición de Basauri y esperaba contraer matrimonio en fechas próximas.

Por su parte, Benjamín Sánchez había nacido en Monreal de Ariza, provincia de Zaragoza. Contaba con 28 años y había ingresado en el Cuerpo en abril de 1972. Era monitor de gimnasia y estaba adscrito, con el grado de cabo, a la Cuarta Compañía de la Reserva General, con sede en Zaragoza.

A primeras horas de la noche fue instalada la capilla ardiente de los dos cabos fallecidos en el cuartel de Basauri. En este mismo cuartel, hoy, a las nueve, se celebrarán los funerales de cuerpo presente.

HERIDOS

Juan José Tomás Martínez, de 26 años de edad, natural de Santa Cruz de Nogueras (Teruel); José Luis Sanz Barco, natural de Zaragoza, de 28 años; Esteban Rodríguez Saldaña, natural de S. de las Quintanillas (Burgos); José Falcón Quintero, de Castilblanco de los Arroyos (Sevilla); Isaac Javier Barranzo Bueno, natural de Orera (Zaragoza), de 25 años; José Luis Ruiz Álvarez, Eusebio Calvo, Francisco Lapiaza y Luis Jodra Benito.

Los tres últimos, según parte médico facilitado a las seis de la tarde, han sido calificados de «graves». El parte médico dice:

«Eusebio Calvo está en reanimación. Tiene herida por arma de fuego, con orificio de entrada en fosa ilíaca izquierda sin orificio de salida. En su recorrido, la bala produce gran desgarro del músculo psoas izquierdo, sección completa del colon sigmoideo por estallido del mismo, desgarro de la cara posterior del riñón izquierdo, rotura del bazo y perforación de tres asas de intestino delgado, asimismo, perfora la cúpula diafragmática izquierda, produciendo un hemotórax izquierdo. Pronóstico grave.

Francisco Lapiaza, en reanimación. Herida por arma de fuego, con orificio de entrada y salida en espalda. Fracturas costales. Hemotórax. Pronóstico grave.

Luis Jodra. Reanimación. Herida por arma de fuego, presenta orificio de entrada en tercio superior cara interna de muslo derecho. La bala se halla impactada en la cabeza del fémur y existen restos de metralla en el pelvis. Se realiza la paratomía hallando desgarramiento de varias asas intestinales. Hematoma retroperitoneal y contusión vesical. Pronóstico grave.

«NOS DISPARARON COMO A PERROS»

«Nos dispararon como a perros y nada podíamos hacer por defendernos, ya que, lógicamente, nos encontrábamos desarmados y a campo descubierto» —nos decía uno de los funcionarios que se encontraba en el campo de fútbol en el momento del atentado y que resultó ileso.

«Como tenemos por costumbre, nos encontrábamos haciendo prácticas deportivas. En esos momentos, casualmente, jugábamos al fútbol. De improviso escuchamos unas ráfagas de metralleta. Unos nos tiramos al suelo, mientras que otros corrían para protegerse. Fue terrible. Dispararon repetidas veces. Junto a mí estaba José Benito, llevábamos cuatro años de compañeros y éramos verdaderos amigos. Le grité que se tirara al suelo. No le dio tiempo. Le alcanzaron de lleno. Iba a casarse próximamente y yo pensaba asistir a su boda» —acaba diciéndonos.

Se da la circunstancia de que altos cargos de la Policía habían solicitado recientemente que fuese construido un muro de protección entre el campo de fútbol del cuartel y la autopista, ya que eran conscientes de que la proximidad de la carretera propiciaba la realización de un atentado.

CINCO VEHICULOS ROBADOS A PUNTA DE PISTOLA

Cinco coches fueron robados a punta de pistola a lo largo de la mañana de ayer. Tres de estos coches, se cree, fueron utilizados en el atentado.

Los coches sustraídos fueron: «R-5», de color azul, matrícula BI-8622-J; «R-12», de color rojo, matrícula BI-0879-M; «Seat 127», BI-0156-J; «Seat 132», BI-2848-L, y «Seat 1430», de color marrón, matrícula VI-4024-B.

Según testigos presenciales en el atentado de Basauri los tres primeros, al menos, participaron en los hechos, mientras que el «Seat 132» fue utilizado en el atraco llevado a cabo en una entidad bancaria de Sondica, hacia las once y cuarto de la mañana. El «R-12» «Ranchera» fue encontrado a primeras horas de la tarde abandonado en el alto del Pagasarri.

J. R. MUGUERZA

Benjamín Sancho Megido

Benito Sánchez Sánchez

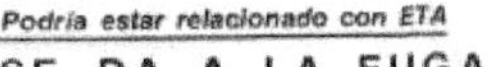

Podría estar relacionado con ETA

SE DA A LA FUGA TRAS DARLE EL ALTO LA POLICIA

PAMPLONA, 20 (Efe). — La Policía Gubernativa ha identificado a Roberto Martínez Osabarren como la persona que a últimas horas del pasado sábado se dio a la fuga en el Casco Viejo al ser localizado por la Policía.

A Roberto Martínez, que según fuentes policiales podría estar relacionado con ETA, se le dio el alto en la calle Mercaderes, cuando viajaba en un coche matrícula francesa que infundió sospechas a la Policía.

Ante este alto, el citado Roberto Martínez abandonó el coche y se dio a la fuga. La Policía hizo un disparo intimidatorio al aire, pero no consiguió que se detuviese.

En el citado vehículo se encontraron cartuchos del 12 y 22 milímetros. Según se ha podido saber, Roberto Martínez, natural de Lecunza (Navarra), estuvo detenido con anterioridad.

Las dos víctimas no eran cabos, tan solo uno, y los heridos fueron finalmente dieciséis

REGIONAL

J. Benito Sánchez Sánchez, cabo de la Policía Armada, al que asesinaron ayer en el acuartelamiento de Basauri. (Telefoto Europa Press.)

Benjamín Sancho Mesido, policía de la Compañía de Reserva General de Zaragoza, la otra víctima en el atentado terrorista. (Telefoto Europa Press.)

NOTA OFICIAL DE LA POLICIA

[illegible]

Ayer, manifestación antiterrorista en Basauri

BILBAO (LA GACETA DEL NORTE). — [illegible]

Dos policías armados, muertos; otros diez, heridos y una joven alcanzada por una bala

MASACRE EN EL CUARTEL DE BASAURI

—Unos diez terroristas dispararon desde 15 metros, cuando los policías hacían prácticas deportivas

BILBAO (LA GACETA DEL NORTE). — El cuartel general de la Sexta Circunscripción de la Policía Armada, con sede en Basauri, fue objeto de un atentado en la mañana de ayer que costó la vida a dos de sus miembros, heridas de diversa consideración a otros diez, y leves a una joven que se encontraba a más de cien metros del lugar de los hechos. [illegible]

Cazados como conejos

[illegible]

¿Por qué no había una tapia?

[illegible]

ciendo casi imposible su localización.

Del lugar de los hechos se recogieron un centenar de casquillos de 9 mm. «Parabellum» [illegible]

Confusa reivindicación de ETA

[illegible]

Nervios

[illegible]

Relación de víctimas

[illegible]

—José Benito Sánchez, Cabo, soltero, [illegible] natural de Muñilla (Salamanca). [illegible] Muerto.

—Benjamín Sancho Mesido. Guardia primero, natural de Monreal de Ariza (Zaragoza), de 29 años, [illegible] General. Muerto.

—Eusebio Calvo. Intervenido quirúrgicamente e ingresado en reanimación. [illegible]

—Francisco Laplaza. También intervenido quirúrgicamente [illegible]

—Luis Jodra Benito, [illegible] (Guadalajara). [illegible]

Fuerzas de la Policía rastrearon minuciosamente todos los alrededores del acuartelamiento en busca de los asesinos de sus compañeros. Al fondo, la autopista desde la que se les atacó.

3. Antecedente 2º: De lo que no es ser un traidor

De nuevo voy a contar lo que me narró el jefe como si no fuera llevando una conversación, con los guiones iniciales que indican cuando habla cada uno, porque prácticamente solo habló mi interlocutor, narrando los hechos tal como yo los conocí a partir de su relato.

Resulta que episodios como el sucedido en la comisaría de Basauri, donde dos hombres perdieron la vida y muchos más estuvieron también en un tris de morir ese día por no contar con los medios de protección adecuados, no eran una rareza en las muertes de policías y guardia civil, también militares, que también sufrían carencias debidas a la tenencia de material de uso cotidiano obsoleto y una exigencia arrogante en el cometimiento de un deber al que los agentes muchas veces accedían con el culo al aire por lo ya expuesto, de los superiores policiales y beneméritos hacia sus subordinados.

Todo ello hacía que en muchas comisarías y cuarteles se hubiera gestado una relación muy tensa entre los unos y los otros.

El día trece de octubre del año pasado, quiero dejar constancia que fue un suceso que ocurrió antes del ametrallamiento de Basauri, un comando etarra emboscó a un jeep del Cuerpo cuando tres compañeros se dirigían a hacer el relevo a otra dotación que tenía a un convicto bajo custodia en el Hospital de Santa Marina en Bilbao. El dicho sanatorio estaba a las afueras de la ciudad y había que tomar una carreterita que llevaba hasta él desde el casco urbano bilbaíno.

Los terroristas no se anduvieron con chiquitas. Entre seis y ocho de ellos se apostaron en tres lugares distintos del camino, dispuestos para disparar todos a la vez. Los etarras, que actuaron una vez más como lo hacían los gánsteres, acribillaron al vehículo. Dicen que se contaron unos veinte impactos de bala en el mismo.

Elías García González, José Benito Díaz y Ramón Muiño Fernández murieron como consecuencia del ataque, dos de ellos en el acto y el otro unos días después en un hospital.

La crueldad de los etarras, de estos en particular aunque estoy seguro de que es un término que abarca a la mayor parte de ellos, hizo que tras atentar contra mis compañeros, cuando pasaba por el lugar un hombre en su coche camino del hospital, al ver el jeep totalmente acribillado, quiso marchar cuanto antes de allí para avisar de lo ocurrido y se dispuso a acelerar.

Uno de los terroristas, con dos cojones, llevó su maldad hasta el extremo de disparar a las ruedas del vehículo del que pasaba por ahí para que no pudiera hacer lo que quería y que así murieran los policías a los que con tanta saña habían disparado.

Por fortuna, una mujer que no iba, sino regresaba de Santa Marina vio a uno de los terroristas blandiendo una metralleta, por lo que dio la vuelta y dio aviso en el hospital.

—No sé qué tiene que ver lo que me está contando —estaba confuso tras lo que me había dicho Santos con el ambiente tenso que se respiraba en todos los acuartelamientos del País Vasco y Navarra, más allá de la rabia por sufrir las muertes de más compañeros—, con el descontento generalizado de toda la policía y la guardia civil destinada aquí.

—Antes de esta masacre, ya había habido actos de desobediencia e incluso de taimada insurrección antes —respondió el jefe como si no me hubiera oído, seguía a su bola—, pero el asesinato de esos tres buenos policías —

hubiese preferido que dijera «hombres» en lugar de «policías»— fue como la gota que colmó el vaso de la paciencia en el cuartel de Basauri.

Era la jornada que siguió a la celebración al día de la Raza[3]. Los policías uniformados de este cuartel protestaron en la cara de sus mandos arguyendo que la situación era insostenible. La crítica de los unos hacia los otros acabó desembocando en un motín a la mañana siguiente en Basauri, antes y después de que se celebraban los funerales de los dos fallecidos hasta ese momento.

Antes, la noche anterior, la mayor parte de los agentes presentes en Basauri hicieron una sentada de protesta que no se desconvocó hasta la medianoche.

El día siguiente empezó con un abandono de las obligaciones y servicios de los que tiene que hacer la ya Policía Nacional.

Al funeral acudieron varias autoridades ajenas al cuartel de Basauri. A la cabeza de ellas estaba el general inspector del Cuerpo de la Policía Nacional, José Timón de Lara, al que acompañaban Mariano Nicolás García, director general de Seguridad, Luis Alberto Salazar-Simpson, gober-

[3] Doce de octubre, día de la Hispanidad, desde años también la fiesta nacional española, antes también se denominaba así.

nador civil de Vizcaya y mi propio interlocutor en ese momento, Carlos Santos-Anechina Checa, jefe superior de Policía de Bilbao, contra los que un runrún venido desde los asistentes uniformados, lo que no significó que algunos acudieran vestidos de paisano porque estaban libres de servicio, no cesó durante toda la ceremonia.

Al terminar el réquiem, se desataron los altercados más graves.

Empezaron a oírse insultos lanzados contra personas concretas y gritos de «traidores», «asesinos» y «cobardes» dirigidos a los altos cargos que habían acudido al sepelio. Después, buscaron salir del cuartel. En la puerta de este estaban cinco sargentos formando un tapón, agarrados de la mano, para que sus subordinados no pudieran abandonar las instalaciones, pero los insurrectos lograron romper el cordón humano y salieron a la calle.

Si el grupo de policías levantiscos ya era cuantioso, de unos cientos de personas, aumentó su cantidad cuando se unieron a ellos un buen número de policías que esperaban fuera.

Allí también aguardaban muchos periodistas, a los que no se les había dejado pasar dentro del cuartel. Los amotinados se dirigieron hacia ellos para insultarlos e incluso llegaron a contactar físicamente con ellos, a los que empujaron y zarandearon, hasta el punto que alguno hubo de ser protegido.

Más o menos en ese momento, los policías díscolos vieron salir del cuartel el coche oficial del general inspector de la Policía Armada, el señor Timón, y se acercaron a él gritando e insultando al más alto cargo que todos ellos tenían en ese momento. Hasta que se dieron cuenta de que el general no iba en el vehículo y regresaron a la puerta del acuartelamiento.

Hubo un momento de más confusión todavía, porque corrió la voz de que un oficial había dado la orden de cerrar el acceso al cuartel. Y fuera verdad o tan solo un bulo, lo cierto es que los más exaltados se encaminaron a la puerta de coches con el objetivo de impedir que las autoridades presentes dentro pudieran marchar de allí.

El general Timón no estaba en su vehículo oficial porque se encontraba reunido en el interior del complejo con las autoridades que habían acudido al acto, a excepción del gobernador civil, porque al encuentro se le quería dar un carácter estrictamente militar, y los oficiales de la Policía Nacional destinados allí.

Luego me aclaró Carlos Santos que lo que me estaba

narrando sobre el conciábulo era lo que le habían contado sobre él, porque finalmente a él tampoco le dejaron participar en el cónclave.

La reunión no fue larga ni corta, unas dos horas y media, en la que no se dejó nunca de oír la algarabía proveniente del patio. A los policías rebeldes se les habían unido un buen grupo de civiles, en su mayor parte esposas de los propios agentes.

Todo volvió a la normalidad demasiado tiempo después, sobre las cuatro de la tarde, después del mismo número de horas de revuelta incontrolada.

—Lo sucedido es una evidencia del malestar y la frustración que nuestros compañeros sienten al darse cuenta de que están en el punto de mira constante de los terroristas de ETA —argüí yo cuando el mando acabó de contar la situación vivida aquel infausto día.

—Usted no tardará en sentir lo mismo.

—No sé si ya lo siento.

Se hizo un silencio. Breve, pero reflexivo al máximo.

—Pero estará usted conmigo en que mostrar esas desavenencias internas en las filas de la legalidad en contra de esos asesinos fanáticos de ETA —lo rompió Santos—, no es la mejor forma de actuar, porque eso da ánimo a los terroristas para que sigan a lo suyo. Porque para ellos se está librando una guerra entre un movimiento de liberación y un estado opresor y este último empieza a tener desavenencias.

—No, ese no es un buen camino para derrotar al terrorismo.

—Como tampoco lo son las manifestaciones públicas de fuerza, que desacreditan la labor policial ante la gente del pueblo vasco. Yo no tenía nada a favor ni en contra de Franco, pero como era él quien mandaba antes, yo hacía lo que tenía que hacer para cumplir con mi deber en ese momento —calló un momento, carraspeó y retomó la palabra enseguida—. Supongo que sabrá que hay quien dice de mí que fui un torturador —no, hasta ese mismo momento no lo sabía y profundicé en ese aspecto después de hablar con él—. Que digan lo que quieran. Yo no voy a decir que sí lo fui o si todo eso que se especula sobre mí no es más que mierda que quieren tirar sobre mí. Pero en el hipotético caso que la respuesta a la pregunta que sé que se está haciendo ya sobre si martiricé a pocas o muchas personas, si fuera afirmativa, le diré que aquellos interrogatorios se hacían en recintos cerrados, fuera del mirar de la gente, mientras que las representaciones públicas de violencia, como ya le he dicho, solo sirven para la desvalorización de la labor policial y, más en concreto, en la que se está haciendo sin descanso contra la banda terrorista ETA.

—¿Se está refiriendo a un hecho en concreto? —Yo sabía que sí, pero como antes dije, yo era un novato en el hervidero que en ese momento era el País Vasco y, por eso, era el momento de escuchar a los demás.

—Sí. Me refiero a los hechos ocurridos en Rentería.

—¿Qué ocurrió en Rentería?

DOS POLICIAS ARMADOS ASESINADOS EN BILBAO Y OTRO GRAVISIMO

En la carretera que lleva al Sanatorio de Santa Marina

FUERON AMETRALLADOS DESDE DISTINTOS PUNTOS

★ *Un tercer policía en estado gravísimo*

En el "jeep" se localizaron 28 impactos

A la izquierda de la fotografía, don Elías García González, y a la derecha, Ramón Muñoz Fernández, los dos policías armados que resultaron muertos en el atentado de ayer.

Dos policías armados han resultado muertos y uno herido gravísimo, al ser tiroteados por varios individuos, en las laderas del Monte Avril, en la carretera que conduce al Sanatorio de Santa Marina, sita en uno de los accesos de entrada a la capital vizcaína.

Hacia las dos de la tarde, cuando el «jeep» de la P. A. «FPA 8.117» ocupado por tres miembros de dicho Cuerpo, se dirigía hacia el Sanatorio para relevar a otros compañeros que se encontraban custodiando a un delincuente común, ingresado en dicho centro desde hace un mes aproximadamente, fue ametrallado desde distintos puntos por varios individuos, al parecer jóvenes.

ESCENA DANTESCA

SEIS U OCHO JOVENES PARTICIPARON EN EL ATENTADO

En la fotografía, el escenario del atentado y los puntos desde los que se supone fueron hechos los disparos contra el «jeep» de la Policía Armada. (Foto J. I. FERNANDEZ.)

CIERRE DEL PARQUE DE ATRACCIONES

Tras cinco horas de intervención quirúrgica

El policía herido continúa muy grave

Hacia las ocho menos cuarto de la noche abandonó el quirófano el policía armado don José Benito Díaz García, herido de gravedad en el atentado ocurrido a primera hora de la tarde, en el que murieron dos compañeros.

A esa hora, fuentes del Hospital Civil de Basurto, donde fue intervenido, han manifestado que el estado del agente «es muy grave». No obstante, al parecer la intervención quirúrgica ha sido positiva.

La intervención quirúrgica se inició pasadas las tres de la tarde, y en ella el policía armado ha recibido quince litros de sangre en transfusiones. En el banco de sangre del Hospital de Basurto han comparecido compañeros del policía, dispuestos a facilitar la sangre necesaria.

Los cuerpos de los dos policías armados muertos descansan sobre el asfalto instantes después del atentado.

En la fotografía de J. I. Fernández pueden apreciarse numerosos impactos de bala en la parte superior del coche policial.

BILBAO. Domingo, 15 de octubre de 1978. Nº 22.168. 20 ptas.

EDICION VIZCAYA

UN NIÑO GITANO, DE TRECE AÑOS, SALVA DE MORIR ABRASADOS A SEIS PEQUEÑOS

● Página 5

En Lequeitio

OTRO GUARDIA CIVIL ASESINADO

El guardia civil Alberto Villena Castillo fue ametrallado ayer por la noche desde un coche en marcha, y resultó muerto a consecuencia de las heridas recibidas.

El señor Villena Castillo, que desempeñaba el cargo de especialista en la vigilancia de costas, se encontraba junto a la gasolinera que muestra la fotografía de archivo.

El guardia civil asesinado era natural de Granada, estaba casado y tenía una hija.

En la fotografía, lugar donde fue asesinado el guardia civil.

Información en la página 18

En el funeral por los policías asesinados

INCIDENTES Y TENSIONES EN EL CUARTEL DE BASAURI

★ ***Policías de uniforme y de paisano insultaron al general subinspector y al gobernador civil***

En medio de una gran tensión se celebró la misa funeral de cuerpo presente por los dos policías armados asesinados en un atentado terrorista perpetrado a primera hora de la tarde del viernes en la carretera de Santa Marina, en Bilbao, atentado que ayer reivindicó la rama militar de ETA, a través de un comunicado que hicieron llegar a diversos medios informativos.

Ocuparon lugares preferentes los gobernadores militar y civil y el general subinspector de la Policía Armada, señor Timón de Lara.

Cuando los féretros de los policías asesinados fueron sacados del acuartelamiento para ser conducidos a las localidades de su origen, los presentes prorrumpieron en aplausos, pero una vez que los furgones fúnebres salieron de la explanada del acuartelamiento, arreciaron de nuevo las condenas en relación con el atentado y contra las autoridades. Algunos policías, de ellos, varios de uniforme, golpearon el automóvil del general Subinspector de la Policía Armada, al que anteriormente habían insultado, así como al gobernador civil.

DURA NOTA DE LA DIRECCION GENERAL DE SEGURIDAD

● Páginas centrales

HISTORIA DE UN VIRAJE

● Editorial en páginas centrales

SANTANDER: DOS MONTAÑEROS MUERTOS EN LOS PICOS DE EUROPA

★ Información en página 14

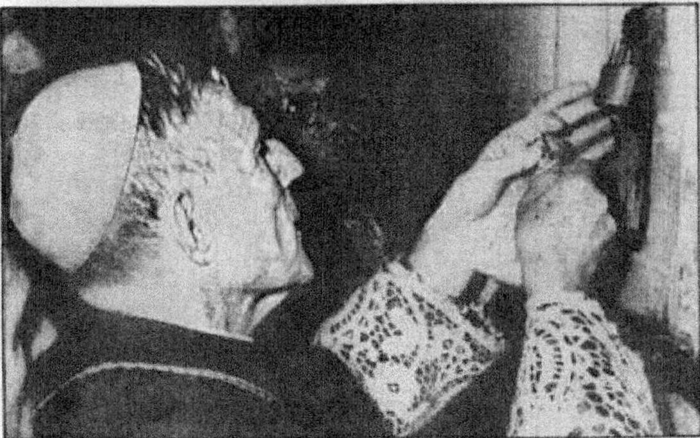

Hoy, primera "fumata"

★ **Ciento once cardenales entraron ayer en el Cónclave**

Ciento once cardenales participan en el Cónclave que se inició ayer para elegir al sucesor de Juan Pablo I al frente de la Iglesia Católica. Hasta hoy no habrá, sin embargo, la primera «fumata», que, como en el anterior Cónclave, tendrá lugar después de realizadas las dos primeras votaciones.

Como en aquella ocasión, los cardenales electores votarán cuatro veces en cada jornada, y las «fumatas» serán, por tanto, dos diarias, al final del segundo y cuarto escrutinios. Las últimas especulaciones sobre el futuro Papa que ha de salir del Cónclave, se detenían en los nombres que se han mencionado durante los días pasados, y, más en concreto, en dos tendencias representadas por los cardenales [illegible] Siri y Benelli.

La fotografía de Upi-Efe, recoge el momento en que monseñor Jacques Martin cierra la puerta de la Capilla Sixtina.

(Crónica de JOSE LUIS TORRES MURILLO, enviado especial, en página 20).

ETA-militar reivindica el atentado

AYER SE CELEBRARON LOS FUNERALES POR LOS DOS POLICIAS ASESINADOS

A las doce del mediodía de ayer se celebró, en el cuartel de la Policía Armada de Basauri, la misa funeral de cuerpo presente por los cabos José Benito Sánchez Sánchez y Benjamín Sancho Benito, que resultaron muertos el lunes en un atentado llevado contra el cuartel por un grupo armado que, según un comunicado reivindicativo, distribuido en la mañana de ayer a distintos medios informativos, pertenecían a la organización ETA-rama militar.

El funeral, que en principio estaba previsto celebrarlo a las nueve de la mañana, fue retrasado por necesidades de la autopsia, la cual se practicó a las dos víctimas poco después de las diez de la mañana.

A las once y veinte los féretros de los dos policías fallecidos llegaban al cuartel de Basauri, tras haber abandonado minutos antes el depósito del hospital Civil de Basurto.

Por su parte, el féretro de Benjamín Sancho fue introducido en una ambulancia del Cuerpo, que salió por carretera hacia la provincia de Zaragoza, custodiado por un furgón de la Policía Armada.

Poco después, a las doce del mediodía, se instalaban los dos féretros en el patio del cuartel, donde se celebró el acto religioso. Este fue estrictamente privado, con asistencia únicamente de familiares de los fallecidos, autoridades provinciales y miembros de las fuerzas del orden.

Terminado el funeral, los restos del cabo José Benito Sánchez fueron trasladados al cementerio municipal de Derio (Bilbao).

ESTADO DE LOS HERIDOS

De «muy grave» ha sido calificado el estado de los tres policías armados, Luis Jodra, Eusebio Calvo y Francisco Laplaze, según parte facultativo facilitado en el Hospital Civil de Basurto, en donde se encuentran internados como consecuencia de las heridas sufridas tras el atentado contra el mencionado cuartel. En este mismo parte se señala que su estado es estacionario en el postoperatorio inmediato.

Respecto al resto de los heridos de pronóstico reservado evolucionan favorablemente y uno de ellos ha sido dado de alta.

J. R. MUGUERZA

Apenas terminado el funeral, celebrado en el patio del cuartel, los dos féretros fueron introducidos en sendos vehículos para proceder a sus respectivos traslados. (Foto Santiago).

Cuatro horas para recorrer los 9 kilómetros que separan Zorroza y Bolueta

BILBAO: MONUMENTALES ATASCOS EN LOS ACCESOS

Ha disminuido el tráfico en la carretera Bilbao-Zorroza

Cuatro horas tardaron otros tantos camiones en recorrer los nueve kilómetros que separan Zorroza de Bolueta. Sobre las doce del mediodía de ayer, cuando se encontraban bajando Miraflores, los camioneros abandonaron sus vehículos para ir a «repostar» en un bar próximo. La cola siguió paralizada durante mucho tiempo.

Esta anécdota es sólo el fiel reflejo de las enormes demoras que está sufriendo la circulación rodada en los accesos a Bilbao, a causa de los rigurosos controles policiales.

Un atasco monumental se mantuvo hasta primeras horas de la tarde entre Basurto y Bolueta. Centenares de vehículos quedaron atrapados a lo largo de las calles Gregorio Balparda, plaza de Zabálburu, San Francisco, Achuri y avenida de Castilla. Un taxista tardó hora y media en efectuar el recorrido plaza Indauchu-Bolueta, carrera que costó al usuario cerca de 400 pesetas.

... sus viajes hacia Bilbao. Mientras tanto, hacia las tres y media de la tarde, el control instalado en el barrio de San Ignacio, a la salida de Bilbao, producía retrasos importantes. La Policía registraba, preferentemente, los coches ocupados por jóvenes.

MENOS TRAFICO EN ZORROZA

La situación no era mucho mejor en la margen izquierda, salvo en la Solución Sur.

DISMINUCION DE TRAFICO

A causa del control policíaco instalado desde el pasado día 3, en el barrio de Zorroza, ...

El cadáver de Benjamín Sancho llega a su pueblo natal

ZARAGOZA (Efe). — El cadáver del policía armado asesinado en Basauri, Benjamín Sancho Benito, llegó a su pueblo natal, Monreal de Ariza.

Los restos mortales del policía eran esperados por el segundo jefe del acuartelamiento de la Policía Armada de Zaragoza, sede de la IV Compañía de la Reserva General ...

También se encontraban un capitán y dos ... que montaron la capilla ardiente y velarán hasta las 16 horas, en que se efectuará el funeral y posterior sepelio.

A estos actos fúnebres asistirán el gobernador civil de la provincia, jefe superior de Policía, coronel jefe de la Policía Armada y otras autoridades.

En la foto de Claudio-Hija, una de las colas que ayer se formaron ...

Según «El Pueblo Gallego»

EL CONTRABANDO DE ARMAS DESCUBIERTO EN ORENSE PODRIA SER PARA ETA

SANTIAGO DE COMPOSTELA, 21 (Efe). — El contrabando de armas descubierto hace unos días en Orense, procedente de Portugal, podría ser para ETA, según dice hoy en «El Pueblo Gallego», en un artículo firmado por Javier González.

En el citado artículo se señala que ETA «había llegado a Galicia» y que la Policía busca a un hombre con apellido vasco que ha sido visto varias veces por aquí. Asimismo, se dice que el armamento ha sido pasado por campesinos y que tres de ellos se encuentran detenidos.

...

Se desarrollaron en medio de una grave tensión

AYER, EN EL CUARTEL DE BASAURI, FUNERALES POR LOS DOS POLICIAS ARMADOS ASESINADOS

★ *Insultos contra las autoridades, que tuvieron que salir por una puerta lateral*

Los dos cuerpos sin vida de los policías armados yacen en el suelo, mientras que sus compañeros inspeccionaban los alrededores. Pocos momentos después de que fuesen asesinados. (EFE.)

A las once y media de la mañana de ayer se celebró en el acuartelamiento de la Policía Armada de Basauri el funeral por los dos miembros que el pasado viernes fueron asesinados en Archanda por un ametrallamiento efectuado por miembros de ETA.

La capilla ardiente de los policías armados don Ramón Muñoz Fernández y don Elías García González había quedado instalada la víspera en el citado acuartelamiento.

Por la mañana había una gran tensión entre los asistentes al funeral, exclusivamente policías armados de uniforme y de paisano y algunos miembros de la Guardia Civil, así como familiares de aquéllos y, lógicamente, de los asesinados.

El jefe superior de Policía, señor Ballesteros, manifestó a los informadores que no se les permitía la entrada, por lo que permanecimos en el exterior.

Asistieron al funeral el general-inspector de la Policía Armada, señor Timón de Lara, y el gobernador civil de la provincia, junto con altos cargos de dicho Cuerpo y de la Guardia Civil.

GRITOS DE PROTESTA

Finalizado el acto religioso pudimos escuchar desde el exterior gritos de «asesinos» que se producían en el patio del cuartel.

Poco después —serían las doce y cuarto del mediodía— salió por la puerta principal el coche del general-inspector, señor Timón de Lara, con el banderín oficial desplegado, que señala que el general va en el interior del coche. Sin embargo, no fue así. Tras el coche, en el que sólo iba el conductor y que se quedó en la explanada existente frente al cuartel, salieron unos doscientos o trescientos policías de paisano y de uniforme gritando «cobarde» y «asesino», golpeando el vehículo. Lograron traspasar la puerta pese a un cordón que habían establecido varios sargentos.

Poco después salieron otros dos coches oficiales, también con el conductor solamente en su interior.

Según nuestras referencias, ante la actitud hostil existente en el interior del acuartelamiento, las autoridades optaron por salir en otros vehículos por una puerta lateral.

Los gritos dirigidos al general y al gobernador se recrudecieron. Los periodistas estábamos en las inmediaciones, a pocos metros. Un «cámara» de televisión extranjera, el señor Fiorino, fue agarrado por varios policías de paisano y de uniforme y obligado a entrar en el acuartelamiento. No fue agredido, como posteriormente manifestaría él mismo. Comprobada su documentación se le permitió salir. Otro periodista fue también empujado y se escucharon insultos contra los informadores, que precautoriamente nos alejamos del lugar, permaneciendo a unos doscientos metros sin que fuésemos molestados nuevamente. Algunos compañeros se refugiaron en un edificio cercano.

Los policías volvieron a entrar al patio del cuartel, pues en aquel momento salían los féretros de sus compañeros asesinados, instalados en sendas ambulancias de la Policía Armada, siendo despedidos entre aplausos y gritos de condena y vivas a España.

Fueron cerradas posteriormente las puertas y un grupo de policías acudió a cerrar la de acceso de automóviles para impedir la salida de las autoridades, que, por otra parte, ya habían partido —como hemos dicho anteriormente— en otros vehículos.

MANIFESTACION

Alrededor de la una y media de la tarde, de doscientas a trescientas personas de paisano —no se puede determinar por tanto si eran o no policías— se manifestaron ante el Gobierno Civil, en la plaza de Moyua, pidiendo que se colocase la bandera a media asta, como ocurría en el cuartel de Basauri y dando gritos de «PNV tiene la culpa», «Muera ETA», «asesinos», etc. Los manifestantes cortaron el tráfico en varias ocasiones y tras colocar una bandera nacional con crespón negro en una ventana del Gobierno y algunas pegatinas de los colores de España en la fachada se disolvieron pacíficamente.

Ha sido un tanto difícil obtener informaciones oficiales sobre estos acontecimientos que han creado una gran tensión en los medios de las fuerzas de orden público. Según nuestras referencias, el jefe superior de Policía permaneció unas horas en el Cuartel de Basauri probablemente para aplacar los ánimos de los policías armados. Se había corrido el rumor de una posible retención del mismo, pero quedó totalmente desmentido y comprobada su inexactitud.

El gobernador civil, señor Salazar Simpson, estuvo reunido por la tarde en el Gobierno Civil con el general-inspector de la Policía Armada, señor Timón de Lara, el jefe superior de Policía, señor Ballesteros y altos jefes de la Guardia Civil. A las seis y cuarto salían de la reunión, momento en que nos encontrábamos allí.

El gobernador, que nos atendió con toda amabilidad, se limitó a decirnos, que si habíamos estado en Basauri contásemos lo que habíamos visto y oído, porque no había ninguna nota oficial.

Todo lo llevan el general y los mandos de la Guardia Civil. Los ánimos se han apaciguado. Lo que hace falta es que no se produzcan más asesinatos.

El estado del policía herido es «aceptable», dentro de la gravedad

★ Parece ser que fueron cinco jóvenes los autores del atentado

RESUMEN DE AGENCIAS)

El último parte médico sobre el estado del policía armado don José Benito Díaz García, que ingresó ayer tras el atentado registrado en el que murieron dos policías, señala que se encuentra «aceptablemente, con tendencia a la estabilización de sus funciones vitales. Pronóstico grave».

Las lesiones que sufre son: «Fractura abierta en codo por estallido, fractura antebrazo y de muñeca izquierda, con afección vasculonerviosa; herida de bala, penetrando en el hemitórax derecho, de carácter traumático masivo. Estado de schok».

El señor Díaz García hubo de ser sometido a una segunda intervención quirúrgica pasada la medianoche, volviendo a registrarse en el Hospital la presencia de numerosos donantes voluntarios de sangre. Lo hicieron compañeros del Cuerpo y paisanos de la capital.

CINCO JOVENES

Cinco jóvenes, de los que uno podría haber actuado bajo coacción —según fuentes policiales—, son los autores del atentado de ayer contra el «jeep» de la Policía Armada, en el que resultaron muertos dos de sus ocupantes, y otro herido de gravedad.

Los jóvenes, según las mismas fuentes policiales, eran de edades entre los 19 y 23 años de edad. Portaban metralletas, pistolas y una escopeta repetidora.

Huyeron en un «Renault 12» granate, matrícula de Bilbao, del que no se conoce la letra de la serie. El conductor era un joven con barba a patilla recortada. Mostraba gran nerviosismo y existía la posibilidad de que actuara bajo amenaza.

SEIS JOVENES DETENIDOS EN BILBAO

BILBAO, 14 (Europa Press). —Cinco jóvenes, de edades comprendidas entre los 17 y 22 años, han sido detenidos esta tarde por funcionarios del Cuerpo General de Policía, según han informado a Europa Press en fuentes de la Asociación Pro-Amnistía de Vizcaya.

Los detenidos, según las referidas fuentes, son: Angel María Arévalo, detenido en Derio; Andoni Urianue, detenido en Zamudio; Andoni Ezquiaga y Josu Varela, detenidos ambos en Ea; y Alejandro Blanco, en Bilbao.

Las mismas fuentes han señalado que las detenciones pueden estar relacionadas con los últimos atentados registrados en el País Vasco.

Asimismo, a la una y cuarto de la madrugada de ayer, fue detenido en Bilbao, en aplicación del decreto antiterrorista en vigor, el joven de 18 años de edad, Alejandro Vivanco. Tras ser conducido a las dependencias de la Jefatura de Policía, fue registrado en Baquio un piso de veraneo de la familia. En el camarote del mismo se encontraron mechas y detonadores, así como abundante material propagandístico.

COMUNICADO DE ALIANZA POPULAR DEL PAIS VASCO

Ante la imposibilidad de poderlo hacer personalmente, dado el carácter estrictamente castrense de los funerales de don Ramón Muñoz y don Elías García González (que en paz descansen), Alianza Popular del País Vasco estima necesario dar público testimonio de consideración, afecto, aliento y gratitud hacia quienes, entre la incompresión de unos y torpe indiferencia de otros, dan sus vidas en defensa de la paz ciudadana, agredida por quienes guardan sus mejores argumentos en los cargadores de las metralletas.

ETA militar reivindica los atentados

BILBAO, 14 (Efe). La organización ETA militar, en un comunicado hecho público hoy, reivindica el ametrallamiento llevado a cabo ayer en Bilbao contra un vehículo de la Policía Armada, en el que dos de sus miembros resultaron muertos y otro herido muy grave.

En el mismo comunicado reivindican también la muerte de un miembro de la Guardia Civil en el alto de San Miguel, en Marquina, el pasado día 9 de octubre, «ocurrida en enfrentamiento fortuito».

«A las condenas y demostraciones de repulsa —afirman— que acción tras acción viene suscitando la lucha armada de ETA por parte de las fuerzas políticas que, al menos en teoría, se definen democráticas, defensoras de derechos y libertades del oprimido y explotado pueblo trabajador vasco, se ha sumado ahora la convocatoria de manifestación antiterrorista del PNV. Un hecho concreto que lamentablemente significa un paso negativo en la realidad política que vive nuestro pueblo y un paso atrás en las vías de solución, que todos [illegible] encontrar».

Exponen luego que la problemática situación del pueblo vasco «sólo se puede resolver uniendo y fortaleciendo la lucha popular en torno a los derechos nacionales y sociales de los trabajadores vascos y en torno a los objetivos culturales, políticos, económicos y de Gobierno inmediatos y futuros que hagan realidad esos derechos. En ningún caso enfrentando abiertamente a los sectores abertzales entre sí para beneficio exclusivo del Estado centralista español».

Concluye más adelante el comunicado anunciando que ETA militar proseguirá la actual campaña ofensiva armada dirigida contra todos los aparatos del Estado español «hasta la consecución de la alternativa de KAS, primer paso táctico de progreso hacia la construcción de una Euskadi socialista, independiente, reunificada y euskaldun».

TAMBIEN EL DEL INDUSTRIAL

La organización ETA político-militar, mediante un comunicado facilitado al diario «Egin», reivindicó el atentado contra el industrial Jacinto Zuaica Inbar, por considerarle «responsable de la situación actual en las empresas MECESA y COERSA».

José Timón de Lara

4. Antecedente 3º: El saqueo de Rentería

—Rentería, o Errenteria si prefieres utilizar su nombre en vasco —empezó a explicar Carlos Santos—, vivió la jornada de huelga general el día doce de julio de ese año de 1978, que parece que quiere ser en el que ocurran todos los hechos graves producidos en el País Vasco últimamente, convocada para las tres provincias que componen este, más Navarra, con un seguimiento casi absoluto, no sé si por ganas de protestar o por el miedo que le tiene todo el mundo aquí a ETA si no te sumerges en su mundo.

—Supongo que fue en ese momento cuando intervinieron los nuestros —apunté yo.

—No, fue al día siguiente.

—¿Y eso?

—Porque aunque en la mayoría del País Vasco se volvía a la normalidad cotidiana y laboral, en Rentería, por el boca a boca, se decidió convocar un día de protesta más y hubo tiendas que no abrieron y otras que echaron los cierres después de levantarlos para apoyar, muchos de ellos obligados por los simpatizantes de ETA, la jornada de protesta añadida en el pueblo. —No conocía aún dónde estaba, así que no sé si en verdad fueron «muchos» los que chaparon las tiendas y las empresas de Rentería o tan solo unos pocos. Más cuando Santos me explicó el motivo de que se añadiera una jornada más de respuesta en el pueblo.

—¿Por qué se alargó la huelga un día más?

—En protesta por la intervención de la Guardia Civil el día de la huelga, cuanto tuvieron que actuar para quitar las barricadas e hicieron uso de sus armas de fuego e hicieron a dos personas.

—¡Vaya, qué forma tan franquista de los guardias para cumplir con su trabajo! ¿Qué pasó después?

Pasó, me siguió contando el jefe, que más o menos a la hora de comer, un número más que necesario de autobuses y furgones cargados con policías apareció a la entrada de Rentería. Se habían vuelto a plantar barricadas, que mis compañeros aún vestidos de gris se encargaron de desmontar.

En ese momento se produjeron los primeros enfrentamientos entre las que teóricamente deberían ser fuerzas del orden y los paisanos del pueblo al disolver diversos grupos formados por estos para no sé sabe si protestar por la presencia de los policías allí o para atosigarlos con piedras o cualquier otro medio arrojadizo a su alcance.

Tras las cargas protagonizadas por los antidisturbios,

las calles de Rentería se quedaron desiertas, ante el temor de la población de que también ellos fueran atacados por los antidisturbios, porque independientemente de la barbarie que sometía ETA al entorno social que campaba en Euskadi en ese momento, en que parece que para las fuerzas del orden el hecho de ser vasco era sinónimo de delincuente.

Aprovechando aquel vacío en el que se sumergió la localidad, piquetes que esta vez yo también llamo de la gristapo, se pusieron a recorrer sus calles como matones de un western, rompiendo con disparos de pelotas de goma y culatazos de sus armas todo lo que se iban encontrando según iban hollando el pueblo.

Quien fuera testigo de los hechos, que solo podrían ver desde las ventanas de sus casas y con la mayor de las precauciones, pudo ver el gran grado de exaltación de los policías, así como el deseo en su rostro de desahogarse con lo que se encontraran a su paso, ejerciendo una violencia innecesaria para destrozar escaparates, los cristales de los portales, porteros automáticos y… todo lo que se fue antojando a cada uno de los agentes.

Además de esto, empezaron a actuar como saqueadores, horadando las entradas de algunas tiendas para arramplar con aparatos electrónicos, relojes y, los más golosos, pasteles, entre otras muchas cosas más. Un botín como si estuvieran en una guerra, que era lo que los terroristas de ETA querían hacer creer a la opinión pública y que todos los demócratas que creíamos en la transición desde la dictadura a un régimen de libertad pensábamos que no era así. Porque no era así, cojones.

La gravedad de los hechos llegaron a su final cuando todos los vándalos que habían arrasado Rentería, volvieron subirse a los vehículos que los habían traído desde sus acuartelamientos hasta allí, saciados en parte en su sed de venganza. Una vez en los vehículos, arrojaron al suelo todos los objetos que se pensaba que era su botín, para que quedaran destrozados y a ellos no se les pudiera tildar de ladrones.

—¿Quién dio la orden de emprender el saqueo de Rentería? —pregunté cuando Santos acabó de contarme la barbarie cometida por personas que yo no podía considerar compañeros de profesión, sino salvajes envalentonados por las armas que manejaban y que podían llegar a usar si se le ponía en los huevos.

—Nadie.

—¿Cómo que nadie?

—Nadie daría un mandato a la policía armada, o la

guardia civil o al ejército para actuar en el País Vasco como fuerzas de ocupación, porque redundaría en perjuicio de ellos mismos como componentes de cualquiera de las tres entidades militares que he citado y posibilitaría reforzar los argumentos de unos terroristas de mierda que no son más que eso, unos putos asesinos mafiosos que dicen que quieren liberar al que ellos llaman su país, en el que se incluyen sobre todo las personas con ocho apellidos vascos, mientras que a los *maketos*, que son los que no cumplen esos requisitos porque son inmigrantes de otros lugares de España, se les considerará únicamente *euskaldunes*, como dicen ellos, y que literalmente significa «vascohablante», que en un sentido más amplio quiere decir, en este caso, personas que no tienen un origen vasco pero aunque no lleguen a hablar el idioma, han demostrado de palabra y de hecho que se sienten vascos por encima de todo.

La explicación tan amplia del jefe considero que no era necesaria para responder a mi pregunta, aunque a mí me vino bien para familiarizarme con el estado de las cosas que me encontraría en mi nuevo destino.

—Entonces, ¿qué pasó en realidad?

—Que se produjo una insubordinación.

—Después de lo que me ha estado contando sobre

los antecedentes terribles que han ido sucediendo antes de mi llegada aquí y que los que combatimos a ETA siempre estaremos sintiendo el hálito de la muerte cerca, entiendo que una unidad de la policía armada haya querido llamar la atención de que son poco más que carne de cañón por la falta de medios de la que todos ellos se quejan, pero una indisciplina tan grave me resulta difícil de creer. O, mejor expresado, difícil de entender —concluí yo.

—A todos nos cuesta comprender una manifestación pública de este tipo por parte de una de las fuerzas de orden público del estado, por lo que ya te dije antes de dar publicidad a una forma de actuar que no es propia de un país que marcha hacia una democracia y que perjudica a todas las partes implicadas en ese proceso.

—¿Está seguro que no fue una orden dada?

—Totalmente. De hecho, una insubordinación como la que se ha dado se podía haber disfrazado como un hecho motivado por cualquier suposición grave a un acto terrorista que pudiera cometer ETA, pero el gobernador civil de la provincia, que es Guipúzcoa, Antonio de Oyarzábal Marchesi, reconoció de inmediato, puesto al habla con el alcalde en funciones de Rentería en ese momento y con el secretario del dicho ayuntamiento, que los policías actuantes de modo tan bárbaro e incomprensible en su localidad lo habían hecho sin una orden dada por él.

Tras aquella extensísima conversación con Carlos Santos indagué por mi cuenta y riesgo sobre el saqueo de Rentería y pude leer las declaraciones al respecto del señor Oyarzábal. En ellas hacía hincapié en que acciones de gentes bárbaras como las que habían actuado en el pueblo suponía un paso atrás muy importante en el intento de conexión entre la política que quiere llevar a cabo el gobierno por el cumplimiento de las normas por las fuerzas de orden público y que quedan preñadas por la desobediencia de las mismas a las órdenes recibidas.

Una verdad que a mí me pareció media, porque con mandatos dados por superiores a la policía o guardia civil se habían producido hasta incluso muertes. Y es que a una policía salvaguardadora de una dictadura fascista no se le puede pedir de un día para otro que cambie en la forma de hacer las cosas. Por otra parte, es una verdad a medias lo que dijo el ministro porque no dijo absolutamente nada sobre los suyos, quiénes estaban siempre en la diana de ETA, ni tampoco se refirió a la falta de medios con la que contaban sus subordinados. Copio lo que dijo el señor Oyarzábal con respecto al motín policial: «se había logrado mejoras importantes en la imagen de la policía. Esta actuación desgraciada, incalificable, lo ha estropeado todo. Va a ser muy difícil después de lo de Rentería la recuperación de esta imagen pública de la policía, necesaria para llevar a cabo la *pacificación* del País Vasco». Pongo en cursiva la palabra «pacificación» porque no me parece la más adecuada para referirse lo que estaba ocurriendo allí.

La declaración del gobernador civil continuó con eso de que «lo de Rentería es un caso grave de desobediencia de órdenes. Considero que excede cualquier límite de anormalidad en la interpretación de órdenes: fue un acto vandálico. Las medidas contra la unidad causante de los mismos van a ser serias y muy duras. En Rentería no se ordenó la entrada y ocupación de la localidad por la fuerza pública, y aunque así hubiera sido no sería justificado ese acto vandálico».

Para terminar con una explicación sobre cómo estaban actuando en casos parecidos a este, aunque por supuesto a mucho menor escala, prosiguió diciendo: «cuando en las ocasiones anteriores se ha demostrado qué funcionarios actuaban movidos más por sus sentimientos privados que por la propia actividad policial, se les ha relegado de sus puestos o trasladado» y «tanto yo como los mandos de la policía estamos interesados en erradicar cualquier ligazón de las fuerzas de orden público con la extrema derecha a través de actuaciones individuales de funcionarios».

Vuelvo a la Tierra y dejo de irme por las nubes, si es que alguien considera que lo he hecho, para referirme al epílogo de mi conversación con Carlos Santos.

—¿La unidad o unidades que intervinieron en Rentería tienen algo que ver con Basauri? —pregunté yo en ese momento prácticamente último de la charla con él.

—No. Fue una compañía con sede en Miranda de Ebro, el pueblo de Burgos que hace frontera con el País Vasco, al mando del capitán José Luis Farizo Martín, que no es la primera vez que actúan en la región y siempre dan problemas.

—¿Qué clase de problemas?

—Eso, que te lo cuente otro. Yo ya he estado mucho tiempo aquí, contigo, cuando en teoría solo te había venido a recibir teniendo en cuenta que el cargo de comisario sigue vacante en Basauri. —Se levantó del asiento que ocupaba, me dio una mano flácida como despedida y se dispuso a marcharse enseguida, aunque antes añadió algo dirigido a mí—. Cuanto tengas confianza con alguno de tus compañeros, pregúntales por lo ocurrido primero en Pamplona y luego en San Sebastián en el fatídico, como ya te he dicho, año 1978.

Y se fue.

Día 13. Rentería. Llegaron de Miranda de Ebro, a su aire, actuando vandálicamente (F. L. M.).

Rompieron escaparates y sustrajeron objetos de las tiendas

INSOLITA ACTUACION DE LA POLICIA EN RENTERIA

Ha sido relevado de su cargo el capitán que mandaba la Compañía, y la autoridad militar ha abierto un sumario para juzgar a los implicados

[illegible]

Dos miembros de la Compañía de la Policía Armada desvalijaron el escaparate de la Pastelería Ter, de Rentería. Se llevaron cajas de bombones y dulces. La luna fue rota a culatazos.

[illegible]

Director: JUAN RAMON MARTINEZ

Precio del ejemplar: 15 pesetas

Doscientos hombres de una Compañía de Miranda de Ebro destrozaron establecimientos y saquearon comercios

Vandálico asalto de policías a Rentería

La huelga general se extendió el miércoles por todo Euskadi

Respuesta masiva a la jornada de lucha

Protesta ekintzak Estatuan, Euskadiko geratakarien ondoren

Martín Villa

«Lo nuestro son errores, lo otro crímenes»

Por una vez, este periódico no pintó la verdad

5. Antecedente 5º: La plaza de toros de Pamplona

El inspector superior de policía de Bilbao se marchó raudo de la comisaría, casi sin despedirse, y me quedé yo ahí, solito, ante todos mis compañeros, que me miraban sin disimulo con una curiosidad que me pareció extraña, no sé si por mi propia presencia allí o porque me veían ya como un muerto andante.

Vino al poco uno de los compañeros vestidos de paisano hacia mí, que ni tan siquiera hizo intención de tenderme la mano para darme la bienvenida como debía ser en esos casos.

—Qué, ¿has venido a ocupar el despacho que dejó vacante el comisario Sarrais? —me dijo e hizo un gesto con la cabeza enseñándome una puerta cerrada.

—¿Quién, yo? —le respondí—. ¡Ni de coña!

—Venga, no te hagas el tonto. Sabemos que tú vas a sustituirle.

—No. En primer lugar, yo soy solo inspector, ni comisario ni subcomisario, y si me han traído aquí ha sido… —estuve a punto de decir como castigo, pero supe rectificar a tiempo—… con un currito más. Yo no llevo uniforme marrón, o gris como tienen aún la mayoría de los nuestros, pero soy uno más de vosotros, vengo a ponerme a las órdenes del inspector jefe de esta comisaría, que si no me equivoco se llama Álvaro Guilabert Mellado[4].

—Ese mismo soy yo —confirmó el que se estaba enfrentando a mí.

—Pues según yo creo, las formas con las que te has dirigido a mí han sido una pésima forma de darme la bienvenida —me quejé sin rencor—. Ya sé que tú y todos los demás compañeros sois uno de los blancos preferidos de una banda terrorista que se llama ETA, pero desde que estoy aquí, en la comisaría de Basauri, voy a cambiar el tiempo del verbo para decir que en realidad todos somos objetivos de esos hijos de puta.

Guilabert pareció calmarse al oír estas últimas palabras y ahora sí que me tendió la mano. Yo no hice ademán de estrechársela.

—Hoy no toca rebobinar para empezar de nuevo —le expliqué mi decisión—. Mañana será otro día. —Hice una pausa para tomar mucho aire—. ¿Me puedes indicar cuál es mi mesa?

---

[4] Nombre supuesto.

El jefe en funciones de la comisaría asintió con un gesto débil, como hecho sin ganas, y me dirigió hasta un despacho mínimo donde había una mesa pequeña, dos sillas, un perchero y un pequeño archivador.

—Bienvenido al infierno, inspector Moreno —dijo mi guía con una solemnidad postiza—. Si quieres, te puedo indicar dónde dormirás a partir de ahora.

—No es preciso que sea ahora mismo.

—Cuanto antes, mejor. Veo que equipaje has traído muy poco, así que no te llevará mucho tiempo instalarte.

Acepté la oferta del que iba a ser mi superior de forma provisional y cogí una la pequeña bolsa de viaje que había traído conmigo y nos encaminamos hacia la parte que era cuartel de las instalaciones policiales de Basauri.

Guilabert empezó a chacharear conmigo para demostrar que su hostil bienvenida había sido una importante metedura de pata por su parte y que, de hecho, no tenía nada contra mí.

Llegamos a la habitación, espartana pero al mismo tiempo de proporciones amplias, y dejé la bolsa sobre la cama.

Guilabert seguía parloteando sin parar y decidí parar la charleta que me estaba dando.

—Vamos a ver, jefe —le interrumpí—. No hace falta que sigas hablando sin parar, incluso contándome cosas personales tuyas, para que vea que tú y yo vamos a trabajar bien juntos…

—Es que…

—Lo que sí puedes hacer para ayudarme es contarme cosas que debo de saber que han ocurrido aquí, en el País Vasco, que no me hagan parecer un ignorante con respecto a lo que me espera en mi destino que ahora es la comisaría de Basauri.

—¿Qué quieres saber?

—Carlos Santos me ha contado lo del atentado cuando echabais un partido de fútbol, los sucesos del día del funeral de nuestros dos compañeros muertos en Bilbao y la cosa rara que hicieron los nuestros en Rentería, pero me dejó con las ganas nombrándome lo que aconteció en los sanfermines del *jodío* año pasado y me ha dejado caer que tuvo una continuación en San Sebastián.

—No me puedo creer que no sepas nada de lo que me acabas de pedir que te cuente.

—¡Pues claro que sé lo que pasó! —repliqué airado—, pero no es lo mismo leer unos hechos en un periódico o escucharlos en la radio o verlos en la televisión, difundidos por periodistas sensacionalistas que solo buscan ser famosos, que contado por uno de los que vivió de cerca lo sucedido, en este caso tú.

Guilabert cabeceó un sí, me pidió que me sentara en la cama y él permaneció de pie.

Y empezó con su relato.

El segundo día de los sanfermines del año pasado, el ocho de julio, tras la corrida de toros, era habitual por parte del público saltar al ruedo. Junto a un montón de gente que se dio ese gusto, lo hicieron unos radicales que colocaron una pancarta pidiendo la amnistía total para los presos de ETA.

A mí, esta petición me parecía un absurdo. El diecisiete de junio del año setentaisiete fue publicada una ley de amnistía para todos los delitos de intencionalidad política realizados hasta el día quince de ese mes, fecha en la que se celebraron las primeras elecciones democráticas en España en más de cuarenta años. El perdón se hacía extensivo a todas las autoridades, funcionarios y agentes de las fuerzas de orden público que hubieran cometido faltas o delitos en el servicio del deber del régimen anterior en la persecución de actos políticos o hubieran quebrantado los derechos de las personas.

Por tanto, esa absurdez de la que he hablado que era la petición de otra amnistía para los terroristas que habían seguido matando después del quince de junio del setentaisiete, poco más de un año después, sería algo así como reconocer que los cabrones de ETA no eran convictos por haber asesinado, sino presos políticos como decían que eran una buena parte de la sociedad vasca.

Guilabert seguía contando.

El despliegue de la pancarta ocasionó que un gran número de agentes de la policía armada, mis teóricos compañeros de uniforme, entraran a la plaza y actuaran como si se tratara de la gristapo y no como un Cuerpo que había de servir a la democracia que estaba llegando a España.

El inspector jefe me dijo que se trataba de la misma compañía de la policía que luego actuó en San Sebastián y protagonizó el saco de Rentería.

Los antidisturbios y el resto de los uniformados del Cuerpo empezaron a realizar cargas contra todos los presentes en el ruedo, hubieran colocado la pancarta o no.

En el coso, que aún no se había desalojado por una buena parte del público que había acudido a la corrida —el aforo era de unas veinte mil personas— se hizo el caos.

Las algaradas, a partir de entonces, atravesaron los

muros de la plaza y se extendieron por todo Pamplona. Los nuestros empezaron a hacer uso de sus armas de fuego de un modo indiscriminado, con la munición que mata, no con tan solo pelotas de goma, y provocaron la muerte de un mozo, Germán Rodríguez Saiz, militante de un partido de extrema izquierda, la Liga Comunista Revolucionaria, aunque la bala podía haber alcanzado a cualquier otra persona, puesto que se dieron once heridos por disparos en estos incidentes, además de otros ciento cincuenta más por la violencia usada por los antidisturbios con pelotas de goma y botes de humo lanzados y las hostias que impartieron por doquier.

Los disturbios se extendieron hasta la madrugada. Por primera vez en los últimos cuarenta años, desde la Guerra Civil, al conocerse la muerte del joven, los sanfermines se suspendieron.

La muerte de Germán Rodríguez provocó la inmediata convocatoria de una huelga general en el País Vasco y Navarra, así como múltiples manifestaciones de protesta, que fueron fuertemente sofocadas. En la que se realizó en San Sebastián el día once de julio, fue asesinado Joseba Barandiaran Urkola, alcanzado por la bala de uno de los nuestros que aún no se ha identificado.

Dosier de las peñas sobre los sucesos del 8 de julio de 1978

Germán Rodríguez, con blusa oscura, sombrero y barba, a la izquierda, en las gradas de la plaza de toros de Pamplona

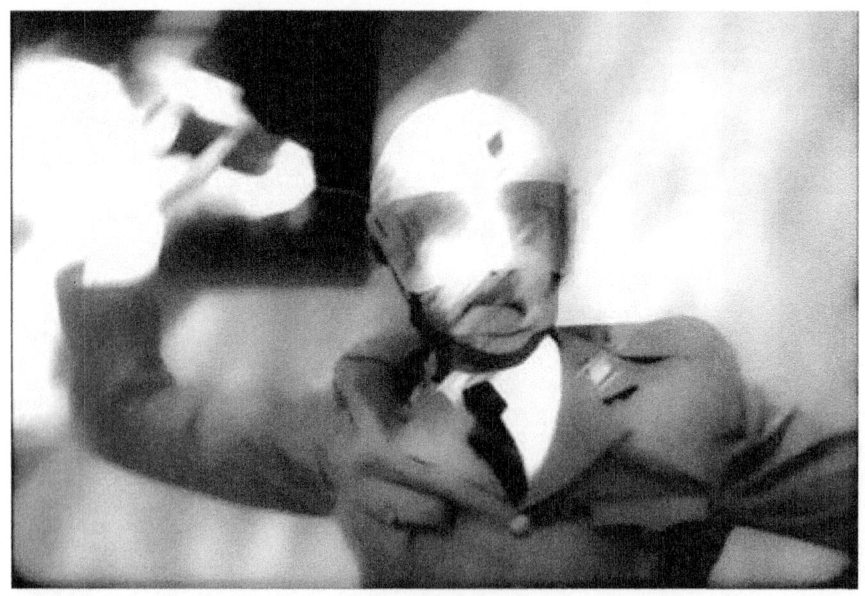

Lugar donde fue abatido Germán Rodríguez

Homenaje póstumo a Germán Rodríguez

Nueva Revolución: Foto e indicativo circular en donde estaba Joseba Barandiaran

Argia: Foto e indicativo circular en el momento del disparo a Joseba Barandiaran

SEGUN EL COMISARIO-JEFE DE SAN SEBASTIAN

Barandiarán, muerto por la espalda, probablemente por E.T.A.

SAN SEBASTIAN, 12 (EUROPA PRESS). — Los disparos que mataron al joven José Ignacio Barandiarán Urcola fueron hechos desde detrás y entraron por la espalda, según el comisario de guardia de San Sebastián.

La misma persona ha manifestado que se sospecha que hayan sido miembros de E.T.A. los autores de su muerte.

Por el contrario, fuentes próximas al partido «abertzale» E.I.A. han manifestado que el autor de los disparos fue un policía armado, situado en el asiento de al lado del conductor, que al verse acosado en un determinado momento por los manifestantes, que tiraban piedras, salió del coche y disparó una ráfaga con el «Zeta 70», subfusil que usa habitualmente la Policía, alcanzando de lleno al joven, a la altura del pecho.

Las mismas fuentes señalaban que hay otros dos heridos, pero no se ha hecho público dónde se encuentran hospitalizados.

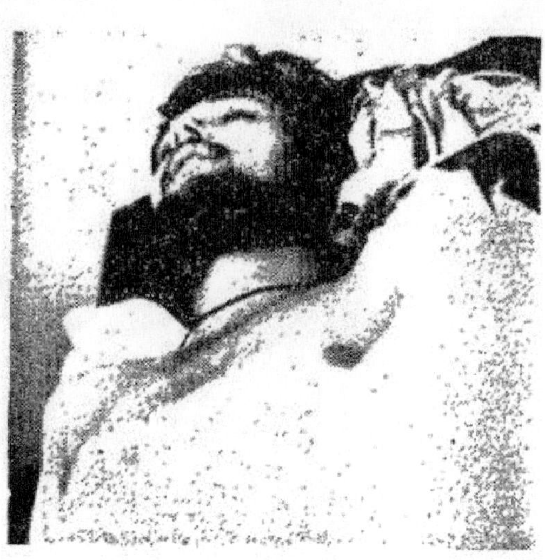

Efe

El joven José Ignacio Barandiarán, muerto ayer en San Sebastián

La comisión ciudadana que ha investigado los sucesos de San Sebastián presenta sus conclusiones

Acusan a un policía armado de la muerte de Joseba Barandiarán

San Sebastián

II.

El miedo

6. El miedo

Aunque aún me pusieron en antecedentes sobre un par de hechos más, no fue en ese momento, por lo que ahora me toca hablar del miedo.

El miedo a morir, por supuesto, pero también a no poder vivir como una persona normal, referido tanto a los policías como a los guardias civiles o militares o personas con un pasado asimilado aunque fuera remotamente al fascismo o a los individuos que no pensaban como los proetarras o por negarte a llamar el mal llamado impuesto revolucionario…

Todos esos miedos los sentí en mis propias carnes o fue testigo de esas otras formas de sentir pánico a través del contacto con esas otras personas que también lo sentían, algunas veces antes de que fueran asesinadas por los terroristas por no querer ser «salvados» de la ocupación española de Euskadi por ETA.

Yo llegué a la comisaría de Basauri el dos de enero del recién estrenado 1979. El ambiente que me encontré allí ya lo he descrito un poco, en el que se percibía una parte de frustración y otra de abandono por parte de los mandos, cargos políticos e incluso todo el ministerio en su totalidad, al que no parecían importarles sus vidas, porque los medios de que disponían para combatir a los terroristas no estaban a la altura de tan crucial tarea.

No era agradable a la vista ni tampoco al ánimo de los compañeros ver el despacho del comisario jefe cerrado, porque no había quién lo ocupara, porque la persona que tendría que estar habitándolo había sido asesinado por ETA.

Guilabert, el inspector jefe interino de los que formábamos la dotación de Basauri hacía lo que podía para dirigir los hechos de cada día del trabajo que se desarrollaba allí, pero era evidente que no podía con todo, sometido como estaba a una presión asfixiante por parte de superiores y subalternos y el evidente apoyo popular con el que contaban los etarras, que navegaban por la región a placer proclamando sus falsas doctrinas, porque la democracia en España aún no se había consolidado y a pesar de que ya se habían empezado los contactos para redactar el estatuto de autonomía del País Vasco.

Dos inconvenientes más con el que se encontraba

Guilabert con respecto a los hombres a su cargo, además de la falta de medios y el descontento generalizado, eran que contaba con un número de policías insuficiente, tanto por la decisión de arriba de no mandar más efectivos allí como por las muertes que se iban produciendo entre sus miembros, lo que suponía que tuviera una plantilla, quiero utilizar esta palabra y no un eufemismo, además de desmoralizada por los atentados que se habían dado en los meses anteriores que afectaron directamente a la comisaría de Basauri, puesto que en noviembre pasado se produjeron los asesinatos de José Benito Sánchez Sańchez y Benjamín Sancho Lejido, dos de los treintaitrés compañeros que estaban jugando al fútbol en el interior del recinto del cuartel y del que había muchos heridos que seguían recuperándose de las secuelas que les produjeron las balas disparadas por los terroristas aquella jornada; y de José María Sarrais Llasera y Gabriel Alonso Perejil, comisario y subcomisario de Rentería y Basauri, y de un amigo suyo, el policía municipal de San Sebastián Ángel Cruz Salcines, también ametrallados mientras tomaban un café en el bar. Sí, ya sé que he contado esto, pero es una forma mía, ideada sobre la marcha, de recordarlos cada vez que pueda para que sus nombres no se olviden, como haré en el futuro con la mayor parte de las víctimas ocasionados por esta banda terrorista y también las ocasionadas por otras.

Los atentados de ETA eran además de una crueldad extrema, realizados con disparos de pistola, con la que solía rematar a las víctimas, o ametrallándolas como buenos discípulos que eran de Al Capone, una similitud que no saco a colación simplemente por esta forma de matar, sino porque yo consideraba que la banda terrorista, tras la muerte de Franco, no era otra cosa que una mafia que lo único que pretendía era que los vascos vivieran una vida de acuerdo al guion escrito por ellos, supremos sabios de lo que tiene que ser la existencia humana.

No era raro ir por la calle, aunque en realidad yo iba pocas veces por ese sentimiento de miedo que ocupaba todo mi ser, y encontrarte con muchas pintadas. Unas hechas por la propia ETA, que ponía su siniestro logo como en un cartel, de vivas a la banda que era la palabra «*gora*» en euskera, caricaturas de miembros de las fuerzas de orden público, policía y guardia civil, en las que se nos pintaba como cualquier animal de una granja o como seres viles, algunas veces como si tuviéramos los dientes afilados, o lo que es peor, escribiendo un nombre, al que se le incluía la definición de *txakurra* con esa sola palabra, rodeados de una diana o, para los que se les daba peor dibujar, expresando con todas las palabras «ETA mátalo», ya fuera en singular si se refería a una sola persona a la que pedían asesinar o en plural si esos descerebrados querían que se matara a varios. Un escenario increíble, que no podía imaginar que se pudiera dar en un país moderno, civilizado y perteneciente al continente europeo.

Otra forma de saber que uno estaba amenazado era emprender vandalismos contra el domicilio que ocupaba el señalado. Pintadas en las paredes del edificio haciendo referencia explícita de a quién se referían, dejando en el buzón panfletos en los que se vertían insultos contra el que no les era simpático a los terroristas, porque otra cosa lógica no se podía imaginar para que quisieras matar a un prójimo sin razón alguna, ya impresos, o anónimos repletos de insultos o, simplemente escribiendo en un papel en blanco amenazas de muerte, siendo una de las más preferidas «tú serás el siguiente», o colocarte dentro del dicho buzón, esta era una de sus torturas preferidas, una corbata negra o también podían dejarte unas llaves extrañas, que como es lógico suponer, al decir «extrañas», no pertenecían al señalado.

Por supuesto, también iban al piso del amenazado y

dejaban cualquier resto desagradable de un animal en el felpudo o una caja que simulaba ser un paquete bomba o, sin molestarse en subir la escalera no fuera a ser que el ascensor no funcionara y fueran a cansarte, romperte desde la calle los cristales de las ventanas o de la terraza, si tenías, con piedras arrojadas o lanzadas con tirachinas.

Otras formas de tortura utilizadas por los etarras o alguno de sus simpatizantes, que aún eran muchos en 1979, porque muchos vascos seguían con las anteojeras puestas de sobre quién se trataba esa gentuza, era hacer llamadas intempestivas y entre risotadas, de madrugada, al individuo señalado, y cuando este colgaba el teléfono todas las noches y por si no se había enterado la persona en cuestión que se había convertido en un objetivo de los hijoputas, podían repetir la pintada de la diana, con tu nombre inserto en el centro de la misma para que no tuvieras dudas. O arrojarle un cóctel molotov a la casa que tenía en el pueblo donde había nacido o decidido comprar o alquilar para pasar los días que tuviera de asueto o las vacaciones.

El miedo a los terroristas y a su entorno no hacían nada por paliarlo las actitudes violentas y asesinas de las fuerzas de orden público destinadas en el País Vasco. Tampoco la actuación de los grupos terroristas que decían combatir a los etarras, aunque muchas veces fueran aplaudidos por algunos de mis compañeros, porque era más cierto que falso que estas bandas tuvieran componentes parapoliciales que formaban parte de ellas, lo que enrabietaba aún más a estos nuevos salvadores de patrias, fortalecían su concepto de fuerzas de ocupación españolas referido a nosotros y los compañeros beneméritos, obtenían más acólitos a su sinrazón y se incrementaba el caos en el que se veía inmersa la sociedad vasca del momento.

Total, que aún no había transcurrido ni un mes desde que fui destinado a Basauri y ya me había contagiado de los males que sufrían todos mis compañeros: sentimiento de soledad, el estrés al sentirme amenazado, introspección personal profunda, sentirme como un muerto andante sin ninguna emoción personal, centrado como estaba en todos los segundos del día en intentar proteger mi vida.

17
ATXILOTUAK
ASKATU!
ETA
bietan
jarrai

ETA
MATALÒ

E.T.A.

BONOS DE ETA
Por seguridad y rentabilidad

7. El aislamiento

Alojado en las instalaciones del cuartel de Basauri estuve muy pocos días. Me negaba a que toda mi vida se centrara en permanecer todo el tiempo entre las cuatro paredes del acuartelamiento además de comisaría, como muchos de mis compañeros hacían, como pasando el tiempo para que transcurriera lo más deprisa que se pudiera para pedir pronto el traslado a otro destino, donde ya se podría hacer vida como un hombre cualquiera.

La decisión de vivir por mi cuenta alejado del encierro del cuartel, que es donde dormían muchos policías destinados allí, no fue nada fácil. Hubo un tira y afloja intenso entre yo y mí mismo, del que salió ganando el primero, porque yo tenía que intentar siempre ser siempre yo aunque eso pudiera acrecentar el miedo que sentía por el mero hecho de plantar un solo pie en la calle. Caminar por ellas, algo que apenas hacía, me producía un acojone en los que deseaba que el ojo sin niña que tenemos en el culo, pudiera tener esta para ver y así poder mirar hacia atrás en la búsqueda de cualquier peligro que pudiera acecharme.

La señora que regentaba la fonda donde me alojé no hizo demasiadas preguntas sobre mi persona cuando le pagué por anticipado tres meses de estancia y se conformó con que le dijera de viva voz los datos de mi carné de identidad, que prefería no mostrarlo porque en él se reflejaba mi profesión.

A pesar de ello, la señora, doña Enriqueta, no se pudo contener y me dijo lo que era, como si tuviera artes adivinatorias o, mejor, muchos años en el oficio.

—No se preocupe, señor Moreno —soltó—, no es la primera vez que alojo en mi fonda a un policía.

Pude preguntarle por qué sabía que yo era policía, o haberlo negado con un ruego desesperado, pero decidí asumir lo que ocurría y continué la conversación.

—¿Y qué tal le ha ido? —pregunté.

—Algunas veces bien, otras peor —contestó ella con soltura—. Ya sabe que las personas somos personas al fin y al cabo y no por tener una profesión u otra todas van a ser de la misma manera.

—No me refería a eso —corregí yo a la señora—. Hablaba de cómo fueron recibidos esos policías que dice usted entre los huéspedes de su hostal.

—¿Cómo los habían de recibir? —Puso los brazos en

jarras—. Aquí todo quisqui viene a dormir, no a andarse con gilipoyeces. Si los batasunos o, peor, los etarras vienen a molestarle, será solo a usted a quién jodan, no a mí ni al resto de inquilinos.

—La pueden tildar de colaboradora con las «las fuerzas de ocupación españolas».

—¿Está usted de cachondeo? A me importa dos cojones lo que esa basca piense de mí. Y si tienen huevos para venir a joderme la marrana o incluso a matarme, porque ahora en Euskadi se mata por cualquier cosa, los que saldrán escaldados serán ellos.

Las palabras de doña Enriqueta me sirvieron para descargar un poco la tensión nerviosa que dominaba todo mi ser.

Había asumido la intensa situación de aislamiento y desamparo que me esperaba en el País Vasco durante mi ejercicio como inspector de policía, pero me acaba de dar cuenta de no todo el mundo se tomaba las cosas como si fuera un cara o cruz, del que si no eres mi amigo eres mi enemigo, así que un tenue rayo de esperanza empezó a penetrar entre las oscuras tinieblas que mi cabeza albergaba.

Porque sí, un policía en el País Vasco se sentía tal como he dicho, solo y perdido, porque la gente con la que te cruzabas, si supieran que era policía, se apartarían de mí, una medida cautelar de desprecio pero no de violencia que seguro que sí ejercerían hacia mi persona los sectores nacionalistas vascos, sobre todo los más radicales, o ser señalado como objetivo de ETA o que se dieran cuenta, si no lo habían hecho ya, de que las fuerzas del orden desplegadas en Euskadi estábamos con el culo al aire con respecto a la preocupación hacia nosotros de los mandamases que deberían hacerlo.

El corto trayecto desde la fonda hasta la comisaría lo hacía siempre a pie, nunca por el mismo camino y avizorando cualquier mínimo trastorno en el acontecer cotidiano de cada día para intentar visualizar que alguien venía a cazarme.

Relaciones, tuve muy pocas, aunque empecé a sembrar una amistad duradera con Guilabert y un cabo de uniforme, Joaquin Souto Carmena, que me cayó simpático desde el principio porque era de Los Molinos, el pueblo que linda con Cercedilla al sur, que aunque era un poco cerril con respecto a lo que había que hacer para acabar con ETA, opinión que mostraba muchos arrestos y bastantes muertes, de inmediato me di cuenta que todo lo que decía sobre el tema era una secuencia de un teatro tremendista representada en la vida real, para demostrar una dureza de carácter que no era tal y así estar en la misma órbita que el resto de los compañeros.

Decía que relaciones personales por mi parte, muy pocas. Conseguirlas era una opción muy difícil de lograr, porque la sociedad vasca aún tenía muy próximo el franquismo, que se había cebado hasta el extremo con su singularidad.

Por eso, muchos vascos nos consideraban extraños en su tierra y los más radicales nacionalistas hablaban de nosotros como si fuéramos el invasor de su patria.

Es fácil suponer entonces que las fuerzas del orden no contábamos con ningún reconocimiento social entre los vascos, que no nos trataban e incluso nos hacían el vacío, lo que creía más que suponía que aquellas actitudes iban a llevarme a una situación extrema conmigo mismo, hasta la extenuación por no ser persona, por lo que me trasladaba a otra parte de España o, simplemente, dejaba el Cuerpo, decisión que ya maduré largo y tendido antes de montar en el tren que me trajo al País Vasco.

ETA mataba más que nunca y los miembros de las fuerzas del orden parecíamos ser sus blancos preferidos, aunque asesinaban a quién consideraban que tenían que hacerlo, al modo del IRA en Irlanda, que quería gestionar el día a día de los que estaban, utilizaré una palabra que no es adecuada, bajo su custodia.

Eso suponía que en la sociedad vasca se diera una polarización brutal, en el que los nacionalistas extremos no dejaban de importunar a aquellas personas u organismos que no eran plenamente vascuences, mientras el resto de los habitantes en la región miraban a otro lado o por miedo o porque aún tenían el reflejo en su memoria de cómo habían sido los policías y la guardia civil en tiempos de la dictadura y, por lo que se veía tras los sucesos en Pamplona, San Sebastián o Rentería parecían no haber cambiado sus formas de actuar.

Por eso, fueras o no un batasuno, en muchos lugares del País Vasco un miembro de la policía o guardia civil era considerado algo así como un extranjero, símbolo de la tiranía que se vivió durante el franquismo, aunque el franquismo estuvo presente en toda España, un país que tiene la virtud de tener al menos tres lenguas propias además del castellano, algo que Franco y sus acólitos nunca entendieron, que no gobernaban un país homogéneo, que el país se componía de varios modos de comportamiento según el punto cardinal en donde uno se situara, entre ellos los vascos, que además de sus propias costumbres arraigadas en el tiempo contaban con un idioma propio, en el que prácticamente no les dejaban expresarse, bajo eslóganes tan ominosos como «si eres español, habla español».

Había compañeros que recibían insultos verbales y por escrito, escraches y tanto a ellos como sus familias se les boicoteaba negándoseles a comprar productos en algunos comercios, que por fortuna no fueron mayoría, e intimidando también a esposas e hijos como a sus maridos, colocándoles, por ejemplo, gatos muertos u otros bichos sanguilonientos en la puerta de sus casas.

Ya he dicho que con Guilabert me llevaba muy bien, pero no tuve recato de amonestarle en público cuando ejercía una presión excesiva hacia los compañeros de uniforme, momento en que parecía colgar de una percha su afabilidad habitual, como si no entendiera la situación en que estábamos todos en la comisaría que él mismo me había explicado el día que llegué a Basauri, sin atender a la endémica falta de recursos materiales y humanos con los que contábamos y perjudicando aún más la poca razón que se mantenía en alguno de ellos.

—Siento que me hayas visto en este estado, Manuel —pedía disculpas después el inspector jefe—, pero a esa presión asfixiante es a lo que estoy acostumbrado desde que me trajeron al País Vasco.

—Disculpas no aceptadas, Álvaro —repliqué yo mostrándole un humor de perros—. Bastante putas las pasamos ya para que vengas tú con estas.

—Yo recibo parecida presión de los de arriba.

—Eso no me sirve como excusa, tío —intenté apaciguarme un poco—. Nuestro enemigo está fuera, en la calle, no dentro de la comisaría, y no puedes tratar a la gente como lo haces en esos arranques de furia, porque si todos estamos aquí medio locos, con las exigencias imposibles que haces a todos los que dependemos de ti, nos volverás tarumbas del todo.

Lo cierto es que las fuerzas del orden desplegadas en el País Vasco, me permito incluir en la cesta de los policías también a la guardia civil, era como la representación de una obra de una tragedia del teatro clásico, aunque esta vez sin el personaje ficticio que es el amor, desarrollada esta vez en la vida real, rodeado por el terrorismo, la enemistad social y las presiones por parte de los mandos en Vitoria y Madrid para realizar el trabajo imposible de combatir y aislar a ETA y los suyos, porque cualquier error en una de sus acciones o actitudes devolvía la integración de lo que debía ser una policía democrática en el nuevo contexto político que se estaba trazando en España.

ETA
bietan
jarra

E.T.A
MATAL

POLICIA
ASESINA

Alde Hemendik: fuera de aquí

8. Ser invisible sin dejar de estar alerta

El cabo Joaquin Souto tenía el uniforme a medio quitar, la camisa desabrochada y la gorra echada hacia la parte de atrás de la cabeza.

Estábamos tomando unas cervezas en la cantina del cuartel, el único lugar en que podíamos hacerlo de una forma distendida, sin estar pendiente de cada cliente de un bar y de la puerta de entrada al mismo, no fuera a aparecer un comando terrorista a matarnos y nos pillara en bragas.

El cabo y yo éramos unos de los pocos compañeros que no vivíamos en el recinto, por eso quise abordarlo porque él sí que aguantaba como un titán la tensión que todos los días que soportábamos los policías destinados en el País Vasco, llevaba años aquí, y quería que me diera algún consejo para que yo pudiera aguantarla.

—Si esperas algo de los mandamases de Madrid, lo llevas claro —empezó diciendo—. Tienes que seguir unas normas de autoprotección básicas para que no seas cazado por esos hijos de puta de ETA sin al menos defenderte.

—¿Por ejemplo?

—Debes mantener un perfil bajo, lo más bajo que

puedas, y aunque tú no necesitas ponerte el uniforme casi nunca, evita que en las ocasiones que haya que lucirlo te vean, casi nadie al menos.

Yo, desde el año setentaitrés, cuando entré en la policía, podía contar con los dedos de una mano las veces que había tenido que ponerme el uniforme.

Así se lo dije a Joaquín.

—Suerte la tuya entonces —prosiguió él—, puesto que me estás confirmando que de uniforme no se te verá apenas, aunque me imagino que sí será necesario que lo hagas cuando acudas al funeral de uno de los compañeros, y quién sabe si el mío. —Dio un trago largo a su caña—. Entonces, en tu caso, procura que los etarras o sus marionetas, los batasunos, no te vean nunca la placa.

—¿Y si tengo que intervenir en un conflicto que surja de repente?

—Hazlo. Nosotros hemos jurado proteger a los demás. Aunque estemos amenazados de muerte en todo momento, hemos de cumplir con nuestro deber.

—En el momento que lo haga, estaré fichado.

—Fichados estamos todos, inspector, lo que procuremos es no dar el cante por ahí. Estoy seguro de que saben que eres policía todos los vecinos de Basauri. Pero el País

Vasco, aunque no es muy grande, tampoco es pequeño y si estás fuera de tu entorno nadie tiene por qué saber a qué te dedicas.

—Me has acojonado, colega.

—Acojonados estamos todos, Manuel, la cuestión es no ponerle a huevo a los etarras que puedan cazarnos como a conejos.

—¿Qué más cosas haces tú para autoprotegerte, porque como no lo haga uno mismo, aviados vamos.

—Discreción, saber siempre en dónde estás, evitar los barrios más conflictivos de pueblos y ciudades y procura no entrar nunca en los cascos viejos de estos sitios.

—Supongo que por la estrechez de las calles.

—Ideales para montar barricadas o tender una emboscada.

—Anónimo sí que pretendía ser, no tan solo porque pueda ser el objetivo de un atentado, sino por mi forma de ser. No soy de los que van dando la nota por ahí.

—Eso está bien… al menos aquí, en el País Vasco. —Nueva pausa, esta vez para pedir una nueva ronda—. Debes evitar lugares muy concurridos…

—Yo creía que eso era algo que te protegía.

—Pues no.

—¡Vaya!

—No te vayas a tomar cañas en bares en donde la clientela aparente ser hostil hacia todo lo que no sea vasco. Por supuesto, nunca entres en las *herriko* tabernas, esos antros frecuentados por terroristas en potencia que sospecharán inmediatamente de cualquier cliente nuevo que se pase por allí. Porque para esa gentuza está muy claro, más vale prevenir que curar y mejor recelar de un desconocido que se acoge en su ambiente que luego saber que se trata en realidad de un infiltrado que viene a espiarlos.

—Jamás se me ocurriría entrar en un garito de esos.

—Más cosas. No digas a nadie, ni a la persona que te inspire la mayor de las confianzas, en qué trabajas, porque nadie debe saber por tu propia boca, fuera del trabajo, que eres un policía.

Le dije que mi patrona, doña Enriqueta, se había dado cuenta inmediatamente de que lo era.

—No te preocupes por esa señora. Es apolítica del todo y le gusta mucho el dinero. Por cobrarte todos los meses el hospedaje callará la boca aunque la torturen.

Me explicó a continuación otras medidas que debería tener en cuenta para no ser asesinado por los terroristas de ETA, algunas de ellas que ya había emprendido por la lógica que yo me dictaba a mí mismo.

Recuerdo perfectamente lo que me aconsejó que hiciera más. Estar muy pendiente de quién pulula entorno a mí, más si hacía gala de actitudes inhabituales, de vehículos que me parecieran sospechosos. Cambiar los trayectos de ida y vuelta del trabajo a la fonda o de otras actividades que pudieran interesarme. Disimular también tenía que ser una carta más en mi manga, vigilar todo lo que a uno le rodea y, al mismo tiempo, no mostrarse nervioso y que no se apreciara que estaba en un estado de vigilancia constante.

Joaquín Souto no tenía piso propio, ocupaba la habitación de un hostal con más presencia que el mío. Quería permanecer en el País Vasco un tiempo más, porque en este destino se cobraba bastante más que en otros, hasta que tuviera el suficiente dinero ahorrado para comprarse una casa en su pueblo, Guadalupe, provincia de Cáceres.

Yo tampoco pensaba establecerme en Euskadi. Hasta ahora, siempre había sido policía en Madrid, pero para salir del destino en que me encontraba ahora aceptaría cualquier otro lugar de España para instalarme, siempre estando al tanto de poder regresar a la capital del país, donde ya estaba pagando la hipoteca de una casa propia en un barrio obrero de la ciudad, en el entorno del río Manzanares.

A pesar de todas estas circunstancias personales, Joaquín me dijo que en el caso de que me diera la locura de irme de la fonda e instalarme en un piso, habría de extremar las medidas de seguridad de este y tomar las mayores precauciones sobre quién podía ir a visitarte a tu casa.

Obvió referirse en su decálogo a que tuviera que alertar a mi familia, que también podían vivir una situación de riesgo, e impedirles que hablaran del trabajo que ejercía como policía a nadie, absolutamente nadie. La mía vivía muy lejos de aquí, no tenía a nadie conmigo, por lo que esa precaución creía que no me concernía a mí.

Empezó a hablarme de coches, de que algunos compañeros habían blindado el suyo, pero cuando le dije que no tenía vehículo propio y que no pensaba comprar ninguno por ahora, dejó de referirse a ellos.

—Todo lo dicho —terminó el cabo con la conversación— se puede resumir en unas pocas palabras, ser invisible y a pesar de ello, no dejar nunca de estar alerta en todo momento.

Estado de un coche tras el atentado contra un guardia civil y su novia

EKAIN
GOGOAN ZAITUGU

diegu

Calle Magdalena de Bilbao

El periodista de «La República» se reafirma en las manifestaciones de Iribar

Director de «Egin»: «ETA es nuestra segunda pierna»

José Félix Azurmendi, director del diario vasco «Egin» le dijo a *Oliviero Beha*, redactor jefe de Deportes de «La República», que «ETA, aunque parezca fuerte decirlo, es nuestra segunda pierna», según el propio *Beha*. El periodista italiano, por otra parte, se reafirma en todo lo escrito sobre *Iribar*.

■■ Para el periodista italiano, una cosa es lo que dicen los entrevistados en privado y otra verlas en los periódicos.

Posición difícil

«ETA, nuestra garantía»

9. Antecedente 6º: Argala

Salimos Joaquín y yo del cuartel de Basauri cuando me dijo que, para variar el trayecto para ir a su hostal como hacía siempre, me acompañaba a mi fonda primero y que luego, desde allí iría a su alojamiento.

Teníamos en el cuerpo algunas cervezas de más, cuestión que no parecía conveniente para andar de noche por la calle si teníamos en cuenta lo que acabábamos de hablar sobre autoprotección, pero enseguida me di cuenta de que el cabo pareció curarse de repente del efecto del alcohol que llevaba en su cuerpo y, como un lince y de inmediato, se puso en guardia ante lo que sucedía en torno nuestro.

Apenas dijo palabra mientras caminábamos, dando un rodeo importante, hasta mi hospedería. La noche cerrada como esas tan penetrantes como solían darse en invierno, no impidió la vigilancia de Joaquín y, por qué no decirlo, también la mía, pero por fortuna aquel día no aguardaba nadie en la penumbra para intentar matarnos.

Cuando estuvimos ya cerca de la fonda, fue como si

el cabo se relajara y me empezó a decir que la última alegría con respecto a ETA se la había llevado con la muerte del muy famoso terrorista José Miguel Beñarán Ordeñana, más conocido como Argala, flaco en euskera, aún hacía pocos días, puesto que fue asesinado el pasado veintiuno de diciembre, aunque su muerte se había programado para el día anterior para que coincidiera con el sexto aniversario del crimen de Carrero, pero ese día el etarra no salió de casa, mediante la colocación de una bomba-trampa en su coche, en Anglet, una población francesa no muy lejana a la frontera con España.

—Algo leí sobre eso —le respondí con una inquietud que casi llegaba a ahogarme—. No sabía que tú eres partidario de matar a nadie, más si el atentado que acabó con el terrorista ha dido atribuido al Batallón Vasco Español, que con la caza de etarras y sus simpatizantes que ha emprendido yo creo que nos perjudica más que nos beneficia a los que como tú y yo sí luchamos de verdad contra el terrorismo.

—Estoy de acuerdo contigo en la segunda parte de lo que has dicho —replicó él— y en buena parte de lo primero también, pero Argala es Argala.

—Yo, de Argala, sé lo que ha trascendido a los

medios, que siempre nos recuerdan que fue uno de los componentes del comando que asesinó a Carrero Blanco.

—El Cejas como era conocido por todos, o El Ogro, tal como lo había bautizado ETA. Al expresar mi alegría no fue porque matara al primer presidente del gobierno que nombró Franco, sino a su ideología radical.

—¿No es radical toda la izquierda *abertzale*?

—Sí, por supuesto. Pero Argala era especial, por el prestigio que tenía dentro de ETA y porque él fue el ideólogo para crear ETA militar, que se haría cargo de seguir matando mientras instaba a crear una formación política que estuviera presente en las instituciones que se suponía que se darían tras la muerte de Franco.

—Yo siempre he preferido arrestar antes que matar, algo que no hecho ni una sola vez.

—¿Cómo ibas a apresarlo si estaba en Francia?

—Pidiendo su extradición.

—¿Extradición? ¿Qué extradición? Los putos gabachos no conceden ninguna porque siguen confundiendo la velocidad con el tocino y aún piensan que ETA es una formación política que lucha por la libertad, no se sabe de quién, teniendo en cuenta que Franco murió hace ya más de tres años.

El atentado contra Argala se había perpetrado mediante la colocación de una bomba lapa en los bajos del coche, como ya he dicho antes, seguramente conectada al arranque de este, tal vez a la dirección del mismo. Al poner en marcha el R-5 que Argala poseía, el explosivo detonó y mató al etarra al instante.

Joaquín se despedía ya de mí, por lo que le presté toda mi atención. Antes de marcharse del todo, me dijo una última cosa.

—Y no seas ingenuo, Manuel. El atentado contra Argala no ha sido reivindicado por nadie, y si lo hubiera perpetrado el Batallón Vasco Español, se había enterado todo dios.

—¿Quién fue entonces quién lo mató?

—Cuatro marinos en venganza por el asesinato de su almirante Carrero Blanco. Tú que tienes fama de estar al loro de todo, ¿te parece acaso una coincidencia que la fecha prevista para matar a Argala fuera justo el veinte de diciembre, el mismo día que El Cejas voló por los aires?

Tras la conversación con el cabo, quise informarme de un modo más profundo sobre el atentado contra Argala y lo que sucedió después.

Argala era natural de Arrigorriaga, un pueblo del

Gran Bilbao. En previsión de que se le rindiera homenaje al terrorista en él, más de cuatro mil policías tomaron las calles de la localidad para evitarlo.

No se produjeron incidentes por petición expresa del principal dirigente de Herri Batasuna, Telesforo Monzón, un hombre ya mayor que llegó a ser ministro durante la II República.

El féretro de Argala fue llevado a pie por familiares y algunos alistados a Herri Batasuna. Dicen que al paso del ataúd por las cercanías de tres capitanes de la policía armada, estos se cuadraron ante él… cosa que me resulta difícil de creer o tal vez fuera cierto y lo que me cuesta es digerir una actitud así ante un asesino que fue asesinado, por muy destacado enemigo que se tratara.

Atentado y asesinato de Carrero Blanco

NUEVO ATENTADO TERRORISTA

SECUESTRO DE UN DIRECTIVO DE LA EMPRESA PRECICONTROL, EN ABADIANO (VIZCAYA)

La E. T. A., que se hace responsable del hecho, amenaza con darle muerte si el lunes no se hubiesen cumplido determinadas condiciones

CUATRO JOVENES ARMADOS OBLIGARON AL SEÑOR ZABALA A SUBIR A UN AUTOMOVIL QUE HABIAN ROBADO Y QUE POSTERIORMENTE HA SIDO LOCALIZADO

Efectuaron varios disparos para intimidar al encargado de la empresa, que acudió a impedir el secuestro

Dos atentados terroristas en los que intervino Argala: Secuestro de Lorenzo Zabala 1972) y la matanza de la calle del Correo (1974)

Al hacer explosión un potente artefacto colocado bajo su vehículo

"Argala", dirigente de ETA, asesinado en Francia

JAVIER ANGULO, Bilbao

José Miguel Beñarán Ordeñana, *Argala*, uno de los máximos dirigentes de ETA militar, murió ayer por la mañana en la localidad vascofrancesa de Anglet al hacer explosión un potente artefacto colocado en su coche. Hasta el momento, únicamente una organización autodenominada OA, de carácter ultraderechista, ha reivindicado el atentado en una llamada hecha en la mañana de ayer al periódico bilbaíno *La Gaceta del Norte*. En medios de refugiados vascos, en el sur de Francia, se considera que la acción es propia de agentes o servicios paralelos.

Los hechos ocurrieron hacia las 9.30 en la localidad de Anglet, situada entre Bayona y Biarritz, a unos 30 kilómetros de la frontera de Hendaya. José Miguel Beñarán tenía aparcado su coche en un *parking* ajardinado al aire libre, situado en medio de unos bloques de viviendas de cinco pisos, denominados *Deux-Bor*. *Argala*, con nombre supuesto, vivía en compañía de su mujer, en uno de los pisos de la urbanización, situada detrás del hipermercado Casino.

Hacia las nueve y media de la mañana, José Miguel Beñarán llegó junto a su coche, un R-5 color anaranjado, matrícula 9586-RB-64. Accionó la llave de contacto del vehículo, y al iniciar la marcha hizo explosión un potente artefacto que, según los expertos, había sido colocado junto a la rueda izquierda delantera. La explosión fue de tal magnitud, que los restos del vehículo salieron despedidos en un radio de cien metros. El capó y el techo volaron a unos veinticinco metros, y el cuerpo mutilado de *Argala* —sin piernas y con fuertes desperfectos en los brazos— fue lanzado por los aires para caer detrás de los restos del coche. La muerte fue instantánea.

Trozos de la carrocería del vehículo, mezclados, al parecer, con abundante metralla, entraron por las ventanas y puertas de las viviendas. La onda expansiva del artefacto rompió todos los cristales de los coches aparcados en los alrededores y los de la mayor parte de las casas cercanas. Al menos tres personas que se encontraban próximas al lugar de la explosión fueron heridas, aunque de escasa consideración, por trozos de cristales.

Las primeras personas que llegaron junto al coche describen como *impresionante* la estampa que ofrecían el coche destrozado y el cuerpo de *Argala* mutilado. Entre estas personas estaba la esposa de José Miguel Beñarán, Asunción Arana —contrajeron matrimonio en febrero de 1977 en la isla de Yeu—, quien llegó precipitadamente junto a su marido, pocos minutos después de escuchar la fuerte explosión.

El R-5 de *Argala* quedó en este estado al hacer explosión el artefacto que causó la muerte del dirigente de ETA

El cuerpo de *Argala* fue trasladado, hacia las 11.30 de la mañana, al hospital de Bayona, donde se certificó su defunción.

El juez y el fiscal del distrito se personaron en el lugar del atentado, donde se habían depositado por la mañana ramos de flores. Las primeras investigaciones han demostrado que el artefacto estaba fabricado con material explosivo francés y había sido colocado junto a la rueda izquierda delantera del coche de *Argala* con cables sujetos con pinzas de colgar la ropa, con el fin de que explosionara al ponerse en movimiento el automóvil.

En círculos de refugiados vascos en las localidades fronterizas se considera el atentado obra de fascistas españoles y franceses. No descartan la colaboración en el mismo de elementos de la policía francesa; en estos mismos círculos se señala que el autor o los autores son profesionales que debían conocer bien los movimientos de *Argala*, que acompañaba con rigurosas medidas de seguridad sus movimientos, hasta el punto de que muchos de sus compañeros no conocían su domicilio.

«Poca gente sabía dónde vivía *Argala*, ni mi propio hermano, que era su abogado —declaraba ayer a EL PAÍS el también abogado Coen Abeberry—. José Miguel Beñarán era un hombre sumamente prudente, y parecía *fuera de peligro*. Vivía en situación irregular, y muy pocos conocían de sus movimientos. En ambientes de refugiados vascos se piensa que los informes sobre sus pasos han tenido que partir de los servicios policiales franceses o de elementos cercanos a ellos.»

A las dos y media de la tarde se recibía en la *Gaceta del Norte*, de Bilbao, una llamada de una organización que se identificó como OA. Tras reivindicar el atentado contra José Miguel Beñarán, el anónimo comunicante dio el grito de *¡Arriba España!*

Otra llamada similar se recibía a las siete menos diez de la tarde de ayer en la delegación en Pamplona del diario vasco *Deia*. Una voz masculina repitió por dos veces, con voz pausada, «Aquí el Batallón Vasco-Español. Reivindicamos el atentado contra *Argala*, en Anglet».

Homilía en el funeral de Argala

El oficiante comparó a los etarras con Cristo

BILBAO, 27 (Corresponsal [illegible]).—La lectura pública de la homilía pronunciada en el funeral de José Miguel Beñarán «Argala», que comparaba el Evangelio de Jesús con la vida de los actuales luchadores vascos, dio por terminada la huelga laboral que mantenía, por quinto día consecutivo, la localidad vizcaína de Arrigorriaga.

Tras la última asamblea y posterior manifestación, en la que se dio lectura a la homilía que el párroco de la localidad pronunció en el funeral por Argala, que tuvo carácter estrictamente familiar, se decidió volver ayer al trabajo y convocar un nuevo funeral con carácter público, para el próximo fin de semana.

En la homilía, el sacerdote resaltó «la limpia y recta personalidad de Argala, por su enorme lucidez mental. José Miguel —dijo— ha sido uno de los vascos más importantes de los últimos años, y aún, en medio de la tragedia dramática de estos momentos, es un [illegible]. Incluso la lucha armada, con sus terribles contradicciones, como toda obra humana, no es ajena a Dios y al Evangelio de Jesús».

Más adelante, el oficiante ha comparado la vida de Jesús de Nazaret con la de los actuales luchadores vascos, y dijo que «Jesús mismo vivió la ocupación de su pueblo por el romano extranjero, y fue testigo y actor de los esfuerzos de la liberación nacional del pueblo hebreo».

En la tarde de ayer, la Koordinadora Abertzale Socialista (KAS), de la que Argala era miembro, hizo público un comunicado, a través del cual su Mesa Nacional dice que «el asesinato de Argala en el marco de la ocupación militar donde se detiene, tortura salvajemente y apalea a los trabajadores que luchan por sus intereses, pone de manifiesto el carácter fascista de la burguesía que nos explota». KAS ataca duramente al Gobierno español, del que dice que «su régimen democrático reprime los más elementales derechos, prohibiendo incluso la despedida familiar y popular de nuestro entrañable compañero por ellos asesinado».

Miguel Beñarán, "Argala"

Además de indicar esta coordinadora que seguirá en combate hasta la conquista de sus objetivos estratégicos, indican que la única salida política y democrática es la aceptación de la alternativa de KAS para lograr la normalización democrática en Euskadi.

10. Enero

Cogí por costumbre, desde que fui destinado al País Vasco, hacer recuento al final de cada mes al principio, de hacer un balance de los asesinados por ETA. Y cuando lo hice con el mes de enero, realmente me acojoné y yo, que no creo en dioses, le di las gracias al destino porque yo no fuera uno de los muertos.

El primer mes del año 1979 los terroristas de ETA asesinaron a nueve personas[5], no podía presuponer en ese momento que esa cifra de muertos se iba a incrementar en otros meses hasta cifras que solo podría razonar un orate.

La guardia civil se llevó la peor parte en ese mes, pues cinco de ellos perdieron la vida al ser atacados por ETA: Antonio Ramírez Gallardo, que fue acribillado en su coche con su novia, Hortensia González Ruiz, que también falleció en el ataque; Ciriaco Sanz García, ametrallado mientras conducía su vehículo; Miguel García Poyo, Francisco Gómez Gómez-Jiménez y Francisco Mota Calvo, muertos

[5] Hay que tener en cuenta que hay varias fuentes, que no coinciden en esos números.

tras la explosión de una bomba al paso de su vehículo oficial; y Félix de Diego Martínez, asesinado a tiros a bocajarro cuando estaba junto a su mujer en un bar, que en su momento fue compañero de José Pardines Arcay, primer muerto por ETA.

Militares cayeron dos. José María Herrera Hernández, comandante, ametrallado —cómo les gusta a los etarras actuar como capos, para no disimular lo que realmente son— cuando iba a su domicilio en un coche oficial; y Constantino Ortín Gil, general de división del Ejército de Tierra y gobernador militar de Madrid, asesinado por disparos efectuados a quemarropa al salir de su casa.

De los nuestros, de la policía, solo se produjo una baja en la persona del cabo Francisco Berlanga Robles, miembro del TEDAX, muerto cuando intentaba desactivar una bomba.

Civiles, por llamarlos de alguna forma, fueron tres los asesinados. Además de la citada Hortensia González, disparada sin ser la víctima buscada por los terroristas cuando atacaron a su novio guardia civil, o sí que también era un objetivo, por tener estómago para ser pareja de un *txakurra*, fue abatido en primer lugar Jesús Ulayar Liciaga, baleado mientras abría el portón de una furgoneta de su propiedad aparcada en las inmediaciones de su casa. El pecado de Jesús, que fue alcalde de su pueblo, Etxarri-Aranatz, desde 1969 a 1975. En este año presentó su dimisión, harto de las amenazas que recibía de los radicales que se decían patriotas y de izquierdas, y que se comportaban como unos fascistas de libro. A pesar de dejar la alcaldía, las intimidaciones hacia él y su familia no cesaron. Un día dijo en público «un día me pegarán cinco tiros», que son exactamente los disparos que efectuó contra él el encapuchado asesino que lo mató[6].

La tercera persona que fue asesinada por los terroristas que no tenía que llevar uniforme fue José Fernando Artola Goicoechea, de profesión representante comercial, que fue tiroteado cuando salía de su casa acompañado por un vecino. La mafia etarra arguyó para cometer el homicidio de un hombre que no destacaba por ninguna actividad política que era un confidente de la policía, cosa que no era cierta. Más bien mataron a Fernando Artola porque era una persona de derechas, que se sentía profundamente español y, muy probablemente, porque él era

[6] Tras el asesinato de Jesús Ulayar, su familia, compuesta por su viuda y los cuatro hijos que el matrimonio tuvo, siguió siendo hostigada por esos malnacidos. El colmo de la locura que embargada a esos que se llamaban abertzales fue que llegaron a pintar las paredes de la fachada de su casa con eslóganes a favor de ETA. Unos años después, el terrorista que lo mató, del que hay que omitir el nombre para no darle importancia, fue elegido por el ayuntamiento de la localidad de dar el pregón de sus fiestas.

muy amigo del currante de Altos Hornos de Vergara y militante de Unión de Centro Democrático (UCD) de Guipúzcoa, Luís Candendo Pérez, asesinado por ETA en Anzuola el 9 de noviembre de 1978 por esa militancia.

Nueve muertos en un solo mes… y gracias. Porque tal como empezaron el año los terroristas, con dos muertos el día 2, otro el 3, dos más el 6, otro el 9 y tres la jornada del 13, parecía que el derramamiento de sangre iba a ser mucho peor.

Es como si los etarras se hubieron enterado de que yo llegaba al País Vasco y quisieran recibirme con un muerto detrás de otro, como una señal de aviso que me informaba que daba igual que yo hubiera colaborado en los intríngulis que habían llevado a legalizar al Partido Comunista o que fuera uno de los artífices de que la Operación Galaxia hubiera sido un fracaso. Yo era un *txakurra*, eso es lo único que contaba para ellos.

Cuando salían de una sala de fiestas, en la madrugada de ayer

UN GUARDIA CIVIL Y SU NOVIA, ASESINADOS EN BEASAIN

Una instantánea del estado en que quedó el vehículo en el que viajaba la pareja. (Foto CLAUDIO-HIJO.)

REGIONAL

★ Recibieron dieciocho impactos de bala

★ La joven pasaba unos días en la localidad

Antonio Ramírez Gallardo, guardia civil de 24 años de edad, y su novia, Hortensia González Ruiz, de 20 años, fueron asesinados a las 2,30 de la madrugada de ayer, al ser ametrallado el coche en que viajaban momentos después de salir de una discoteca de la localidad guipuzcoana de Beasain.

Poco después de las 2,30 de la madrugada, la pareja salió de la sala de fiestas «Sunday», sita en la calle Jardines, de Beasain, subiendo al vehículo propiedad del guardia civil —un «R-5» color naranja, matrícula SS-7012-I— para trasladarse a sus respectivos domicilios.

Cuando el coche había recorrido unos 200 metros tuvo que parar ante un «stop» situado en la confluencia de las calles Jardines y José María Iturrioz, momento en que aprovecharon dos individuos apostados en la entrada de un bar de la plaza de España, justo enfrente de la señal de tráfico, para situarse en la parte delantera y delantera izquierda del vehículo, ametrallando a bocajarro a sus dos ocupantes.

Antonio Ramírez Gallardo recibió ocho impactos de bala distribuidos entre el cuello, pecho y vientre; y su novia diez, en el pecho, vientre y mano izquierda. El guardia civil cayó sobre el volante y la joven quedó apoyada en la ventanilla del coche, muertos ambos de manera instantánea.

El claxon del vehículo estuvo sonando casi un cuarto de hora, hecho que motivó la alarma entre el vecindario y entre la clientela de la sala de fiestas. Tres jóvenes que pasaban casualmente por el lugar, uno de Mondragón y dos de Beasain, se dirigieron a prestar ayuda a las víctimas, ya que uno de ellos tenía conocimiento de prestar primeros auxilios. Estos tres mismos jóvenes trasladaron los cuerpos sin vida del guardia civil y su novia al Hospital de la localidad.

A continuación los cadáveres fueron llevados al Hospital Militar de San Sebastián, donde una vez hecha la autopsia, quedó instalada la capilla ardiente.

CUATRO INDIVIDUOS EN UN COCHE ROBADO

Según algunos testigos, fueron dos los individuos que dispararon, pero otros dos les aguardaban en un coche que parece ser había sido robado a punta de pistola en la misma localidad, hacia la una de la madrugada. Hacia esta hora, cuando una pareja de novios se disponía a recoger su vehículo, un «R-5» rojo matrícula SS-2252-C, en una calle de Beasain, dos jóvenes con sendas pistolas, les conminaron a penetrar en el interior del mismo, siendo llevados posteriormente al cementerio de la localidad, donde los asaltantes les dejaron amordazados y atados.

En el lugar donde murieron el guardia civil y su novia fueron recogidos quince casquillos 9 mm. marca «Parabellum», y por lo menos dos de revólver. Se da la coincidencia de que en la misma calle se produjo el atentado que tuvo lugar hace tres años contra otro guardia civil que se encontraba en un bar denominado «Lake City», y que posteriormente fue destruido por un incendio a causa del lanzamiento de un «coctel Molotov».

En la fotografía de Claudio-Hijo, la capilla ardiente instalada en el Hospital Militar de San Sebastián, con los dos féretros.

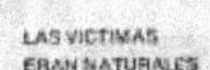

LAS VICTIMAS ERAN NATURALES DE CADIZ

El guardia civil Antonio Ramírez Gallardo era natural de Tarifa (Cádiz) y se incorporó a la unidad de San Sebastián en enero de 1977. Actualmente prestaba sus servicios como chófer en el cuartel de Villafranca de Ordizia. Sus padres, residentes en la localidad catalana de Sabadell, se trasladaron a San Sebastián nada más conocer la noticia.

Por su parte, Hortensia González Ramos vivía en San Roque (Cádiz) y se había trasladado a Villafranca de Ordizia para pasar unos días junto a su novio, aprovechando que era cuñado de un guardia civil de tráfico destinado en el cuartel de esta localidad.

Como hemos apuntado, la capilla ardiente quedó instalada en el Hospital Militar de San Sebastián. A las cinco de la tarde de ayer se celebraba el funeral por las dos víctimas, que posteriormente serán trasladadas a sus respectivas localidades de origen.

NOTA OFICIAL DE LA GUARDIA CIVIL SOBRE EL ATENTADO

La Comandancia de la Guardia Civil de San Sebastián facilitó en la mañana de ayer una nota oficial sobre el atentado. Dicha nota decía textualmente: «A las 2,45 de hoy, cuando el guardia Antonio Ramírez Gallardo, perteneciente al puesto de Villafranca de esta Comandancia, se introdujo en el «Renault-5» de su propiedad acompañado de su novia, Hortensia González Ruiz, vecina de San Roque (Cádiz), en las inmediaciones del cine «Usurbil», de la localidad de Beasain, fueron ametrallados desde un «Renault-8» de color blanco, sin más datos. Ambos cadáveres ingresaron en la clínica San Miguel de la citada localidad sobre las tres horas. En el lugar del atentado han sido hallados quince cartuchos del calibre 9 mm. «Parabellum» SS-74 y uno de revólver.»

En la fotografía el paso de peatones donde fueron ametrallados el guardia civil y su novia. En el último edificio de la izquierda está situada la discoteca de donde salían las dos víctimas. (Foto CLAUDIO-HIJO.)

SAN SEBASTIAN: FUNERALES POR LAS VICTIMAS DEL ATENTADO DE BEASAIN

★ UN GRUPO DE PERSONAS INCREPO AL GOBERNADOR CIVIL

SAN SEBASTIAN, 6. (Europa Press.) A las cinco de la tarde se ha celebrado, en la capilla del Hospital Militar de San Sebastián, donde había sido instalada la capilla ardiente, el funeral por el eterno descanso del guardia civil Antonio Ramírez Gallardo, y su novia, Hortensia González Ramos, muertos en un atentado perpetrado esta madrugada en la localidad guipuzcoana de Beasain.

La ceremonia religiosa fue concelebrada por tres sacerdotes, siendo el principal oficiante el del Hospital Militar, el cual no pronunció homilía. Estaban presentes la hermana y el cuñado, también guardia civil, de Hortensia González, y los padres y hermanos de Antonio Ramírez, los cuales se habían trasladado desde Sabadell. Asistieron también el gobernador civil de Guipúzcoa, Antonio Oyarzábal; el gobernador militar; el coronel jefe del 54 Tercio de la Guardia Civil, en Bilbao, en representación del director general del benemérito Cuerpo, así como diversas autoridades civiles y militares.

Tras el funeral, compañeros de armas del guardia civil asesinado transportaron a hombros los féretros, que iban cubiertos con la bandera española, hasta dos furgones estacionados en la planta baja del Hospital. Dichos furgones transportan los restos mortales de las víctimas hasta los lugares donde van a ser enterrados. El cuerpo de Antonio Ramírez, en Sabadell, y el de Hortensia González, en San Roque (Cádiz).

Mientras eran transportados los féretros hasta los furgones, diversas personas de paisano lanzaron gritos a favor de la Guardia Civil y de España, e increparon al gobernador civil llamándole «asesino». Estos mismos gritos se repitieron cuando los furgones abandonaban el centro sanitario. A continuación, los asistentes al funeral se disolvieron, sin que se produjera ningún incidente.

Indignación y pesar en San Roque y Tarifa

Con gran pesar se recibió ayer en la población de Tarifa (Cádiz) la noticia del atentado que costó la vida del guardia civil y su novia, según informa la agencia Efe.

Durante toda la mañana la familia de Antonio Ramírez Gallardo recibió expresiones de condolencia por parte de numerosos vecinos y amigos de la víctima de pueblos cercanos.

Antonio Ramírez era natural de esta ciudad y procedía de una familia modesta de la campiña tarifeña, domiciliada en las afueras de la localidad. Por otra parte, prácticamente todo el vecindario de San Roque (Cádiz) desfiló ayer por la barriada de La Paz, domicilio de la infortunada joven de 20 años, Hortensia González Ruiz, asesinada junto a su novio en Beasain. La joven sanroqueña asesinada tiene otros seis hermanos y era de una familia muy conocida de la localidad. Una de sus hermanas está casada con un guardia civil destinado en San Sebastián, y en esta capital fue precisamente donde conoció a su novio.

En el domicilio de la joven asesinada y en los alrededores existía ayer un ambiente tenso y de un profundo sentimiento antiterrorista, exteriorizado con indignación por cuantas personas acudían a testimoniar su pesame a los familiares de la víctima.

12

LA VOZ DE ESPAÑA

Director en funciones: JESUS OHARRIZ MEDRANO

Precio del ejemplar: 25 ptas.

Atentado en Azcoitia

DOS GUARDIAS CIVILES MUERTOS AL ESTALLAR VARIOS KILOS DE "GOMA-2"

Otros dos sufrieron heridas graves

Se eleva la guarnición a 10.000

DOS MIL POLICIAS MAS AL PAIS VASCO

Militante de ETA (m)

José Manuel Pagoaga "Peixoto", herido grave en atentado en San Juan de Luz

PAGINAS DEPORTIVAS

Futbol

LA REAL, EN LAS PALMAS

Baloncesto

ASKATUAK, POR FIN, GANO SU PRIMER PARTIDO

Pelota

MARTINICORENA PERDIO FRENTE A MAIZ EN PAMPLONA

Atletismo

HOY, GRAN PRUEBA DE CROSS EN ELGOIBAR

- CONCLUYO LA AVENTURA DEL AVION TUNECINO SECUESTRADO
- ANDOAIN: FUERTE CRECIDA DEL RIO ORIA
- LOTERIA: 400 MILLONES A PAMPLONA. LISTA GRAFICA DE PREMIOS
- IRAN: LA SALIDA DEL SHA PREVISTA PARA ANTES DEL JUEVES

EL DIARIO VASCO

Decano de la Prensa donostiarra

Año XLVI. Núm. 13.606 • San Sebastián, miércoles 3 de enero de 1979 • 20 Ptas.

Era ayudante del gobernador militar de Guipúzcoa

ASESINADO EN SAN SEBASTIAN EL COMANDANTE HERRERA

comandante Herrera (fotografía pequeña) fue ametrallado dentro del automóvil oficial que le esperaba a la puerta de su domicilio. (Foto Juanjo Aygües)

Página 3

PAMPLONA: UN CABO ARTIFICIERO MUERTO AL EXPLOSIONAR UNA BOMBA

Página 5

El día 31

LLODIO: ASESINADO UN CORREDOR DE FINCAS

Página 5

9 muertos y 20 desaparecidos en el "Andros Patria"

NO EXISTE RIESGO DE "MAREA NEGRA" EN LA COSTA GALLEGA

Un golpe de mar, que abrió una grieta en el buque «Andros Patria», seguido de un cortocircuito y una explosión, con posterior incendio, fueron las causas del siniestro del petrolero griego incendiado frente a las costas gallegas, y en el que perdieron la vida nueve personas y 20 han desaparecido. El petrolero está siendo remolcado lejos de la costa, y a pesar de que va perdiendo crudo por una grieta no existe riesgo de una «marea negra». Al mismo tiempo que prosiguen las tareas de búsqueda de los posibles supervivientes, barcos pesqueros de La Coruña trabajan en las operaciones para combatir las bolsas de crudo.

Página 17.

A raíz de la huelga legal de sus trabajadores

LA AUTOPISTA B-B CERRADA POR LA EMPRESA CONCESIONARIA

Europistas ha decidido cerrar temporalmente la autopista Bilbao-Behobia tras la huelga legal que iniciaron, en la mañana de ayer, los trabajadores de la citada empresa en defensa de sus reivindicaciones salariales.

Debido a que no se cobraron los peajes durante la pasada jornada se produjo un aumento de la circulación de un cincuenta por ciento en casi todos los tramos de la autopista.

Página 13.

DIARIO DE NAVARRA

PAMPLONA, MIERCOLES, 3 DE ENERO DE 1979

ETA-Militar reivindicó los dos atentados

Murió un cabo de la Policía Armada al explotar un artefacto que se disponía a desactivar

Había sido colocado en la puerta de la inmobiliaria de Jiménez Fuentes, en la Plaza del Castillo

Otro artefacto explotó en la puerta de la Cafetería Kabul, en la Vuelta del Castillo, a las 2 de la mañana

Era ayudante del Gobernador Militar de Guipúzcoa

Asesinado un comandante de Infantería en San Sebastián

Cuando se disponía a subir a un coche para ir al trabajo, fue ametrallado por tres individuos

Acto de procesamiento contra el conductor del autocar escolar accidentado en Salamanca

Siguen los disturbios en Irán

Huída masiva de extranjeros

Los dirigentes religiosos aseguran que está muy próxima la caída del Sha

AL DIA

Triste comienzo de año

En los próximos seis meses

No subirá el precio de la gasolina

El aumento del petróleo lo paga la devaluación del dólar

EL DIA DE SAN JOSE DEJARA DE SER FIESTA RELIGIOSA DE PRECEPTO

Diario de Navarra

Dos mil personas homenajean a Ulayar y recorren las calles de Etxarri exigiendo libertad

La familia del asesinado por ETA agradece el primer gran acto de apoyo en 25 años

La junta de Adona anuncia su dimisión, y los delegados no la aceptan

Destituida la directora de la fundación UPNA-Sociedad

El Parlamento foral sube las dietas y las subvenciones a los grupos

Condenados a limpiar sus graffiti

ATLAS VISUAL DE NAVARRA

NACIONAL 30 - enero - 1979

Atentado terrorista contra un camión con dinamita y dos coches de la Guardia Civil

LA ETA INICIA UNA NUEVA ESCALADA DE VIOLENCIA

En un nuevo atentado —al parecer obra de la organización terrorista ETA— contra la Guardia Civil, en la localidad guipuzcoana de Tolosa, resultaron heridos tres miembros del Cuerpo —uno de ellos de carácter muy grave— al hacer explosión un artefacto al paso de un camión que transportaba dinamita y que iba escoltado por dos vehículos Land Rover de la Guardia Civil.

El atentado estaba preparado con dos cargas explosivas, pero una de ellas no explotó, y fue desactivada después del suceso por artificieros de la Benemérita. La onda expansiva no afectó para nada al convoy de dinamita.

- **Tres números de la Benemérita, heridos, uno de ellos, muy grave**
- **Tres kilos de «goma-2» explosionaron en la Diputación de Alava**
- **Ayer, funeral por el alma del alcalde de Echarri Aranaz**

El suceso se produjo ayer por la mañana en la bifurcación de la carretera de Izaskun y la variante provisional de Tolosa. En ese instante dos individuos —según testigos presenciales— accionaron a distancia las cargas explosivas alcanzando al vehículo de la Guardia Civil que iba detrás del convoy. Sus tres ocupantes resultaron heridos, y el vehículo quedó con muchos destrozos. La onda expansiva llegó a afectar a la parroquia de Santa María, que se encuentra a unos doscientos metros del lugar, así como a la clínica de La Asunción, situada a unos trescientos metros.

El atentado pudo haber provocado una catástrofe si hubiera afectado a la carga de explosivos que transportaba el camión. En ese momento su carga era de ciento cincuenta kilos de dinamita.

Los autores del atentado huyeron al parecer a pie a través de los montes cercanos, aunque con anterioridad se entabló un tiroteo con los guardias civiles que ocupaban el Land Rover que precedía al convoy. Numerosos contingentes de Fuerzas de la Guardia Civil se trasladaron al lugar para batir la zona, mientras que se montaban los pertinentes controles de carretera.

Uno de los heridos, en gravísimo estado

Esteban Sáenz Gómez, Manuel Ruiz Ligero e Ildefonso Sánchez Amil, fueron las víctimas de este atentado. El primero de ellos es el que se encuentra en grave estado y ha sido intervenido en la clínica de San Cosme y San Damián de Tolosa. Después de las dos de la tarde fue facilitado un parte del que se dice que fue ingresado «en coma con destrucción de hueso y cerebro en región frontal derecha».

El guardia civil Manuel Ruiz presenta varias incrustaciones de metralla en la cabeza e Ildefonso Sánchez, sufre fractura de escápula derecha y contusiones múltiples. El estado de ambos agentes no es de mucha gravedad.

Después del atentado la Guardia Civil inspeccionó la zona y encontró a escasos metros del lugar donde explosionó la carga, otro artefacto que no llegó a explosionar. Este último llevaba diez kilos de «goma-2» con tornillos y arandelas de metralla. El explosivo fue desactivado en un descampado donde no ofrecía peligro alguno. Los especialistas suponen que el que explosionó era de las mismas características que el desactivado.

GOMA-2 CONTRA LA DIPUTACION DE ALAVA

Un artefacto compuesto por tres kilos de «goma-2» hizo explosión ayer en el Palacio de la Diputación de Alava. El explosivo estaba colocado en las escalinatas exteriores del edificio y destrozó los cristales de comercios y viviendas de la plaza donde se encuentra el Palacio de la Diputación. Algunas escaleras de ésta fueron levantadas por la onda expansiva.

Diez minutos antes de producirse la explosión, un comunicado anónimo anunció a la Policía la existencia de un paquete sospechoso en las escalinatas del Palacio. Cuando las Fuerzas de Orden Público se disponían a desactivarlo, el artefacto hizo explosión sin que alcanzase a ningún agente. Sin embargo, un cabo de la Policía Armada resultó con heridas leves al ser alcanzado por el cristal de un comercio.

Hace pocos días explosionó otro artefacto en un lugar próximo a la Diputación, y originó importantes daños en un comercio de electrodomésticos.

FUNERAL POR EL EX-ALCALDE ASESINADO

Ayer tarde se ofició un funeral por el alma del ex-alcalde de la localidad de Echarri Aranaz, Jesús Ulayar, en la iglesia parroquial de Santa María del citado pueblo navarro. Hasta el momento ningún grupo ha reivindicado el atentado que costó la vida al señor Ulayar, cuando el pasado sábado fue alcanzado por cuatro disparos de pistola efectuados por varios individuos.

La Guardia Civil ha localizado el automóvil utilizado por los autores del asesinato. El «Chrysler» utilizado como taxi, de matrícula de Navarra, fue robado el mismo sábado y ha sido hallado dentro del término municipal de Lizarraga-Ergoyena.

El hecho de que haya sido abandonado el vehículo en la carretera de Arbizu hace suponer que los individuos volvieron a llevar el automóvil a las inmediaciones del lugar en donde fue robado para que fuera más difícil su hallazgo. Como se recordará, los asesinos huyeron con el coche en dirección a Guipúzcoa, pero debieron dar la vuelta por alguna carretera de segundo orden.

En fuentes policiales se indica que estos individuos pudieran estar residiendo en la zona o en las proximidades de la localidad guipuzcoana de Ataún.

EXPLOSIVO CONTRA UNO DE LOS ALCALDES DEL «GRUPO DE VERGARA»

Un potente artefacto, compuesto por cuatro kilos de «goma-2», hizo explosión en el caserío del alcalde de Aramayona, Julián Unzueta, cuando se encontraba en la cocina acompañado de su esposa y una sobrina en la noche del pasado domingo, sin que se produjeran daños personales.

La explosión afectó a las dos plantas del edificio, fundamentalmente a los cuartos de baño; también saltaron las puertas de sus marcos. En total, los daños se estiman en unas 700.000 pesetas.

La casa donde residía el señor Unzueta, del grupo de alcaldes de Vergara, está aislada del resto de Aramayona, junto al río al que van a parar las aguas residuales de dicha vivienda y por cuya tubería se introdujeron unos cuatro kilos de «goma-2», con un dispositivo de relojería.

La esposa de Julián Unzueta afirmó que su marido nunca había recibido amenazas.

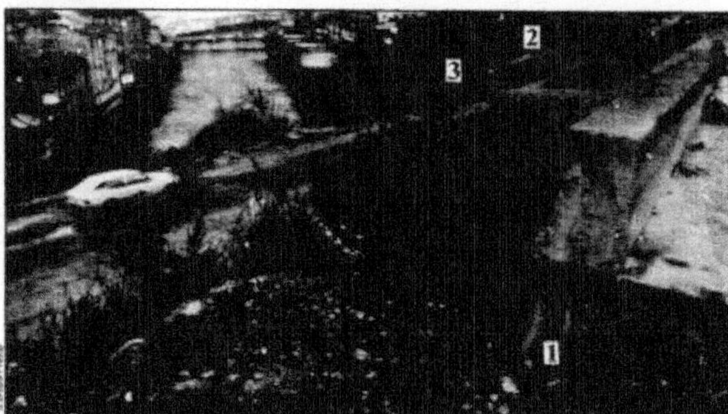

(Europa Press)

Este es el lugar en el que se preparó el atentado terrorista. Las cargas explosivas fueron activadas por dos individuos desde el punto 1, junto al bloque de cemento. El punto 2 señala donde hubiera tenido que explosionar la carga preparada para el segundo coche que, afortunadamente, falló, y el 3, donde fue alcanzado el otro vehículo de la Guardia Civil

III.

La sombra de la parca

EusKadi
Ta
Askatasuna

11. La jerga del terror

Un policía que tenga que trabajar en el País Vasco ha de sumergirse en el mundo que ha de combatir. No me refiero, por supuesto, al hecho que hubiera de pelear contra el nacionalismo vasco, que suele pretender el reconocimiento de las peculiares de su pueblo y el mantenimiento de las tradiciones antiguas surgidas de sus gentes y aunque al principio los partidos democráticos que defendían esas ideas mostraron cierta ambigüedad hacia ETA, desde hacía tiempo eran los primeros en condenar sus atentados.

Estoy hablando de ese mundo que yo definiría como oscuro en el que se sumergían ETA y sus simpatizantes, que aún seguían siendo muchos, que incluso inventaron un dialecto propio en el que prevalecía el euskera pero que también tenía palabras castellanas.

No tardé mucho en acostumbrarme a su jeringonza, que primero anoté en un cuaderno y que al poco ya me sabía de memoria.

A quién lea mis notas sobre mi año 1979 en el País Vasco a lo mejor le parece innecesario que reescriba aquí lo que anoté en mi cuaderno. Si es así, les pido perdón y les propongo que se salten esta parte de mi narración, porque yo considero necesario citarlo y lo voy a hacer.

He ordenado los términos por orden alfabético, para que así tengan un mejor seguimiento de ellos.

Abertzale significa literalmente «patriota» o «amante de la patria». La utilización de esta palabra por parte de los terroristas y sus acólitos es muy significativa de que lo pretenden ser estos y lo que realmente son, unos gánsteres que quieren imponer su dominio sobre todos los vascos por cojones.

Alternativa KAS fue la propuesta más o menos política presentada en 1976 por la Koordinadora Abertzale Sozialista (KAS), unas siglas que agrupaba a diversas organizaciones de la izquierda nacionalista vasca y ETA, considerado de mínimos. En el panfleto no se menciona nunca la palabra «independencia» y los puntos fundamentales del mismo se han cumplido o están camino de realizarse. A ver, los apartados principales de la Alternativa KAS son estos cinco:

Amnistía: Liberación total de todos los presos políticos vascos. *A lo que yo contesto, no sé qué entiende esta gente sobre presos políticos, porque en la España de 1979 no existen. Para eso se promulgó la Ley de Amnistía de junio del setenta y seis, para que se borraran del mapa cualesquiera delitos que podían considerarse que tuvieran un matiz político. Este punto ya se ha cumplido por tanto, a pesar de lo cual ETA ha seguido matando.*

Libertades democráticas: Legalización de todos los partidos políticos, incluidos los independentistas. *Todos los partidos políticos que lo han solicitado, desde la extrema derecha a la extrema izquierda, incluso quienes en sus estatutos pregonan la desagregación de España de una parte del país. Este punto ya se ha cumplido por tanto, a pesar de lo cual ETA ha seguido matando.*

Retirada de fuerzas de seguridad: Expulsión de la Guardia Civil y la Policía Nacional de territorio vasco. La palabra expulsión es muy fuerte, porque suena más a exigencia que a petición. *Aun así, en el estatuto de autonomía que se está redactando para el País Vasco se incluye que habrá una policía autonómica vasca, que se hará cargo de prácticamente todas las funciones de orden público en Euskadi. Este punto ya está previsto que se cumpla; a pesar de lo cual ETA ha seguido matando.*

Soberanía y Autodeterminación: Reconocimiento del derecho del pueblo vasco a decidir su futuro y un Estatuto que incluyera la unidad territorial, que significa la unión con Navarra. *Es el punto es donde menos se ha avanzado hasta ese momento. El derecho de autodeterminación de cualquier parte o región de España no está incluido en la constitución aprobada en referéndum por la mayoría de los españoles el año pasado. Sobre que Navarra forma parte de la Autonomía vasca, ¿no habrá que saber primero qué piensan los navarros sobre eso? De hecho, la Disposición Transitoria Cuarta de la constitución prevé la posibilidad de convocar un referéndum en Navarra sobre esta cuestión. A los terroristas de ETA le importan tres cojones lo que quieran estos, hay que hacer lo que ellos digan y por eso siguen matando.*

Mejoras sociales: Adopción de medidas para mejorar las condiciones de vida y trabajo de la clase obrera vasca. *Todo se andará, pero no solo con respecto al extracto social más bajo, por pobre, de Euskadi, sino incluyendo a todos los españoles. ETA sigue matando porque dice que ella sí lo va a conseguir, ¡pamplinas!*

Conflicto vasco es la denominación que ETA y el submundo *abertzale* al presunto enfrentamiento entre el pueblo vasco oprimido y el Estado español, en realidad los opresores de su pueblo.

Ekintza, literalmente acciones, era el término eufemístico con el que se llamaba a los atentados que cometía la banda terrorista.

Gudari, guerrero. Combatiente vasco, que es lo que consideraban estos asesinos que eran ellos.

Gudari eguna, día del soldado vasco, una práctica intolerable que se celebra cada veintisiete de septiembre para rendir homenaje a los terroristas muertos en sus enfrentamientos con las fuerzas del orden o asesinados por bandas del mismo tipo que lo que son ellos de ultraderecha.

Euskal Herria, cuya traducción al castellano sería «pueblo del euskera» o «tierra de los vascos», es el término preferido por la izquierda *abertzale*, en lugar de Euskadi, porque con el primero engloban a las tres provincias vascas situadas en España, el mismo número de ellas de Francia y Navarra, mientras que Euskadi solo se refiere a Álava, Guipúzcoa y Vizcaya.

Hegoalde, «la parte del sur», es el País Vasco situado en España.

Iparralde significa «parte norte» en euskera. Es el País Vasco en Francia

Kale borroka, también llamado terrorismo de baja intensidad, aunque aún era una práctica minoritaria[7].

Legales o liberados: otro eufemismo acuñado por ETA para referirse a sus secuaces no fichados por las fuerzas del orden, en el primer caso, o de sus pistoleros que tenían un sueldo por parte de la organización terrorista

---

[7] El desarrollo de la *kale borroka* fue una estrategia de ETA desarrollada principalmente a partir de los años noventa.

como si de un trabajo más se tratase, en el segundo.

Mako, término también utilizado en español cambiando la k por una c, que significa cárcel.

Mugalari, palabra que proviene de la acepción *muga*, que en euskera significa raya o frontera, aunque en algunas novelas de Pío Baroja, uno de mis autores favoritos, es utilizada por él. *Mugalari* se utilizaba en el argot etarra para nombrar a las personas que ayudaban a los etarras o a sus colaboradores a pasar la línea divisoria entre España y Francia.

Ongi etorri, homenajes a los etarras.

Talde, traducido al castellano como grupo, era la denominación que los terroristas daban a sus comandos.

Tregua: ídem. Cuando la banda asesina anunciaba que estaría un tiempo sin matar.

Txakurra, literalmente perro en castellano, con el que los nuevos nazis con la estrella roja en sus emblemas nos definían a nosotros, los policías y a la guardia civil[8].

---

[8] Aún no operaba en el País Vasco la *ertzaina*, la policía autónoma vasca. En cuando empezó con sus funciones y los así mismos llamados *abertzales* vieron que cumplían con su deber como agentes del orden, se les puso el apodo de *zipaios*, cipayos en español, en referencia a los soldados nativos, normalmente hindúes, al servicio de potencias coloniales europeas. Usado por ETA y los radicales de su cuerda de forma despectiva para referirse a un secuaz, mercenario o persona que sirve a intereses extranjeros en detrimento de los de su propio país. Para este grupo de ultravascos, si se les puede llamar así porque en rea-

Zulo: palabra ya incluida en el diccionario español, que lo define como «lugar oculto y cerrado dispuesto para esconder ilegalmente cosas o personas secuestradas».

Zutabe, que es la denominación en euskera de columna, viga o pilar, era el boletín interno de ETA, utilizado por la cúpula terrorista para dar a conocer las estrategias de la banda, así como para señalar objetivos, lo que hacía que muchos de los marcados en los *zutabes* fueran acosados o asesinados y que los que querían seguir viviendo, optaran por marcharse del País Vasco.

---

lidad no representan a todo su pueblo, sino a una pequeña parte de él, un *ertzaina* era precisamente eso.

KAS

UN COMANDO "LEGAL" DE E.T.A. PUSO LA BOMBA

LOS AUTORES DEL ATENTADO, UN HOMBRE Y UNA MUJER, ESTUVIERON EN ALCORCON HASTA EL DIA 20

RETRATOS-ROBOTS DE LOS EJECUTORES DEL ATENTADO

ANTECEDENTES E. T. A.-CARRILLISTAS

LLEGAN A MADRID LOS AUTORES DEL ATENTADO

TODO PREPARADO

EL HOMBRE TRATABA DE CALMARLA

Un juez abandona Vitoria ante las amenazas de muerte

JOSE A. ABASOLO, **Vitoria**

Aunque en fuentes judiciales la ausencia del juez municipal de Vitoria José Casanova es explicada como una baja por enfermedad, lo cierto es que dicha autoridad judicial ha abandonado la ciudad al recibir numerosas amenazas de muerte. Al parecer, la última la recibió hace muy pocos días en su domicilio, y en ella se le instaba a abandonar Vitoria en un brevísimo plazo de tiempo si no quería sufrir un atentado mortal.

El señor Casanova, de 65 años, es madrileño, aunque residía en Vitoria desde 1940. En muchas ocasiones intervino como presidente de las negociaciones de convenios colectivos dentro de los cauces de la Organización Sindical. El 31 de enero de 1974 fue nombrado alcalde de Vitoria, y por razón de tal cargo fue procurador en Cortes. Abandonó tales cargos inmediatamente después de las elecciones del 15 de junio de 1977.

Los otros seis jueces residentes en Vitoria —tres de la Audiencia Provincial, dos de instrucción y uno de distrito— tienen adscrita vigilancia policial desde los primeros días de enero.

Por otra parte, se sabe que han abandonado la ciudad el delegado de Educación y Ciencia, Tomás Subirán, y el inspector de Enseñanza, José Luján. Ambos siguen atendiendo a sus funciones.

ABC

EXTRA

ETA, CONTRA TODA ESPAÑA

A B C COMPARECIO EL LUNES CON UNA EDICION EXTRAORDINARIA

Los salvajes y múltiples atentados terroristas que el pasado domingo conmovieron a Madrid y a toda España constituyeron un triste y doloroso acontecimiento de primera magnitud, una catástrofe llena de resonancias humanas y dramáticas. Ante la gravedad de los hechos y el clima de ansiedad y de expectación creado en toda la capital de España, A B C consideró obligado preparar una edición «extra» que ofreciera al pueblo de Madrid una amplia documentación gráfica junto a la más completa información, que fue posible reunir, y el latido de los primeros comentarios y reacciones condenatorias de esta nueva demostración de barbarie terrorista. Agradecemos a nuestros lectores de Madrid la acogida dispensada a esta edición especial, que agotaron rápidamente.

MUGICA CALIFICA A ETA DE FASCISTA

«UCD —dijo también en Soria— quiere capitalizar la Constitución a través de Televisión Española»

Soria, 15. (Europa Press.) En la localidad soriana de Burgo de Osma se ha celebrado un mitin organizado por el PSOE, en el que intervino el dirigente de este partido, Enrique Múgica. En su intervención, Múgica hizo hincapié en el proceso que tuvo lugar para llegar a la actual Constitución. «UCD —dijo— quiere capitalizar la Constitución a través de TVE, cuando es realmente una Constitución de todos, y fue verdaderamente el PSOE quien hizo posible el consenso para poder llevarla adelante.»

Sobre el fenómeno del terrorismo dijo que había varios tipos del mismo, y prosiguió: «ETA no es el terrorismo vasco, sino unos grupos de fascistas que pretenden hacer de las armas su fuerza. Esto es aprovechado por grupos derechistas, con el fin de privar de libertad al pueblo español. Esto es un peligro que puede dar lugar a nuevas operaciones "Galaxias".»

Criticó al ministro del Interior y al presidente Suárez, diciendo que UCD no era un partido, sino una amalgama de grupos que pretenden particulares aspiraciones. «Suárez —afirmó— quiere seguir gobernando por medio de TVE.»

NACIONAL

Declaraciones del nacionalista Ignacio Aguirre

«Los hombres de la ETA siguen el marxismo»

- «Son los hijos contestatarios del PNV que han añadido este nuevo planteamiento»
- «La violencia seguirá, a pesar de que se conceda el estatuto»

Alde Hemendik: Fuera de aquí

12. Un caballo llamado muerte

No montes ese caballo
pa *pasar de la verdad*
mira que su nombre es muerte
y que te enganchará…

Miguel Ríos

El aire de libertad que traía la transición hacia la democracia hizo que se extendiera el todo vale. Por eso, ante el desconocimiento del peligro atroz que suponían las drogas, muchos jóvenes empezaron a tomarlas. No solo porros u octalidones, que es una pastilla que es una bomba en sí misma y coloca pero bien, sino abrazando la cocaína o, un paso más adelante, la heroína, estas dos últimas muy adictivas y que convierten a las personas en guiñapos.

Los policías destinados en el País Vasco estábamos desbordados por los delitos que se cometían en su territorio, en buena parte debido a las acciones terroristas de ETA, sus simpatizantes y las juventudes de Herri Batasuna recién creadas, que tomaron el nombre de Jarrai, continuar en castellano, que empezaron a protagonizar acciones callejeras contra casi todo, simplemente por el hecho de acentuar los climas de tensión y anarquía en el que se desenvolvía la región.

La proliferación geométrica del consumo de drogas en toda España y, particularmente, en Euskadi, hizo que el trabajo policial se incrementara más aún. Un ejemplo significativo es el de los atracos recibidos en las farmacias, que pasaron de ser un hecho anecdótico a ser continuos. Parecido fue lo que ocurrió en los asaltos en plena calle, normalmente con el caco amenazando con una navaja a la víctima, que proliferaron de una forma angustiosa, lo que motivó que se empezara a considerar que el país había dejado de ser seguro.

Aunque sin poder abarcar todo lo que nos venía encima y siguiendo un régimen estricto de prioridades, motivó que desde la comisaría de Basauri se estableciera una redada antidroga en Ocharcoaga, Otxarkoaga en euskera, un barrio obrero de Bilbao levantado a principios de la década pasada para reubicar en él a la mayor parte de los chabolistas de la villa.

—¿Sabes que Otxarkoaga es famoso en Ámsterdam? —me dijo Bodas, el subinspector que me vino a buscar a la estación, cuando compartíamos coche de camino al lugar.

—¿Acaso has estado tú en Ámsterdam? —me mantuve a la defensiva, este compañero tenía mucha fama de vacilón.

—No, pero me lo han contado.

—¿Qué es eso que te han contado?

—Lo que te voy a decir es verdad, no pienses que te estoy vacilando.

—Ya te he dicho que soy todo oídos.

—Los camellos al por mayor de Ámsterdam, cuando ven un coche con matrícula de Bilbao los asaltan al grito de «Ocharcoaga, Ocharcoaga», para venderles caballo.

—No jodas

—Como te digo.

El barrio mostraba un deterioro importante, a pesar de que se había levantado hacía menos de veinte años. Me pareció importante ver por primera vez desde que estaba en el País Vasco que las pancartas predominantes en ventanas y balcones hacían mucho más referencia a la exigencia de rehabilitación del barrio, promovidas por una llamada Asociación de Familias de Otxarkoaga, que a la situación de Euskadi, vista desde todos los puntos, desde mensajes moderados a otros radicales.

La redada ocurrió con menos incidentes de los que

yo esperaba. Los vecinos se mostraron muy reticentes a la presencia de tantas yogurteras[9], al creer que veníamos a tratar cualquier asunto vinculado con el entorno de ETA o sus simpatizantes, pero al ver que veníamos a arrestar a los camellos que inundaban el barrio dejó de existir esa tensión, incluso estoy seguro de que agradecerían nuestra presencia para así librarse, aunque fuera por un rato, de traficantes, yonquis y jeringuillas.

La operación terminó y volvimos a los coches, que nos llevaron de vuelta a Basauri.

—Me temo que la droga abrirá un nuevo camino para el terrorismo de ETA —habló Bodas de nuevo, como en el camino de ida.

—¿Qué quieres decir? —pregunté con una fingida candidez, porque sabía por dónde iban los tiros de lo a que quería referirse mi compañero.

—Muy sencillo. Solo hay que hacer una prueba del nueve. Si antes no había jóvenes drogándose y ahora salen a patadas por todos los lados, alguien debe tener la culpa.

—¿Nosotros?

---

[9] A partir del cambio de denominación desde policía armada a policía nacional, además de empezar a llamarse maderos a los agentes por su nuevo uniforme marrón, a los vehículos que utilizaban para hacer el servicio, por su color claro, lecheras o yogurteras, aunque este segundo nombre acabó quedando en desuso.

—Por supuesto. Ahora es una idea que los jerarcas terroristas están madurando, pero estoy seguro que pronto nos responsabilizarán a los que ellos llaman «fuerzas de ocupación», en conjunción con una doctrina promovida por el Estado —Estado, los vascos nunca se referían al resto de España con ese nombre, jamás decían el resto de España— para alinear a la juventud vasca y que así se alejen de la movilización política.

—Un argumento que no es nuevo. —Bodas se me quedó mirando, entre sorprendido e interesado—. Otros grupos terroristas que siguen actuando en Europa occidental, muchos dicen que copiando la estrategia de los panteras negras americanos utilizaron a finales de los sesenta, cuando acusaron al gobierno de introducir la droga en sus barrios para alejar a los suyos de las reivindicaciones para la obtención de los derechos civiles como unos estadounidenses más, como pueden ser las Brigadas Rojas, el IRA y la Fracción del Ejército Rojo, más conocida como banda o brigada Baader-Meinhof, han utilizado ese mismo argumento para justificar el incremento tan disparatado del consumo de drogas en sus países.

—Pero ahí sus tesis han tenido menos recorrido que lo que puede tener aquí, en Euskadi. Ten en cuenta que la actuación de esos grupos terroristas en Italia, Irlanda o Alemania, que son los países donde esas bandas actúan, no tiene nada que ver con el deseo de independencia de una parte de sus territorios, sino con una intención de cambio de régimen.

—El IRA en Irlanda del Norte tiene unos objetivos parecidos a los de ETA en España. Pretenden la reunificación de las dos Irlandas, un asunto territorial, lo mismo que lo que está ocurriendo aquí, en el País Vasco.

—Por supuesto. No debería haber generalizado tanto —se excusó el compañero.

—Yo he entendido lo que has querido decir, Borja —le tranquilicé yo.

—La cuestión —continuó él— es que como todas las consignas falsamente patriotas que promulgan los etarras y de las que se hace eco el submundo abertzale, en el momento que se deje caer que somos nosotros los que proveemos la droga a los que la consumen, encontrará a muchos que se lo crean.

—Estoy de acuerdo contigo. No llevo apenas tiempo aquí, pero no es difícil ver que ETA quiere actuar ante el resto de la sociedad vasca como el papá que te dice siempre lo que has de hacer para que tengas una educación de acuerdo con sus dogmas, que casi siempre son más de fe que de datos contrastados.

—Por ese motivo, por presentarse ETA como el bueno de una película de terror, atacará a los que le chiven que son narcotraficantes porque mostrará a sus creyentes que actúan por el bien del pueblo que dicen amparar, como un benefactor que protege a los suyos de las garras tendidas en Euskadi por el Estado. Dicho de otra forma, los terroristas manipulan a los suyos enarbolando el ideal nostálgico del buen vasco abrazado a la tradición, ajeno al capitalismo que existía en todo Occidente.

—Yo entiendo que los vascos, a los que debemos proteger, se quejen de que no actuemos de forma contundente contra los muchos delitos que se comenten aquí, como ocurre en otras partes de España, pero han de entender que si no existiera el terrorismo de ETA, otro gallo cantaría y podíamos dedicar el tiempo que nos quita luchar contra ella para actuar en el día a día de la ciudadanía a la que debemos amparar.

—Tienes que tener en cuenta, además —arguyó Bodas ahora—, que el mundo de droga mueve muchísimo dinero, por lo que sus hilos, en forma de sobornos, pueden llegar a cualquier lugar, por no decir directamente a la persona que conviene en cada momento. ¿Crees que porque una buena parte de los nuestros sean policías, o en su caso guardias civiles, no van a aceptar una paga extra por parte de un narcotraficante para mirar en determinados momentos hacia otro lado?

—Por supuesto que no. El dinero es el dinero. Pero que algunos policías o picoletos estén pringados no significa que todos los policías y picoletos lo estén, y menos aún que los dos Cuerpos vayan a montar una mafia para montar una red de tráfico de drogas.

—Sigo, ¿vale? La obligada inacción de tú y yo, de los nuestros, contra delitos cotidianos porque nos están matando todos los días los hijos de puta de ETA, puede parecer sospechosa. Además, ya sabes que es habitual que la policía tenga confidentes, que los terroristas matan si dan mucho el cante porque creen que solo nos informan sobre sus andanzas, además de que algunos de ellos son los camellos que venden el chocolate o el caballo. —Hizo una pausa. Miró fijamente por la ventanilla del coche. Consideraba que aquel era un lugar muy propicio para ser emboscados. Cuando atravesamos el sitio que él creía peligroso, continuó hablando—. Eso supone que algunos traficantes son intocables para nosotros y los picoletos.

—Mal rollo ese.

—Te preguntarás por qué parezco tan seguro en predecir lo que va a ocurrir.

—Sí y no. Lo que has dicho, para mí, tiene una lógica aplastante.

—Te puedo citar precedentes. Tú eres novato aquí y yo llevo varios años ya jugándome la vida.

—Hazlo.

—Hará un par de años, creo que fue en enero o febrero del setentaisiete, ETA hizo estallar una bomba en el Club 51 de Santurce, o Santurtzi, como prefieras, que destrozó el local totalmente. En realidad, los terroristas no reivindicaron el atentado, pero supe por unos confidentes que fueron etarras los que hicieron detonar el explosivo. Según uno de ellos, pudo leer un boletín interno de la banda en donde se responsabilizaba del atentado. La causa no se decía en el panfleto etarra, por lo que se conjeturaron varios motivos. Los vecinos arguyeron que el ataque se produjo porque entre su clientela había militantes de ultraderecha. Otra versión que se dio sobre el motivo del atentado es que los dueños consentían que se fumaran porros en el garito y que pinchaban música roquera. El Club 51 de Santurce no volvió a abrir sus puertas.

—Lo dicho, esos hijos de la gran puta creen que

pueden llevar de la mano a todo el pueblo vasco.

—Hay otros precedentes, más cercanos en el tiempo —continuó Bodas—. El año pasado ETA puso otra bomba en la discoteca Maithuna, situada en el barrio de Belate de Tolosa. Los vecinos del barrio se quejaban del ambiente nocturno que se daba en la zona, donde había varios garitos de moda. No clamaban en particular contra Maithuana, sino de todo el jaleo que se originaba allí, pero a esta discoteca le tocó la china. La guardia civil, el año que murió Franco, llegó incluso a cerrar parte de los locales del barrio.

»ETA, la militar, escuchó las quejas de los vecinos y amenazó a los dueños de los garitos que volarían sus negocios si no los cerraban. La colación de una segunda bomba en Maithuna[10] y la publicación en el diario proetarra Egin de la reivindicación, esta vez sí, de los *militarras*, y los motivos por los que se efectuó el ataque, tras prologar sus letras con un «ya les habían advertido», continuaban diciendo que «de no ser tomadas en consideración las exigencias de las asociaciones de vecinos y pueblos en Tolosa, en general, concretadas en el cierre definitivo de los clubs Alifas, Kipe, Star 04, Sandy, S Kylab y la sala de fiestas de

[10] En realidad, este segundo atentado fue en el mes de mayo de ese mismo año. Por aplicar una concordancia de lo que se está contando en este capítulo, el autor se ha permitido la licencia de adelantar la acción unos tres meses.

Maithuana se volverá a intervenir con más dureza».

La lógica me hacía pensar de igual modo que Borja y aunque no hubo un inmediato ataque contra los que ellos consideraban camellos, sí se sucedieron después, asesinatos entre los que incluyeron a varias personas que mataron simplemente porque había que hacerlo… de acuerdo a su nefanda visión de las cosas.

CONDE
de
CARALT
CAVA
Tels. 210762 - 3
DISCOTECA
MAÏTHUNA
TOLOSA

Cómic de Jarrai de los años 90

13. Febrero

El tiempo pasaba tan despacio en Basauri que los minutos se me hacían horas, las horas días, los días semanas y las semanas meses.

A pesar de la lentitud de cada jornada que transcurría allí, como si el dios Chronos, que no Cronos, lo ralentizara hasta la tortura para mí, el mes de febrero pasó y entonces hice balance, como hice con enero, sobre los muertos que habían dejado los terroristas de ETA.

Tan "solo" fueron siete sus víctimas[11]. Tres guardias civiles, uno de ellos herido en un atentado del veintisiete de enero que expiró en este otro mes, un militar, un exalcalde, un hombre porque sí y el jefe de la policía municipal del pueblo de Munguía.

José Díez Pérez, agente de la guardia civil, murió como consecuencia del ametrallamiento que tres etarras realizaron contra la casa-cuartel donde estaba destinado. Allí estaba junto a un par de compañeros a la puerta del lugar junto a otros dos compañeros, charlando. Estos sobrevi-

[11] Volvemos a repetir que esta cifra puede variar según las fuentes.

vieron, José Díez murió como consecuencia de las heridas recibidas.

Esteban Sanz Gómez, benemérito también, murió el día cuatro como consecuencia de las heridas recibidas en el atentado del veintisiete de enero contra dos vehículos de la guardia civil cuando escoltaban a un camión cargado de dinamita.

Benito Arroyo Gutiérrez, el tercer guardia civil asesinado este mes, viajaba en su coche desde su casa al cuartel donde estaba destinado cuando, al parar en un stop, dos terroristas dispararon catorce veces contra él. Al menos dos de las heridas fueron mortales de necesidad.

El teniente coronel Sergio Borrajo Palacín abría la puerta del portal de su casa cuando uno de los hijos de puta de ETA se le acercó por la espalda y le disparó a bocajarro. Murió en el acto.

José Antonio Vivó Undabarrena, alcalde de Olabería (Guipúzcoa), además de diputado foral de Guipúzcoa y miembro de Guipúzcoa Unida, un partido de derechas —como si cada cual no pudiera pensar en lo que él quiera, porque yo mismo no tengo esa ideología y tengo buenos amigos que sí simpatizan con esas ideas—, que pertenecía a la federación de partidos de Alianza Popular, fundada por Manuel Fraga Iribarne, entre otros políticos destacados del franquismo que ahora se habían acogido a la vía democrática. Parece ser que los terroristas lo tenían vigilado desde hace tiempo hasta que le tocó el turno de ser asesinado y entonces dos etarras encapuchados llamaron a la puerta de su casa, se lo llevaron de ella y lo asesinaron en el mismo portal en donde vivía.

Vicente Irusta Altamira había vivido de cerca la muerte provocada por ETA. Un amigo suyo, Juan Cruz Hurtado, había sido asesinado por terroristas el mes de noviembre pasado alegando que era confidente, ultrafascista y guerrillero de Cristo Rey. Los mismos argumentos que utilizaron para matar a Vicente Irusta. Su cuerpo presentaba tres heridas de escopeta y, muy posiblemente, murió desangrado y no por el impacto directo de las balas.

César Pinilla Sanz era el jefe de la policía municipal de Munguía, una localidad de Vizcaya. El día fatídico de su asesinato se dirigía, aún vestido de uniforme y ya de noche, a su domicilio. Un grupo de terroristas, que fueron hasta él en un coche robado a punta de pistola, se aproximaron a la víctima por la espalda y le pegaron un tiro en la cabeza.

No sé, yo tomo todas las precauciones que se me ocurren o me han recomendado para no ser matado de tales malas maneras, pero no sé si serán las suficientes como para que un día uno de esos bastardos me acaben acribillando o haciéndome volar por los aires con una bomba.

Lo importante para mí, en este momento, es que llevaba dos meses destinado en el País Vasco y aún seguía vivo.

BILBAO-Domingo, 4 de febrero de 1979. Nº 22.252. 25 ptas.

EDICION VIZCAYA

Proyecto del CGV para una policía autónoma vasca

• ULTIMA PAGINA

Ayer, a las 8,30 de la tarde, cuando salían del cuartel

ANDOAIN: UN GUARDIA CIVIL, ASESINADO

★ En el mismo atentado también resultó gravemente herido un teniente

★ Unos jóvenes los ametrallaron desde el interior de un vehículo

ANDOAIN, 3 (Europa Press).—José Díaz Díaz es el nombre del guardia civil que ha sido asesinado, a última hora de la tarde, a la entrada del cuartel de la Guardia Civil de Andoáin (Guipúzcoa). Asimismo, el teniente del mismo Cuerpo que ha resultado gravemente herido es Miguel Madariaga.

Según informan a Europa Press fuentes de la Guardia Civil, el atentado se registró cuando ambos miembros del Cuerpo abandonaban el cuartel. En las inmediaciones, les esperaban unos jóvenes en el interior de un vehículo, desde el que dispararon una ráfaga de metralleta contra los agentes.

• Página 14

EIBAR: 500 PROYECTILES "PARABELLUN" EN UN COCHE FRANCES

Un policía resultó herido en la rodilla en el curso de un confuso tiroteo que se registró a mediodía de ayer, en Eibar, en las proximidades de la Comisaría. Un individuo (otras fuentes señalan que dos) escapó de un coche con matrícula francesa, en el que posteriormente se hallaron 500 proyectiles «Parabellum», marca FN. A pesar de las intensas batidas que se iniciaron a continuación, hasta el momento no ha podido ser localizado. (Foto JAVIER.)

• Página 13

En el área del Gran Bilbao (74 % del electorado de la provincia)

Sondeo preelectoral de "EL CORREO ESPAÑOL-EL PUEBLO VASCO"

Cara a las próximas elecciones legislativas del 1º de marzo, nuestro periódico se propone ofrecer a los lectores un sondeo preelectoral en dos fases. La primera será publicada a lo largo de la próxima semana, y recogerá las expectativas de voto al Congreso en el área del Gran Bilbao, antes de comenzar la campaña electoral. La segunda se publicará en vísperas de los comicios y recogerá idéntica expectativa de voto al final de la campaña.

El contenido del sondeo comprende, además, el resultado de las votaciones en las pasadas elecciones legislativas del 15 de junio de 1977, y en el referéndum constitucional y sus motivaciones, así como el grado de conocimiento de personalidades políticas provinciales.

Todo ello tiene por objeto medir las diferencias y cambios de opción de los votantes, y conocer las interrelaciones entre los votos emitidos en las distintas ocasiones desde el inicio de la transición política.

Cada fase del sondeo consta de 1.100 entrevistas realizadas o a realizar en el Gran Bilbao (74 por ciento del electorado de la provincia), mediante muestreo aleatorio. Las características técnicas son: error del 3 por ciento (en más o en menos) para una fiabilidad del 95,5 por ciento.

Somos conscientes de la responsabilidad que contraemos al publicar un sondeo de este tipo en vísperas electorales, dado el impacto que siempre tienen en la opinión pública y la sugerente tentación de manipular los resultados, tratando de condicionar el voto.

Sin embargo, nuestra única finalidad consiste en prestar a nuestros lectores un servicio informativo óptimo, en la línea del más avanzado periodismo científico contemporáneo. Por ello hemos realizado el trabajo con una total garantía de imparcialidad y seriedad: Seleccionando un equipo profesional de elevado nivel técnico, independiente de partidos y grupos de presión; utilizando un cuestionario redactado de manera abierta y explícita que garantiza la objetividad de la respuesta; empleando un equipo de encuestadores imparcial, serio y objetivo; haciendo un muestreo sistemático en 22 puntos distintos del Gran Bilbao. Llevando a cabo, en fin, un control del total de la encuesta, y verificando una tabulación supervisada en todas sus partes.

La entidad encargada del trabajo es el Instituto «ABACO» equipo técnico de Estudios de Mercado y Opinión Pública, cuyo nivel de actuación abarca toda España, y con una fuerte implantación en el País Vasco desde hace años.

POR LAS ENTRAÑAS DE MEJICO

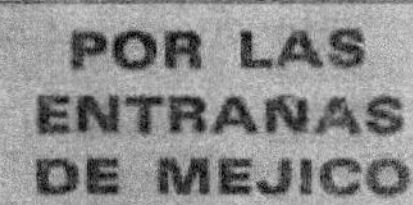

Beatriz Iraburu, enviada especial

• Páginas 24 y 25

JOMEINI AMENAZA CON DESENCADENAR LA GUERRA SANTA EN IRAN

Manuel Leguineche, enviado especial

• Página 21

LA VOZ DE ESPAÑA

San Sebastián, sábado, 24 de febrero de 1979 — Director en funciones: JESUS OHARRIZ MEDRANO

Precio del ejemplar: 20 ptas.

HOY, NOCHE, EN

PENNY LANE

GRAN BAILE DE CARNAVAL

CONCURSO DE DISFRACES

20.000 PESETAS DE PREMIO AL MEJOR DISFRAZ

GUARDIA CIVIL MUERTO A TIROS EN DEVA

Fue ametrallado por dos jóvenes cuando paró con su coche en un "stop"

- CARTA DE LUIS ABAITUA AFIRMANDO QUE SE ENCUENTRA BIEN
- "MICHELIN" INICIA EL TRAMITE LEGAL PARA EL CONVENIO COLECTIVO
- SECUESTRADO Y TIROTEADO EN UNA PIERNA EL DELEGADO DE AGRICULTURA DE VIZCAYA

(Pags. 3 y 4)

SUAREZ HIZO ESCALA ELECTORALISTA EN BILBAO

(Pag. 4)

EL CARNAVAL, EN LAS CALLES

Conflicto chino - vietnamita

FUERTES COMBATES EN LONG SON

MAÑANA, IGANDEKO

LOS "GEO'S", A PUNTO

GUIPUZCOA LABORAL

Coloquio - debate en la Residencia Sanitaria

"EL MINISTERIO DEBE NEGOCIAR POR SER JUSTAS LAS PETICIONES DE LOS TRABAJADORES"

(Delegado de Sanidad)

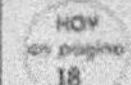

HOY en página 18

información de espectáculos

FIN DE SEMANA

EL CORREO ESPAÑOL
EL PUEBLO VASCO

BILBAO.-Jueves, 15 de febrero de 1979. Nº 22.271. 20 ptas.

EDICION VIZCAYA

LLUVIA DE MILLONES EN PRESTAMOS EN EL PLENO MUNICIPAL BILBAINO DE AYER

● Página 3

El Rey visitará la URSS este año

● Página 24

LA VUELTA-79 NO PASARA POR VIZCAYA NI GUIPUZCOA

● Página 37

VIGO: ONCE MUERTOS Y DOCE DESAPARECIDOS AL NAUFRAGAR UN CARGUERO FRANCES

● Página 24

IRAN: Cientos de muertos en violentos combates

TEHERAN, 14.—Cientos de personas han muerto en los combates que se están registrando en Tabriz, ciudad del norte de Irán, en los que participan fuerzas leales al sha, agentes de la disuelta policía política (Savak), marxistas y separatistas azerbaijaníes. Según fuentes de la guerrilla marxista, el número de víctimas se elevaría a 700 muertos y dos mil heridos.

Por otra parte, también en la capital iraní se han registrado graves incidentes. Grupos de hombres armados asaltaron la Embajada norteamericana y detuvieron a todo el personal, incluido el embajador, aunque tropas leales a Jomeini los rescataron poco después. Asimismo, se registraron enfrentamientos en la emisora de Radiotelevisión del nuevo régimen, que fue atacada al parecer por agentes de la (Savak).

La foto de Ap-Europa muestra el momento en que el embajador USA era puesto en libertad por tropas de Jomeini.

Crónica de nuestro enviado especial, Manuel Leguineche

● Página 14

Pertenecía al Cuerpo de Mutilados del Ejército

VITORIA: UN TENIENTE CORONEL, ASESINADO

*** Un joven le disparó un tiro en la nuca cuando se disponía a entrar en su domicilio**

VITORIA. (De nuestra Redacción).—El teniente coronel Sergio Borrajo Palacín, jefe provincial de Mutilados de Guerra de Alava, fue asesinado a las dos de la tarde de ayer en la puerta de su domicilio, en la calle Los Herrán, de Vitoria. Mientras el teniente coronel Borrajo abría el portal de la vivienda, un individuo joven le disparó un tiro en la nuca, que le causó la muerte inmediata. En el momento de producirse el atentado, el teniente coronel Borrajo vestía de uniforme y regresaba de su despacho en el Gobierno Militar.

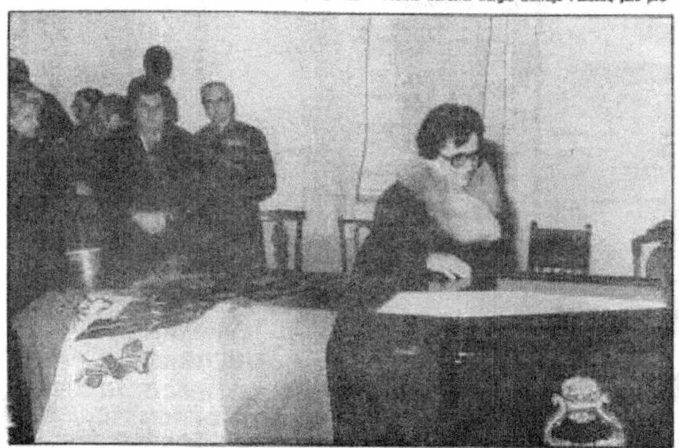

A las cinco y media de la tarde llegó a la capital alavesa el capitán general de la VI Región Militar, Fernando Sanjurjo y de Carricarte, que mantuvo una reunión con las autoridades militares y civiles de la provincia, así como con los responsables de los Cuerpos de Seguridad del Estado. Tras permanecer unos minutos en la capilla ardiente, instalada en el Hospital Militar, el teniente general Sanjurjo abandonó el centro sanitario a las siete y media de la tarde.

El teniente coronel Borrajo residía en Vitoria desde hace diecisiete años y en su condición de mutilado de guerra era jefe de este servicio en Alava. Sus vecinos le calificaron como un caballero sin ningún tipo de vinculación política. Su viuda manifestó que nunca había recibido amanezas de ningún tipo.

En la fotografía de Eduardo, momento en que la viuda del teniente coronel asesinado llora sobre el féretro instalado en la capilla ardiente.

● Página 11

EL DIARIO VASCO

Decano de la Prensa donostiarra

Año XLVI. Núm. 13.836 • San Sebastián, miércoles 7 de febrero de 1979 • 20 Ptas.

Era diputado provincial y jefe de personal de "Aristrain"

ASESINADO ANOCHE EL ALCALDE DE OLABERRIA

[illegible] Antonio Vivó Undabarrena, alcalde de la localidad guipuzcoana de Olaberria, diputado foral y jefe de personal de la empresa Aristrain, fue asesinado en la noche de ayer en el portal de su domicilio. Sobre las nueve y media de la noche, dos individuos llamaron a la puerta de su casa, obligándole a punta de pistola a que les acompañara; a su esposa y a sus hijas, que también se encontraban en casa, les dijeron: **«sólo es un momento»**. Unos segundos más tarde se oyeron cuatro o cinco detonaciones tras lo cual los vecinos encontraron al señor Vivó desplomado boca abajo con tres impactos de bala en el cuerpo en el portal del edificio. Varias personas que se asomaron a los balcones al oír los disparos aseguran que los autores huyeron en un Seat 124 blanco o amarillo. Momentos después del atentado el señor Vivó fue trasladado en un coche particular a la Clínica San Miguel de Beasain donde nada pudo hacerse por salvar su vida.

Página 3.

A las 12 de la noche de ayer

COMENZO LA CAMPAÑA ELECTORAL

Páginas 13 y 16.

Sondeo electoral de TALDE en exclusiva para EL DIARIO VASCO

UN 53 POR CIENTO DE LOS CONSULTADOS, INDECISOS

Páginas 4 y 5.

Irán

¿BAJTIAR Y BAZARGAN HACIA UN CONSENSO?

Página 23.

Pakistán

CONFIRMADA LA PENA DE MUERTE DE ALI BHUTTO

Página 22.

Visita para el mundial

Tres técnicos del Ministerio de Obras Públicas y Urbanismo están en nuestra ciudad para conocer sobre el terreno las posibilidades que San Sebastián oferta para [illegible] a sede de los mundiales de fútbol del 82. Se les ha presentado los proyectos de Zubieta y Anoeta y el campo de Atocha.

En la fotografía de Aygüés, José González Paz, del Ministerio de Obras Públicas, recorre con el presidente de la Real Sociedad, J. L. Orbegozo, el estadio de Atocha.

Copa

LA REAL, AL COMPLETO FRENTE AL VALENCIA

Huelva: Multa y clausura

Páginas 25 y 28.

EL CORREO ESPAÑOL
EL PUEBLO VASCO

BILBAO.-Viernes, 9 de febrero de 1979. Nº 22.264. 20 ptas.

EDICION VIZCAYA

Realizado para nuestro periódico por ABACO

Sondeo preelectoral en el área del Gran Bilbao

★ Información en páginas 8 y 9

"Sea cualquiera la motivación con que pretenda justificarse"

"CONDENAMOS CON FIRMEZA EL ASESINATO DE PERSONAS"

* NOTA DE LA COMISION PERMANENTE DEL EPISCOPADO ESPAÑOL
* También rechazan el aborto, el divorcio y la falta de libertad de enseñanza ★ Página 21

Seis heridos leves

BILBAO: HACE EXPLOSION UN ARTEFACTO EN EL INTERIOR DE UN BAR

Fachada del bar «Rigoitia», en la plaza del Ayuntamiento de Bilbao. (Foto ORTUZAR.)

Un artefacto compuesto de dos kilos de material explosivo, aproximadamente, hizo explosión hacia las nueve y cuarto de la noche de ayer en el interior de los servicios de caballeros del bar «Rigoitia», junto al número 5 de la plaza Primo de Rivera y frente al Ayuntamiento de Bilbao.

En el interior del bar, además de su propietario y esposa, la cual resultó herida leve, se encontraban unos veinte clientes. De éstos, tres tuvieron que ser trasladados a diferentes centros sanitarios.

Daños de menor consideración se produjeron en las dos primeras viviendas del número 5, y en los bares colindantes, «Verona» y «Castrejo».

● Página 16

BARCELONA: UN POLICIA MUERTO Y OTRO HERIDO

Un nuevo atentado registrado en la tarde de ayer, en Barcelona, produjo la muerte de un policía nacional y causó heridas calificadas de muy graves a su compañero mientras ambos prestaban servicio de protección al reparto de gas butano en la capital. Los autores del atentado, tras quitar las armas a los policías, que yacían en la calzada, huyeron en una furgoneta de color blanco. El hecho fue reivindicado horas más tarde por el llamado Front de Alliberament Català. En la fotografía aparece Simón Cambronero Castejón, quien resultó muerto.

Le dispararon con una escopeta de caza

JOVEN ASESINADO EN IBARRURI (VIZCAYA)

★ Información en página 12

EL CORREO ESPAÑOL

EL PUEBLO VASCO

BILBAO-Martes, 13 de febrero de 1979. Nº [illegible]. 20 ptas.

EDICION VIZCAYA

Joaquín Garrigues anunció ayer en Madrid

"El Estado participará en el refuerzo de Punta Lucero con un 50 por ciento de la inversión (3.750 millones)"

Crónica de nuestro enviado especial, FERNANDO PESCADOR ★ Página 7

El dimitido Baktiar se encuentra oculto "en lugar seguro"

TRIUNFO LA "REVOLUCION ISLAMICA" DE JOMEINI

★ Bazargan ha nombrado tres vicepresidentes y un nuevo jefe del Estado Mayor

Crónica de nuestro enviado especial MANUEL LEGUINECHE

★ Amplia información en las páginas 18 y 19

FELIPE GONZALEZ EXPLICO LA POSTURA DE SU PARTIDO SOBRE LA NEGOCIACION CON E.T.A.

Felipe González, secretario general del PSOE, en su intervención como orador principal en el mitin organizado por el Partido Socialista de Euskadi en la Feria de Muestras de Bilbao

Martín Villa visitó varias comisarías de Guipúzcoa

El ministro del Interior, don Rodolfo Martín Villa, visitó ayer las dependencias policiales de las poblaciones guipuzcoanas de Eibar, Hernani, Pasajes, Rentería e Irún, donde estuvo además en el puesto fronterizo.

El ministro se reunió con los gobernadores civiles de las tres provincias vascas y Navarra, así como los mandos policiales de las mismas.

En la fotografía de Javier, el ministro del Interior, acompañado del alcalde de Eibar y su comitiva, recorre algunas calles de la villa armera, ante la curiosidad del público.

• Página 12

SAN ANDRES DE ECHEVARRIA (VIZCAYA): ANTICIPARON LAS ELECCIONES MUNICIPALES

★ *Ningún partido presentó sus candidaturas y los vecinos han elegido ya a su Ayuntamiento*

• Página 11

Cuando se dirigía a su casa y vestía de uniforme

ASESINADO EL JEFE DE LA POLICIA MUNICIPAL DE MUNGUIA (VIZCAYA)

★ Información en página 15

14. La Vida diaria de un policía

Los meses iban transcurriendo como si fueran años y, mal que me pesara, me fui acostumbrando a la vida cotidiana que había de llevar un policía en el País Vasco.

El riesgo constante de cada día que amanecía era algo que nunca dejabas de asumir, aunque aparentemente ETA se tomó un descanso para matar en durante el mes de marzo, de lo que ya hablaré cuando toque.

Estaba seguro de que esa obsesión de mirar casi siempre de reojo, pararte a echar un vistazo a un escaparate de una tienda que no me interesaba en absoluto, encenderte un truja dando la espalda al camino que llevabas para ver si alguien te seguía, observar con un detenimiento exhaustivo los coches aparcados a tu paso que me olieran mal, y la contradicción de los cordones de los zapatos, que al principio pensé en abrocharme con nudos flojos para que se me desataran y poder mirar a mi alrededor, hasta que me di cuenta de que hacer eso me dejaría en una posición indefensa ante cualquier ataque terrorista, pasé a que cuando los cordones se me soltaban no parara para abrocharmelos.

Al miedo nunca se acostumbra uno y padecerlo todos los días y a todas horas, incluso cuando estaba trabajando en la comisaría, porque pensaba que una bomba bien colocada podría mandarnos tomar por culo a los que estábamos allí, hizo que mi estado nervioso alterado fuera como si fuera una parte de mi ser. No quería morir, evidentemente, y como yo no había ido al País Vasco a reprimir a nadie, solo para cumplir con mi trabajo como policía, y de hecho ya había trabajado en varias investigaciones desarrolladas en Basauri, me exasperaba que un fanático hijo de puta, equivocado en su actitud porque le habían comido el coco como si ETA fuera una secta, que no estoy yo muy seguro de que no fuera así, o al menos lo parecía por las consignas que predicaban como falsos profetas, me diera un tiro por la espalda en la cabeza. O porque la hostilidad social implantada por los fanáticos *abertzales* no me dejara vivir en paz, como un ser anónimo, algo que siempre procuré ser mientras estuve en Euskadi, a pesar de que tras el trabajo me apetecía tomar unos zuritos, como se llaman aquí a los cortos de cerveza, o un *txiquito*, nombre dado en el País Vasco a los chatos de vino, como una persona normal, sin estar al loro de que alguno de los que comparten barra contigo te reconozca por cualquier absurdez que hayas cometido sin darte cuenta y jalee a los parroquianos a emprenderla a hostias contigo. O lo que es peor, que entre un encapuchado por la puerta con una pistola en la mano y que te pegue media docena de tiros antes de que tú no puedas ni acercarte a tocar tu arma.

Ya he hablado de las manifestaciones convocadas no necesariamente por radicales en los que a mis compañeros de las balas de goma y bombas de humo se les fueron las manos, como fue en el caso de Joseba Barandiaran en Donosti el año pasado, lo que suponía que una fuerza y unas muertes innecesarias repercutiera en el desprestigio de las fuerzas de orden público establecidas en el País Vasco. Y aunque era bien cierto que esa brutalidad represora heredada del franquismo y también los asesinatos de manifestantes ocurrían o podían ocurrir en toda España, como de hecho así había sido y que en ese sentido no se tratara a los vascos de forma diferente al resto de los españoles, es bien cierto que una muerte de un inocente nunca es justificable.

Como he dicho, marzo fue un mes de pocos asesinatos por parte de los terroristas de ETA, abril volvió a la «normalidad» en ese sentido, lo que suponía que a todos los compañeros y yo, así como los picoletos, en cualquier momento de descuido, o que no ocurriera necesariamente eso, sino que a un etarra se le pusiera a huevo atentar contra tu vida y aprovechara para descerrajarte unos cuantos tiros estábamos puestos en una diana, y que el próximo funeral al que tuvieran que acudir compañeros y autoridades fuera el tuyo.

Creo que ha quedado muy claro que ser un miembro de las fuerzas del orden era una profesión de riesgo en Euskadi en 1979. Aunque también estaban en el punto de vista de la banda cualquiera, ya fuera militar —en ejercicio o no—, policía municipal que no recitara el sí *bwana* a los secuaces de los terroristas de ETA, o a cualquier otra persona que por su pasado, por sus amistades o porque le saliera de los cojones a esa especie de iluminados que componían el mundo etarra podía morir en cualquier momento.

El tiempo libre, al principio, lo pasaba viendo la tele. El problema es que en España solo había dos canales, la primera cadena y el UHF, por lo que muchas veces tenías que comerte unos bodrios de aquí te espero.

Luego me volví muy aficionado a escuchar la radio, de cadenas de todas las tendencias ideológicas, ya que no tenían que dar el parte de Radio Nacional ninguna de ellas ya por obligación desde hacía año y medio.

Al principio no podía leer, por la angustia vital que me comía el estómago y que solo me hacía pensar cómo no ser cazado por ETA. Después hube de obligarme a hacerlo y leí mucho Pío Baroja, muy aficionado a él desde que cayó en mis manos *La Busca.* Los clásicos del Siglo de Oro, cuando compraba sus libros, tenían que ser en español actualizado, porque en castellano antiguo me costaba mucho entenderlo. El *Quijote* lo había leído de antes, de cuando hice el bachillerato superior, por lo que no quise repetir con él, porque aún no sabía, años después, si me había gustado o no, pero sí que leí *El Buscón*, que me resultó desagradable por todas las desgracias correlativas que le sucedían al pícaro.

De autores del siglo pasado adquirí casi todo de Alejandro Dumas, padre, porque del hijo solo me parecía interesante *La Dama de las Camelias* y, aun así, no acabó de convencerme del todo, y muchas cosas de Julio Verne y Wells. Españoles, cualquiera me valía.

Para no aburrirles con otras lecturas que me gustaron o no, diré que este mismo año salieron y compré *100 españoles y Franco*, de José María Gironella, *Cierto olor a podrido*, de José Luis Martín Vigil, u obras publicadas el año anterior que aún se vendían mucho, como *El misterio de la cripta embrujada*, de Eduardo Mendoza, *El cuarto de atrás*, de Carmen Martín Gaite, *El disputado voto del señor Cayo*, de Miguel Delibes o *La muchacha de las bragas de oro,* de Juan Marsé. Sin olvidar las obras de lectura fácil del oeste, llamadas novelas *pulp* o de a duro, sobre todo de mi autor preferido, Keith Luger, de las que recuerdo especialmente, por salirse del canon habitual de este tipo de publicaciones de buenos y malos, protagonistas de veintiocho años y mujer bella que se acaba enamorando de él, los títulos *Morir en México* y *Asesino Murray.*

Actividades que hacía acompañado era el *taberneo* en la cantina del cuartel, casi siempre con el cabo Joaquin Souto, aunque a veces compartía mesa solo o acompañado con Álvaro Guilabert, Borja Bodas, el Almirante, el Hércules, El Mangui o El Pesetas, compañeros míos de uniforme de los que he preferido no dar el nombre real para no darles pistas a los terroristas.

Fuera del recinto de la comisaría y sus aledaños solo solía salir para ir a comprar libros, siempre acompañado por El Hércules, un hombre que aunque no leía ni los carteles, siempre me decía que se venía conmigo para hacerme de escolta. Por supuesto, jamás llevó el uniforme en esos paseos.

También iba al cine de vez en cuando... aparte de con los compañeros que querían ver una película en concreto y cuando no era así, quién me acompañaba era nada más y nada menos que... doña Enriqueta, que me pidió esos días que le quitara el doña de su nombre. Íbamos siempre en su coche, que aparcaba siempre a la puerta de la fonda para que yo solo tuviera que dar unos pasos y no fuera fácil atacarme, porque siempre buscábamos cines que no estuvieran en Basauri, nunca los mismos pueblos ni tampoco una sala de proyección en ninguno de ellos.

Con ella vi, en esas sesiones dobles de cines de barrio películas que ya habían salido de los cines de estreno. *La escopeta nacional*, *¿Qué hace una chica como tú en un sitio como este?*» y *Grease*.

A salas que aún mantenían películas de estreno, puesto que en esta época el éxito de un film dependía del tiempo que se mantuviera en cartelera, fuimos a ver *El cazador* y *El expreso de medianoche*, que fuimos a ver a Bilbao porque se habían estrenado hacía tres o cuatro meses y los cines de pueblo ya, o aún, no las tenían.

La sorpresa para mí fue que esa tarde no fue Enriqueta quien acompañó, sino una hija suya, Leire, una mujer de mi edad o tal vez un poco mayor que yo, con la que crucé pocas palabras, al principio para ella justificar que su madre no había podido acudir porque tenía fiebre y que venía ella en su lugar, al sacar las entradas, después de la película para comentar qué nos había parecido, momento en que me escamó un comentario suyo, al referirse a lo que habíamos visto en la pantalla —estoy hablando de *El expreso de medianoche*— se parecía mucho a lo que padecían los «presos políticos» vascos y, por último para decirnos adiós cuando me dejó con el coche en la puerta de la fonda.

Supuse que no la volvería ver. ¡Cuán equivoco estaba!

Alfredo Matas presenta
UN FILM DE LUIS G. BERLANGA
LA ESCOPETA NACIONAL

JOSÉ MARÍA GIRONELLA
Rafael Borràs Betriu
100 españoles y FRANCO
El mejor y más complejo de los retratos de Franco: cien españoles representativos opinan sobre el hombre que mayor influencia ha tenido en la modelación de la España actual; gentes diversísimas, desde un sabio de la NASA hasta un cantante de rumbas, pasando por escritores, médicos, economistas, políticos de las más variadas tendencias, abogados, obispos, militares, pintores... Cien criterios que respiran amor, decepción, escepticismo, odio, en infinitos matices
que forman una imagen múltiple y apasionada de Franco y de su obra.
2ª edición
30.000 ejemplares vendidos
espejo de españa

15. Marzo y abril

Reconozco que no he hecho el resumen de asesinados por ETA de marzo porque tan «solo» hubo tres muertos en el mes y, aprovechando que empezaba a tener algunas aficiones de las que disfrutar sin aparente peligro de muerte, con lo que el tiempo me empezó a pasar más deprisa, decidí esperar a que finalizara el mes de abril, que siguió el ritmo de homicidios por parte de los terroristas de enero y febrero, con nueve asesinados más que sumar a la siniestra lista de muertos en el debe de ETA.

Los tres muertos por la banda terrorista de marzo fueron un jefe de la policía municipal, en este caso de Beasaín, en la provincia de Guipúzcoa, un antiguo legionario, presidente de la Hermandad de Antiguos Caballeros Legionarios de Vizcaya y un inspector de policía, que podía haber sido yo y no él la víctima, cualquiera de los nuestros.

Los nueve asesinados en abril fueron tres policías más, dos guardias civiles y un policía municipal de Durango, Vizcaya, sin cargo alguno en el escalafón del Cuerpo de este pueblo, y tres personas más matados por diversas motivaciones, a cada cual más absurda.

El jefe de la policía municipal de Beasaín, Miguel Chávarri Isasi, fue asesinado por dos etarras que le descerrajaron nueve tiros. La causa no se ha aclarado aún, puesto que la banda terrorista no ha hecho públicos los motivos que le llevaron a matarle, por lo que se supone que fue parte de la locura de ETA en su estrategia de «limpiar» de fuerzas policiales el País Vasco si no pertenecían a su círculo de fascistas, o marxistas del tipo Stalin. Luego se supo que tres años antes había recibido una carta de la organización terrorista en la que era amenazado de muerte. La viuda del asesinado, que tenía que haber tenido un sentido reconocimiento por parte de los vecinos de su pueblo tras los veintiún años de servicio al mismo, hubo que dejar el País Vasco, junto a sus tres hijos, por la persecución a la que fueron sometidos por los radicales tras el homicidio.

José María Maderal Oleaga, exlegionario y presidente de la Hermandad de Antiguos Legionarios de Vizcaya, por ser esas dos cosas, fue abordado por un par de terroristas que dispararon contra él siete veces.

El inspector de policía Antonio Recio Claver tenía un almacén de fontanería, a medias con su esposa, donde acudía todas las mañanas para repartir tareas entre sus empleados. Aquel día, al quedarse solo y aunque llegó incluso a blandir su pistola, fue asesinado a tiros por tres etarras. Después se supo que Antonio Recio era agente del CESID, por lo que se convirtió en el primero de estos en ser asesinado por ETA.

Ya en abril se dio que la banda terrorista colocó una bomba en la cafetería que regentaba Pedro Fernández Serrano, con el objetivo de que estallara a la mañana siguiente, cuando habría varios policías desayunando. Pero ocurrió que Pedro la accionó por accidente la noche anterior y fue él quien murió.

Adolfo Mariñas Vence, recién salido del *mako* de Martutene, fue tiroteado de madrugada, sin testigos, acusado por ETA de ser un confidente de la policía.

Dionisio Ímaz Gorostiza-Goiza, propietario de un taller de coches, fue tiroteado cuando trabajaba en él por tener simparías hacia el carlismo. Le alcanzaron cinco balas.

Los tres policías asesinados ese mes fueron Juan Bautista Peralta Montoya, Ginés Pujante García y Miguel Orenes Guillamont, que fueron ametrallados cuando estaban juntos cuando habían terminado con el turno del día, estaban vestidos de paisano y conversaban entre ellos.

Los dos guardias civiles asesinados por los terroristas de ETA fueron Juan Bautista García y Juan Antonio Díaz Román, muertos en fechas diferentes. El primero fue atacado cuando volvía a la casa-cuartel donde vivía, tras pasar toda la tarde con su prometida. Juan Bautista había sido víctima de un atentado fallido unos días antes, pero descubrió la bomba lapa que habían adosado a su vehículo y los TEDAX lo desactivaron.

Juan Antonio Díaz Román, junto a otros compañeros, fueron avisados de la colocación de una bomba en un edificio en construcción. El propietario del inmueble fue quien lo descubrió. Junto a él había una nota que decía «Ojo, no pasar, carga explosiva», firmada por ETA. Juan Antonio Díaz intentó desactivarlo pero el artefacto estalló, llevándose su vida por delante.

El acojone que sentía y que se había disipado un poco tras los momentos de ocio que había conseguido obtener, se disipó de repente y volví a sentir un miedo atroz, una paranoia que me obsesionaba que me decía a mí mismo que ETA me vigilaba y que su próxima víctima sería yo.

Nueve balas alcanzaron su cuerpo

Muerto a tiros el jefe de la Policía Municipal de Beasain

Los autores fueron, al parecer, dos jóvenes que huyeron en moto

EL DIRECTOR GENERAL DE PRISIONES RESPONSABILIZA A ETA DE LO QUE OCURRE EN SORIA

Recibirá al consejero del Interior, Txiki Benegas

Documento de la izquierda abertzale y francesa

PIDEN LA ANULACION DE LAS MEDIDAS CONTRA REFUGIADOS VASCOS

LA VOZ DE ESPAÑA

Ayer, en Villafranca de Ordizia

INDUSTRIAL MUERTO A TIROS

Dos encapuchados le dispararon a bocajarro

- DOS HERIDOS EN EGUIA -UNO GRAVE- POR GRUPOS "INCONTROLADOS"
- ETA (m) REIVINDICA LA MUERTE DE TRES POLICIAS EN LOYOLA
- FUNERALES EN SAN SEBASTIAN Y TENSION EN EL ENTIERRO, EN MURCIA (Página 3)

Para la elección de alcaldes

PSOE Y PCE PACTAN

LA REAL GOLEO AL RAYO (4-0)

- CUATRO PERIODISTAS EUROPEOS, EJECUTADOS EN UGANDA
- UN AHOGADO AL CAER UNA FURGONETA AL BIDASOA
- PARO DE ESTIBADORES EN EL PUERTO DE PASAJES

BILBAO: MULTITUDINARIA MANIFESTACION

Se calcula en más de cien mil el número de asistentes

CIEN AÑOS DE SERVICIO

BILBAO.-Domingo, 8 de abril de 1979. Nº 22.315. 25 ptas.

EDICION VIZCAYA

Habían llegado el viernes a la capital guipuzcoana

TRES POLICIAS NACIONALES, ASESINADOS EN SAN SEBASTIAN

* FUERON AMETRALLADOS CUANDO SE DIRIGIAN DE PAISANO AL CUARTEL DE LOYOLA

Los tres policías nacionales, momentos después de que fueran asesinados. (Telefoto Efe).

● INFORMACION EN PAG. 17.

Las "memorias" de Garrigues Walker, en la clínica

● Página 23

IRAN: HOVEIDA Y SEIS MILITARES, EJECUTADOS

TEHERAN, 7.—El ex primer ministro iraní, Hoveida, ha sido ejecutado al igual que otros seis militares más de diversos grados. (UPI-EFE y AP-EUROPA)

● Página 21

IDENTIFICADOS LOS TRES PRESUNTOS ASESINOS DE UN POLICIA NACIONAL

● Página 24

El nuevo Gobierno mauritano seguirá unido a Marruecos en las cuestiones del Sahara

Crónica de ALBERTO MIGUEZ

● ULTIMA PAGINA

* *Su principal labor será el neutralizar la creciente agitación social que hay en aquel país*

EL CORREO ESPAÑOL
EL PUEBLO VASCO

EDICION VIZCAYA

Bilbao: Siete horas duro la huelga de recogida de basuras

SE DESCONOCEN LAS CAUSAS

TOLOSA: Un guardia civil muerto de un disparo

Supresión de pasaportes entre España y Portugal

Según los dirigentes del PSOE

La transformación del Gobierno es anticonstitucional

Crónica de SUSANA OLMO

Página 14

PREMIO PULLIZER DE FOTOGRAFIA 1979

YUGOSLAVIA: 150.000 PERSONAS SIN HOGAR

► ULTIMA PAGINA

IV.

La mujer batasuna

En un mitin de Herri Batasuna

16. El Batallón Vasco Español

Para joderlo todo un poco más, las acciones de mis compañeros y de grupos terroristas de signo contrario a ETA, aunque la ideología de los extremos, tanto de la derecha como de la izquierda, se parece tanto que es difícil diferenciarla, empezaron a abocar la situación del País Vasco muchos pasos atrás de donde debería estar, con dos bandos, o algo parecido a esto, que no entendían lo que era la democracia y querían hacer que sus valores, aunque esta palabra no creo que sea la adecuada para definir lo que los unos y los otros pensaban, se deberían imponer a hostias o, lo que es mucho peor, a tiros.

Los grupos terroristas que decían combatir a ETA eran el Batallón Vasco Español, la Alianza Apostólica Anticomunista, más conocida como la triple A, que todos pensaban que eran el mismo perro con distintos collares, y otros grupúsculos pequeños de ultraderecha que eran una derivación de estos.

También hay que decir que nosotros, la policía, tampoco era que fuéramos unas almas de la caridad que contribuyéramos con nuestros actos a que la cosa entre los vascos y nosotros propiciara un clima de confianza que apaciguara los ánimos y que acabara con la violencia que se registraba en Euskadi.

Voy a comenzar desde el principio.

José Ramón Ansa Echevarría, un muchacho aún de tan solo diecisiete años de edad, fue asesinado por la Triple A cuando amanecía el día seis de mayo en Andoaín, provincia de Guipúzcoa. Le mataron cuando regresaba a su casa tras haber pasado un buen rato con sus amigos en las fiestas del pueblo, momento en que fue abordado por un grupo indeterminado de secuaces que lo dejaron tirado en una cuneta con un disparo en la cabeza. La muerte no tuvo otra motivación que dar miedo, porque José Ramón Ansa no tenía ninguna vinculación conocida con una organización radical *abertzale*.

Seis días después, esta vez en la localidad de Hendaya, situada en el País Vasco francés, corrió la misma suerte Francisco Javier Larrañaga Juaristi, apodado Peru, que no Perú. Al igual que José Ramón Ansa, fue tiroteado por un desconocido en la cabeza. Peru era residente legal en Francia y esta vez sí, según todos los indicios pertenecía a ETA o su entorno. Esta muerte se atribuyó al Batallón Vasco Español y existen versiones contradictorias de lo que ocurrió en el momento previo a su muerte. Una de las interpretaciones más difundidas fue que se refugió en el edificio de las Escuelas Profesionales de Hendaya para evitar un control policial. Allí fue visto por el vigilante de noche, que disparó el arma que portaba, presuntamente, como advertencia al intruso, que por esa mala suerte que en la vida a veces se da, le alcanzó de lleno en la cabeza.

Ahora viene la parte que menos me gusta de esas muertes a las que me he referido antes, porque implica a nuestros compañeros de la guardia civil, que seguirán después, pues me estoy ciñendo a un orden cronológico, intercalando estas acciones injustificables con las cometidas por la policía y los terroristas de ultraderecha.

Gladys del Estal Ferreño, de veintitrés años de edad, hispano-venezolana, era militante en los Comités Antinucleares de Euskadi y firme opositora a la construcción de la central nuclear de Lemóniz. El tres de junio acudió a Tudela, una localidad navarra, para participar en una manifestación dentro de la que denominó Jornada Internacional contra la Energía Nuclear. La marcha estaba autorizada por las autoridades que deberían hacerlo, lo que a alguien de la Guardia Civil con mando le importó tres cojones y ordenó cargar a los suyos para dispersar a los manifestantes, que en ese momento estaban realizando una sentada. Gladys, en un momento determinado de esta protesta pacífica, recibió un disparo a bocajarro en la nuca efectuado por uno de los beneméritos, del que tampoco voy a revelar el nombre tal como he hecho con los asesinos de ETA en el momento de finiquitar a sus víctimas[12]. Este crimen trajo consigo la convocatoria de huelgas y manifestaciones masivas en todo el País Vasco y Navarra.

Un error grave por los protectores de la ley, nosotros y los picoletos, que más que aplicarla, a veces, parecíamos vulnerarla sin ningún remilgo.

Una semana justa transcurrió hasta que Vicente Vadillo Santamaría, conocido en su faceta artística como Francis —era un transformista—, fue asesinado en la discoteca Apolo de Rentería. En la madrugada del diez de junio, un policía vestido de paisano, borracho, accedió al local y entabló un breve diálogo con Francis, tras el que sacó su arma y le descerrajó un tiro en la cara, muy posiblemente motivado por una actitud homófoba de mi compañero, por llamarlo de alguna forma porque a mí, como ya he dicho con anterioridad, definir a un tío como este como tal me

[12] El agente fue condenado posteriormente por imprudencia temeraria a dieciocho meses de prisión, una sentencia ridícula.

cuesta mucho.

Ya vamos llegando al final del mes de junio, pero aún tengo que relatar tres sucesos más.

El día veinticinco fue ametrallado desde un coche en Bayona, localidad también situada en el País Vasco francés, el etarra Enrique Gómez Álvarez, alias Korta, considerado por la policía francesa uno de los principales instructores de los comandos legales de ETA. El asesinato fue realizado por el Batallón Vasco Español.

El veintinueve hubo un atentado y una muerte sin ninguna relación entre ellos.

En París, el Batallón Vasco Español, de nuevo, atacó y mató a dos *grapos* en París, Francisco Javier Martín Eizaguirre y Aurelio Fernández Cario, que aunque no eran de ETA sí que eran terroristas.

Al mismo tiempo, de nuevo en Rentería, Teodora Sánchez Ofretorio, de setenta y siete años de edad, participaba en una manifestación cualquiera, da lo mismo de cuál se tratara, que fue disuelta por efectivos de la policía. Aunque Teodora Sánchez no fue víctima de un ataque directo de un agente en concreto, sí que falleció durante la protesta al inhalar parte de los gases lacrimógenos lanzados por los antidisturbios.

Sobre la desproporcionada actuación del guardia civil

y del policía borracho, no podía investigar nada, los dos asesinos estaban identificados. La muerte de la anciana fue por los muchos humos con el que regaron los antidisturbios la manifestación, no se podía identificar a una sola persona como autora de lanzar botes de humo y no se podía detener a toda una compañía por el hecho.

Los crímenes de la Triple A y del Batallón Vasco Español realizados fuera de España, pues eso, no se habían perpetrado en nuestro país y no se tenía jurisdicción para investigarlos… solo quedaba poder pesquisar la muerte de José Ramón Ansa Echevarría, un crimen que pertenecía a la jurisdicción de la Guardia Civil.

Así que hablé con el inspector jefe de Basauri, el ya muy nombrado Álvaro Guilabert Mellado, y le pregunté si era posible que yo interviniera en el caso.

—¿A qué has venido tú aquí? —me interrogó él a su vez.

—Según Roberto Conesa, ese hombre que se cambia de chaqueta según le conviene —contestó yo—, además del actual comisario en jefe de la Brigada Central de Información, para apresar a etarras.

—¿Has detenido ya a alguno?

—No. De hecho, me extraña que cuando hay que

actuar contra ETA es como si se me dejara en un segundo plano.

—Manuel, tú te considerarás un desconocido para todo el mundo, pero hay mucha gente en la policía que te conoce —continuó él—. Eres odiado y querido a partes iguales por muchos de los nuestros y por el mismo motivo: colaborar en la trama para la legalización del PC y por ser uno de los artífices del desbaratamiento de la Operación Galaxia. —Hizo una pausa, sacó un cigarrillo del paquete de Rex que había sobre la mesa y me ofreció; le dije que no, que prefería el mío y saqué un Ducados—. He de reconocer que no te conocía antes de venir aquí, ni a ti ni a tus hazañas, pero como es natural me informé sobre tu persona en cuanto supe que te enviaban con nosotros. A mí, de tu historial, me llamaron menos la atención tus logros como espía —sonrió— que por los casos que has resuelto, que los había fáciles, regulares, difíciles y muy difíciles. Para estos dos últimos es para lo que quiero utilizarte, con algún que otro aperitivo de poca enjundia en los que te implicado, al menos mientras pueda, porque más pronto que tarde echaré mano de ti para que nos ayudes en serio a atrapar etarras. —Nueva pausa, esta vez para dar un par de caladas profundas a su cigarrillo—. Ahora mismo voy a hablar con la casa-cuartel de Andoaín y te mando para allí, porque estoy seguro que los compañeros beneméritos que trabajan allí la estarán pasando tan putas como nosotros en lo referente a falta de personal y medios y te recibirán con los brazos abiertos.

—Es que a Andoaín parece que le ha mirado un tuerto —apoyé yo—. Es un pueblo, aunque sea grande como es este, los acosos a los que no son del círculo de ETA y las movidas que acarrean eso no dejan de producirse.

—Pues nada, ya te digo algo.

Fui a Andoain, sin tilde dicho en vasco, fui recibido bien por los beneméritos destinados allí, no me pusieron ninguna pega para que investigara el asesinato de José Ramón Ansa, a pesar que después de todo era uno de los otros, los terroristas, según quisieron dar a entender algunos, al decir que estaba relacionado con ETA, algo que su familia desmintió porque fue una víctima al azar, de eso no cabía ninguna duda. Era muy evidente que en el ánimo de los guardias para no investigar apenas este crimen pesaba mucho la muerte en el atentado en febrero de 1979 de José Díez Pérez al ser tiroteados agentes en la puerta del recinto.

El pueblo no eran cuatro casas sin más, sino una

población de unos quince mil vecinos.

Pronto se supo en todo Andoaín que había venido un policía a investigar el asesinato del joven Ansa. Que venía a hacer algo al revés de lo que se hacía siempre, en vez de presentarse a joder al paisanaje y buscar a etarras, acudía a hacer justo lo contario.

Por eso, la gente de Andoaín, aún con las reticencias que noté por tratar con un policía nacional, un *txakurra* —algunos me llamaron así, aunque añadiendo «señor» al insulto— colaboraron en todo lo que pudieron conmigo. Así, con el transcurso de las horas averigüé que unos forasteros habían sido vistos rondando por el pueblo en un Seat 124, del que me dijeron muchos números de matrícula, además de la provincia en donde se había dado de alta, hasta que reputé uno de ellos en el que coincidían un buen número de vecinos.

Pedí entonces a Madrid que me localizaran a quién pertenecía el coche y cuando recibí la respuesta, me llevé una gran sorpresa. El propietario del vehículo era Ananías Borrero Clemente, un guardia civil que había conocido cuando vine al cuartelillo de Andoaín.

Ese mismo día, cuando vi que Borrero acababa turno y se disponía a volver a su casa, lo abordé y le pedí que si podía enseñarme el pueblo, que sabía que llevaba algunos años destinado allí y lo conocía bien.

—¿Quieres pasear por Andoaín? —me interpeló él con un deje de burla en el tono utilizado.

—Quiero verlo un poco.

—¿Sabes una cosa? —continuó él—. Sí, es cierto que llevo tres años jodiéndome vivo en este pueblo, pero yo nunca he dado un paseo por él para conocerlo. Te preguntarás por qué. Porque soy un guardia civil, y a los benemérito de las Vascongadas hay unos hijos de puta que nos tienen en su punto de mira y no quiero ponérselo a huevo poniéndome de diana para que me maten. Si vienen a por mí, al menos que les cueste matarme. No sé si lo sabrás, pero dicen que Andoaín es una especie de laboratorio para las actitudes de los que estos cabrones llaman la socialización del sufrimiento que se lleva a cabo sobre todo por el entorno social, que yo no considero también político, que apoya el terrorismo. Aquí se lleva a cabo un tormento a gran escala con los que no son de su cuerda. A ti te parecerán que te han recibido de puta madre porque vienes a lo que vienes. Si vuelves otra vez por otro motivo que no sea uno con el que se congratula esta gentuza, pronto notarías la hostilidad hacia ti en las miradas, en los gestos o que alguien anote sin cortarse un pelo tus movimientos de cada día.

—Una lástima todo lo que me has dicho... —murmuré yo.

—Pero podemos tomar unas cañas. Conozco un bar donde no estaremos en peligro... salvo que nos tiren una bomba.

—Vamos.

Durante un buen rato, Borrero me estuvo contando los dimes y diretes y acontecimientos referidos a Andoaín, un pueblo muy castigado por ataques etarras, hasta que me cansé de su perorata.

—¿Tienes coche? —pregunté a traición.

—Sí, pero no aquí, sino en mi pueblo, Oliva de Plasencia, en la provincia de Cáceres.

Antes de continuar, apuré mi caña, saqué un cigarrillo del paquete, lo encendí y ya, por fin, me lancé a la piscina.

—Yo pensaba que sí que lo tenías contigo aquí, en Andoaín.

—Ya te he dicho que no.

—¿Tienes un 124?

—Sí.

—Pues un 124, blanco, con matrícula de Cáceres que

tiene los mismos números del coche que dices que no anda por aquí y sé que es tuyo porque lo he investigado, fue visto merodeando por Andoaín el mismo día que asesinaron a José Ramón Ansa, crimen del que seguro que te acuerdas.

Borrero permaneció en silencio un buen rato. Pidió otra ronda, esperó a que nos las sirvieran y entonces fue cuando me mintió.

—¡Está bien! ¡Está bien! —dijo—. Sí, es verdad, me subí el coche del pueblo una vez que estuve de permiso en él. Lo que pasa que lo mantengo oculto para que los terroristas no sepan que es mío y vayan y me pongan una bomba trampa.

—¿Podemos ir a verlo?

—¿Para qué?

—Para qué, no, por qué. Porque sé que no tienes el coche aquí, estará estacionado en el lugar que hayan elegido los asesinos del chico para pasar desapercibidos, aunque no sé si lo llegarán a conseguir, porque un coche con matrícula de Cáceres da mucho el cante en Guipúzcoa. —Encendí otro cigarrillo con la pava del anterior—. Y hay un segundo por qué, porque se me has mentido descaradamente.

—¿Me estás acusando de algo?

—De asesinar, o ser colaborador necesario para ello,

a José Ramón Ansa. Se te va a caer el pelo, colega, porque te han *pillao* con el carrito del *helao*.

—Acusas sin pruebas.

—Muchos testigos, que podrán testificar en su contra, vieron un coche rondar por el pueblo el día de autos y anteriores, que casualmente es el tuyo y que parece que se ha desvanecido de repente.

Nuevo silencio. Acabó la caña que estaba tomando de un trago y se pidió una más.

—No tuve más remedio. Ellos me obligaron.

—¿A qué?

—A dejarles el coche.

—A ver si me dices alguna verdad de vez en cuando. El coche estaba en tu pueblo, ¿fueron a por él allí?

—No. Es verdad que lo subí aquí y lo tenía escondido hasta que acabara con los trámites para cambiarlo de matrícula. Por lo que he dicho antes, una cosa es que los terroristas quieran matarme y otra que yo les dé facilidades para hacerlo.

—¿Quiénes te obligaron?

—Dos hombres. Ellos y yo simpatizamos con Franco y nos hemos visto alguna vez en movidas convocadas en su honor. Nos intercambiamos los teléfonos. Un día me llamaron y me dijeron que iban a actuar por fin por el bien de España y por su unidad. «Una, grande, libre», no dejaron de repetirme y de nombrarme a Dios nuestro señor al terminar cada frase que me soltaban. Me dijeron que necesitaban mi coche para un cometido y que preferían que se lo dejara por las buenas, porque no les había visto actuar cuando lo hacían por las malas.

—Estás diciendo que les distes las llaves, lo usaron un día y a la mañana siguiente lo viste aparcado en el lugar de siempre.

—Sí.

—¿Quiénes mataron a José Ramón?

Guardó un silencio aún más largo que los anteriores.

—Te los digo con una condición —pidió al rato.

—Que no te involucre a ti en el asesinato —adiviné yo.

—Exactamente.

—Solo te puedo garantizar que, por ahora, no mencionaré tu nombre. Después, cuando se dé con los asesinos... ya veremos.

Volvió a pensárselo.

—Ladislao Zabala es uno de ellos. Del otro solo sé

que todos le llamamos Piti.

Una vez sabidos los nombres de los asesinos, informé de ellos a mis superiores.

En principio, no noté que se hicieran los longuis, luego sí. Hasta que uno de ellos, advirtiéndome que si decía que él me contaba eso diría que era mentira, se pronunció.

—A esos, mejor no tocarlos. Tienen padrinos importantes y algunos consideran que nos están haciendo un favor.

HOJA DEL LUNES

SAN SEBASTIAN

7 de mayo de 1979

Año XXXVI

Precio del ejemplar: 20 pesetas

PETROLEO IRANI AL PAIS VASCO

Para 1980, tendrá asegurada parte de su demanda energética con crudos mejicanos

Incendio en una plataforma petrolífera del Perú

Joven de Andoain muerto en extrañas circunstancias en Urnieta

Apareció con un tiro en la cabeza en la zona de Sosoka

INCIDENTES EN SAN SEBASTIAN Y MANIFESTACION EN TOLOSA

DOMINGO DEPORTIVO

Andueza, campeón manomanista

ROBO DE CUATRO MILLONES EN ORO EN BARACALDO

Obra de cinco menores, detenidos

Aviones israelíes bombardearon bases palestinas en el Líbano

Ataques de comandos fedayines en Israel

egin

Las FOP provocaron la tragedia de Tudela

La joven Gladys Del Estal fue muerta a bocajarro por un guardia civil

Para hoy huelga general en Euskadi

La indignación en Navarra fue total, así como en el resto de Euskadi

Atentado mortal contra dos guardias civiles en Madrid

El proyecto de Guernica quedó ratificado en Vitoria

Empate en San Mamés

Nikaraguako atzoko egoera, ez aurrera ez atzera

GUIPUZCOA: AL PARECER, POR LA NIEBLA

OTRO ACCIDENTE AEREO EN EL JAIZQUIBEL: CUATRO MUERTOS

TRAVESTI MUERTO EN UN CLUB POR EL DISPARO DE UN POLICIA

Ocurrió a avanzadas horas de la madrugada en la localidad guipuzcoana de Rentería cuando el agente exhibía su arma

EN ARGENTINA

ENTERRADO VIVO POR UN ATAQUE DE CATALEPSIA

La víctima falleció aterrorizada cuando despertó dentro del ataúd

GERONA: MUERTO AL ESTALLARLE UNA BOMBA EN LAS MANOS

LA GACETA DEL NORTE

Fundado en el año 1901 — **SEXTA EDICION** — Martes, 26 de junio de 1979

DIRECTOR: MANUEL GONZALEZ-BARANDIARAN * TELEX 33.773 * PRECIO 20 PESETAS * AÑO LXXVI * NUMERO 26.700

Con el proyecto de Estatuto Vasco

ALUVION DE DESACUERDOS

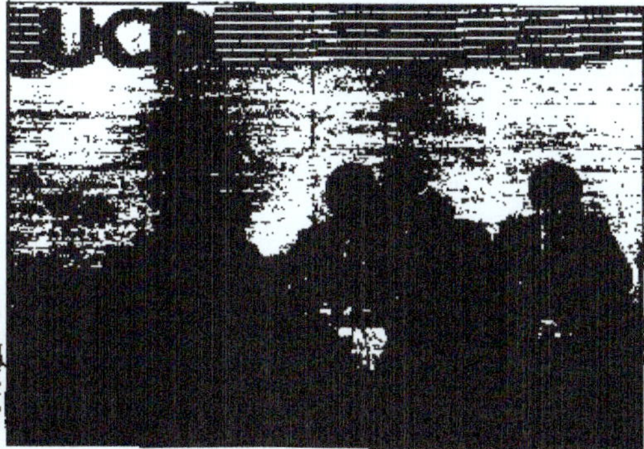

[illegible]

[illegible]

● Confidencialísimo: Entre Austerlitz y Waterloo
● La Jornada: Comisión regia
● La Columna: Suárez, el negociador — Páginas centrales

ULTIMA HORA

Ametrallado por nueve disparos

ASESINADO EN BAYONA UN MIEMBRO DE ETA (M)

BAYONA.— [illegible]

[illegible]

Recibieron ayer, en Bilbao, los primeros mil carnets

Los jubilados viajan gratis

Página 5

Goyo Nadal, bochero-chimbero, creador del «Himno del Athletic»

Veinte años con la guitarra a cuestas

[illegible] ... ULTIMA PAGINA

Representación atentado contra Casa-Cuartel de Andoaín

17. Conversación con una batasuna

Volví a Basauri y como no quise sumergirme en la rutina de siempre, le pedí a Guilabert que me metiera de lleno en las investigaciones de los casos de ETA. Accedió sin ponerme ninguna pega, porque sabía que iba a insistir en ello todos los días y a todas horas y, por otra parte, debió de estimar que ya me necesitaba para atender esas cuestiones, que ya digo que ellas hasta ahora no había intervenido lo sufi-ciente.

Mientras tanto, seguí con mis manías habituales. Seguía saliendo muy poco de la fonda y casi siempre que lo hacía era en compañía de Enriqueta, normalmente al cine, aunque alguna vez que otra optamos por el teatro, más en este tiempo que fue cuando se representaba en los pueblos La *detonación*, una obra de Antonio Buero Vallejo, del que procuraba no perderme nunca ninguno de sus estrenos desde que vi primero *El tragaluz*, con los chicos de mi clase, y ya con amigos *Historia de una escalera*, que aunque está escrita antes la vi después.

Un día, de nuevo, vino a buscarme Leire en vez de su

madre y, al verla, volví a entrar en la fonda y me dispuse a subir a mi habitación. Ella debió de dejar el coche de cualquier manera, porque me cogió cuando aún estaba la escalera y se dirigió a mí sin saludo previo.

—¿Qué pasa, que me tienes miedo? —me preguntó.

—Miedo no es la palabra que diría yo. Solo que te he visto en el coche y he decidido que no quiero ir contigo a ningún lado.

—¿Por qué?

—Yo, a pesar de ser un policía, un *txakurra* como me dirías tú, soy una persona que admite sin ningún problema que los que me rodean piensen lo que quieran, pero nunca estaré de acuerdo en que para defender esas ideas se recurra al asesinato.

—¿Yo optaría por matar para imponer lo que siento? —Tres veces me había dirigido a ella y tres veces había preguntado para contestar a lo que le decía.

—Sí, a tenor de lo que dijiste la otra vez que nos vimos.

—¿Qué dije para que te hayas tomado esa opinión de mí? —seguía igual.

—Definiste a los terroristas encarcelados como presos políticos.

Ella esbozó una sonrisa amarga.

—Manuel, no te voy a negar que simpatizo con Herri Batasuna y que los maderos no son de mi simpatía, pero yo nunca mataría a uno.

—Pero apoyas a los que lo hacen.

—Todos los *abertzales* no pensamos que haya que matar a las que yo creo que son fuerzas de ocupación españolas. Y si crees que soy capaz de eso porque yo considero presos políticos a los que las autoridades del Estado tienen en sus *makos*, estás muy equivocado. Nacionalistas de derechas utilizan esos mismos términos para referirse a ellos.

—¿Lo ves? Tú misma has dicho de forma explícita que apoyas a los terroristas que matan —exageré, ¿o no?

—Sé lo que ha ocurrido en Andoaín, que has estado allí para resolver el asesinato de José Ramón Ansa y que has conseguido descubrir quiénes son los hijos de puta que lo mataron. La pregunta que te hago yo ahora es si tú apoyas a esos canallas o a tus compañeros que sí se merecen el insulto de txakurras, ya sean maderos o picoletos, que han matado porque sí a gente inocente.

—Matar no está en mi vocabulario, aunque no sé si tendré que hacerlo algún día si un etarra viene a por mí. No, creo que esos compañeros que se excedieron en lo que tenían que hacer tienen que ser juzgados como asesinos y cumplir una larga pena de cárcel.

—No te preocupes, he sabido de buenas fuentes, que no tienen necesariamente que provenir del entorno etarra, sino de alguien que le ha dicho a otro que a su vez le ha contado a un tercero que yo he conocido a través de un cuarto, que tú no eres objetivo de ETA, precisamente por lo que hiciste en Andoaín.

—¿Esperas que me crea eso?

Ella se encogió de hombros.

—Tú puedes creerte lo que quieras, lo único que te digo que yo no miento cuando hablo de estas cosas.

—Apenas te conozco, ¿cómo puedo fiarme de lo que dices?

Leire se quedó un rato en silencio. Al hablar, lo hizo para hacerme una propuesta tras recriminarme mi actitud.

—Anda, deja de dar la murga —expresó—. Te invito a cenar, no hace falta ir hoy al cine, al teatro o a los toros, y seguimos hablando sobre esto y lo quieras. Creo que una escalera no es el sitio más adecuado para mantener una conversación.

Dije que sí. Aun con las garantías que me dijo Leire

con respecto a mi seguridad, como había aprendido a no fiarme de nadie desde que llegué al País Vasco, la pistola de servicio la mantuve sin echar el seguro y con una bala en la recámara.

Me llevó a una taberna, cuyo nombre estaba escrito con letras vascas, del que ni tan siquiera me preocupé de retener el nombre.

Ante mi insistencia, nos sentamos en una mesa al fondo del local, conmigo mirando hacia la puerta. Los motivos de autodefensa llamaron mucho la atención de Leire, que vi como en su rostro dibujaba un gesto no de ternura, pero sí de comprensión hacia lo que un policía tenía que hacer en el País Vasco para que un terrorista no nos cogiera por sorpresa.

El resto de los parroquianos me miraron más con sorpresa que con odio. Sin duda, habían oído hablar de mí, lo que me supuso entender que todo Basauri, en realidad todo Euskadi, sabía que yo era un policía destinado en el pueblo, pero que no había que tocar de momento porque había hecho todo lo contrario a como solía actuar un *txakurra*, no yendo contra los etarras sino a descubrir quién había matado a uno de los suyos… si es que en realidad se trataba de eso.

La conversación con Leire no empezó nada bien, porque se puso a contarme cosas de Herri Batasuna. En primer lugar me dijo que la formación proetarra no era un partido político en sí, sino la coalición de varios. Que el acuerdo que condujo a la unión de estas formaciones de la izquierda *abertzale* tenía unas bases muy sencillas, la unidad del pueblo vasco, el derecho de autodeterminación, la construcción nacional vasca, la resistencia al Estado español, y el protagonismo de la militancia para lograr la independencia con respecto al resto de España.

—¿Ves? —concluyó ella tras su apología de lo que yo seguía considerado fascismo puro y duro—. En nada de lo que he dicho se habla de violencia y mucho menos de matar a nadie.

—Ya. Pero HB no condena los asesinatos de ETA.

—Las condenas no son otra cosa que una actuación cara a la galería.

—Entonces, ¿por qué condena los homicidios que provienen de la otra parte, de policías o guardias civiles desquiciados? —Leire se quedó sin saber qué responderme, por lo que continué hablando yo—. Ser de izquierdas no es ser como Stalin o cualquier otro líder soviético, o como están actuando los supuestos gobiernos comunistas en el este de Europa, o en Albania, donde Enver Hoxha, el loco que aún dirige este país, presume de que ha conseguido que todos sus habitantes sean iguales, porque ha logrado repartir entre todos sus habitantes la pobreza, o en China, que aún se está recuperando de la revolución cultural recién terminada que pretendía crear un régimen parecido al descrito por George Orwell en la novela *1984*.

—¿Qué es para ti ser de izquierdas entonces? —intervino Leire ahora—. Porque por lo que has dicho, supongo que tú te considerarás de izquierdas.

—Para contestar a tu pregunta, te contaré una cosa que me pasó después de la presentación de un libro. El escritor era un izquierdoso con sentido que trabaja en Cáritas y, tras terminar de hablar de la obra, se abrió un debate, en el que el tema principal que se tocó versaba sobre el comunismo. Aunque yo no soy mucho de hablar en público, tras el enardecimiento de las falsas dictaduras del proletariado por uno de los asistentes, como yo considero que en las dictaduras comunistas solo interviene una élite que, al fin y al cabo, lo que han hecho en realidad es sustituir un rey por otro, o una forma de república por otra distinta, decidí intervenir y dije más o menos que el comunismo, tras la temprana muerte de Lenin, nadie ha sabido llevarlo a cabo, por lo que los regímenes que dicen serlo no son más que unas dictaduras muy parecidas a las que aún existen de extrema derecha en el mundo, de las que aún hay muchas, sobre todo en Hispanoamérica, pero no solo allí y, por tanto, había fracasado.

»A lo dicho por mí, uno de los contertulios dijo que no era cierto que todo el comunismo había fracasado. Yo le pedí que me dijera de cuál o cuáles se trataba las que habían llevado a cabo su propuso y me puso el caso de Suecia. Allí, el Partido Socialdemócrata gobernó durante cuarenta y cuatro años seguidos, desde 1932 hasta 1976, siempre ganando unas elecciones, y consiguió conducir al país desde la pobreza a un estado de bienestar y a ser uno de los lugares más felices del mundo. —Acabé la enésima tapa que Leire había pedido para los dos, lo que me dio oportunidad de tomarme un respiro—. Lástima entonces que la guerra civil que aconteció en Rusia tras la abdicación del último zar y la llamada Revolución de Octubre unos meses después, en realidad el golpe de estado de Lenin y sus acólitos para imponer una dictadura comunista, no la ganaran los mencheviques, que participaron en la caída de la monarquía medieval que aún se daba en el país y que eran, además, de ideología progresista, solo que ellos abogaban por la celebración normal de elecciones cada cierto tiempo, mientras que los bolcheviques no.

No sé si dejé a Leire aburrida o anonadada, pero lo cierto es que, menos en el momento de que habló de HB con ardor guerrero, se mostró risueña y divertida durante toda la cena.

Por fin nos marchamos de la taberna y ella me acompañó a la fonda.

Al despedirnos, ella comentó que se lo había pasado muy bien.

—Podemos repetirlo otra vez.

—Lo siento, Leire, tú y yo somos incompatibles.

—¿No te ha gustado lo de hoy?

—Por supuesto que sí.

—¿Entonces por qué somos incompatibles?

—Salta a la vista, Leire, no me digas que no te has dado cuenta.

—Cuéntamelo tú, a lo mejor soy una tonta.

—Vamos a ver, Leire, tú eres vasca antes que nada aunque tus antepasados procedan de la *maketonia*. Yo no soy vasco, en primer lugar, por lo que en ese sentido hay ya una incoherencia entre tú y yo. La segunda es que yo soy un *txakurra*, alguien que no te conviene.

»Por otra parte, yo nací en un pueblo de la sierra de Madrid, Cercedilla. Mis padres, mis abuelos y no sé si más antepasados míos eran todos cercedillenses, o *parraos* como nos decimos nosotros a nosotros mismos. Y al igual que para ser un vasco entero tienes que tener ocho apellidos originarios de Euskadi, lo mismo me pasa a mí, que para tener relación con una moza tengo que saber que es *parraa* de pura cepa, a lo poco ser de Madrid, por lo que tú y yo jamás podríamos ser pareja.

—¿Me estás tomando el pelo?

—No, quien se está tomando el pelo eres tú misma con respecto a ti. Deja el fanatismo a un lado y reflexiona sobre cómo una mujer de tus características ha caído en el poder de una secta, que para mí es de lo que se trata Herri Batasuna, un grupo disfrazado de rojo que es simplemente racista y que, para que prevalezca su xenofobia, está dispuesto a supeditarse a una organización terrorista como es ETA.

Me fui, ella se marchó. Ahora sí que estaba seguro de que no iba a ver a Leire, que supe que se apellidaba García Iturbe después. De nuevo me equivoqué.

Entrevista con Francisco Letamendia, diputado electo de la formación abertzale

"Herri Batasuna es la cristalización de un nuevo movimiento patriótico vasco, socialista y revolucionario"

Sorpresa, estupor, alegría, temor, incertidumbre. Todas esas y otras reacciones ha provocado en Euskadi y en todo el Estado español el éxito obtenido en las urnas el día 1 de marzo por la coalición abertzale radical Herri Batasuna (integrada por los partidos ANV, ESB, HASI y LAIA, estos dos últimos sin legalizar aún). Muchos han querido ver en esta fuerza (en votos, la cuarta en el País Vasco), por la heterogeneidad de corrientes y votos de distinto origen que confluyen en ella, un movimiento populista de nuevo tipo, una opción política aún no demasiado perfilada, y los más consideran a Herri Batasuna un fenómeno social y político digno de estudio. Para analizar lo que es esta coalición, *Javier Angulo* entrevistó en Bilbao a Francisco Letamendia, de 35 años, abogado en el proceso de Burgos, diputado en la anterior legislatura de Euskadiko Ezkerra, coalición que abandonó para integrarse, como independiente, en la junta de apoyo a HB en julio de 1978.

EL PAIS. De Herri Batasuna se han dicho muchas cosas y muy diferentes. Se la ha definido como un conglomerado testimonial que carece de contenido político definido y de programa, como una formación irracional y visceral, como un movimiento populista... ¿Qué es exactamente esa coalición?

Francisco Letamendia. El término «populista» tiene, en mi opinión, connotaciones despectivas. Yo prefiero denominar a Herri Batasuna como un movimiento popular, porque pueblo, para nosotros, es todo aquello que no son fuerzas opresoras u oligarquía financiera. Herri Batasuna es un movimiento que no excluye a ninguna parte componente del pueblo vasco, pero que da su iniciativa y su protagonismo a la clase más numerosa y la más combativa, que es la clase trabajadora.

Pregunta. En Herri Batasuna conviven, junto con independientes, fuerzas heterogéneas, desde los considerados socialdemócratas hasta el abertzalismo libertario, pasando por el marxismo-leninismo. ¿Cuál es su nexo de unión?

Respuesta. Dado el carácter popular de la coalición, Herri Batasuna está compuesta por fuerzas políticas e independientes que representan unos distintos sectores populares; en todo caso, el nexo de unión lo constituyen una actitud clara de rechazo a la reforma, un objetivo de ruptura y una defensa clara de los derechos nacionales y sociales del pueblo vasco. El objetivo a «largo plazo» de los integrantes de Herri Batasuna consiste en la consecución de una Euskadi unificada (norte y sur), independiente, socialista y euskaldún. Los objetivos a «medio plazo» persiguen el logro de una paz real y de la autonomía auténtica, que no pasa por el Estatuto de Autonomía «descafeinado» de la Asamblea de Parlamentarios Vascos, que está encorsetado en el marco de una Constitución, rechazada de una u otra forma por las dos terceras partes del pueblo vasco. Si partimos de la idea de que Euskadi es una nación, entonces hay que llegar a la conclusión de que la Constitución es ilegal en Euskadi, porque el pueblo la ha rechazado.

P. Usted acostumbra a definir a Herri Batasuna como un modelo de heterogeneidad dentro de la armonía...

R. Cierto. No hay más que ver las características de los cuatro candidatos electos de HB, todos independientes. Miguel Castells es un abogado identificado con las personas pro amnistía; Telesforo Monzón es un poeta cuya presencia en Herri Batasuna significa el traspase a la coalición de la savia auténtica, independentista y nacionalista del PNV; Periko Solabarria es un peón de la construcción, y a mí ya me conocen más. A esto hay que añadir la masa de poetas, escritores, maestros, profesionales, artistas y deportistas que públicamente han dado su apoyo a Herri Batasuna.

P. ¿Cómo explica usted, que ha escrito varios libros sobre la historia de Euskadi, la existencia de un movimiento como Herri Batasuna hoy?

R. Hay algo que se tiende a olvidar, y es que nosotros tenemos detrás una lucha de veinte años. Herri Batasuna significa la aparición en Euskadi de un patriotismo de nuevo tipo, la cristalización de un patriotismo revolucionario y socialista que considera que la lucha del pueblo vasco es una parte de la lucha mundial en contra del imperialismo y el capitalismo. Durante años, esa lucha patriótica estuvo personalizada, en la ilegalidad, por ETA. El avance de este movimiento de nuevo tipo y la consolidación de formas políticas ha requerido cierto tiempo.

P. En su opinión, ¿Qué gente ha votado a Herri Batasuna?

R. Reconocemos que a HB han ido a parar votos de gentes que antes del 15 de junio dieron su apoyo a partidos como el PNV, PSOE, PCE, otras gentes de izquierda, anarquistas, independientes, marginales y ese sector que está en la lucha desde hace veinte años. En contra de las afirmaciones de partidos que declaran que a HB le ha votado la pequeña burguesía, nosotros replicamos, con datos en la mano, que los porcentajes de votos más altos los ha obtenido la coalición en las concentraciones obreras, habitadas fundamentalmente por trabajadores inmigrantes (margen izquierda del Nervión, Irún, Eibar y barrios de Bilbao como Otxarkoaga).

HB se ha engrosado ciertamente de sectores decepcionados, defraudados de todos los partidos por su labor en el Parlamento. Nosotros mantenemos que desde el verano y comienzos del otoño se ha producido un corte cualitativo en la historia de Euskadi. Hemos comprobado cómo las gentes a quienes el PCE y el PSOE han defraudado en los objetivos sociales de los trabajadores (aceptaron un pacto de la Moncloa que permitía estabilizar el capitalismo en España). El PNV, a su vez, también personas defraudadas porque en el debate constitucional votó en contra del derecho de autodeterminación y a favor de la unidad nacional española, y luego organizó una manifestación contra la violencia que, para un amplio sector del pueblo vasco, a ciencia para Madrid, fue una manifestación contra los abertzales.

A partir de esa frustración, ha cobrado carta de movimiento algo que puede calificarse de similar al fenómeno ocurrido a finales del siglo XIX. Ante la aparición del PNV, una fuerza patriota de nuevo tipo, el carlismo y el foralismo perdieron su sabia de defensa de la identidad vasca en beneficio de aquel partido. La diferencia del fenómeno HB con el que protagonizó Sabino Arana es que aquélla era una experiencia de tipo pequeño burgués y la de HB tiene un carácter socialista, antiimperialista y revolucionario, basado en el lema que «es vasco todo aquel que vende su fuerza de trabajo en Euskadi», tanto si es nativo como si es inmigrante.

P. ¿Aceptan, en general, los votantes de Herri Batasuna la actual estrategia de ETA?

R. Herri Batasuna no lleva a cabo métodos de lucha armada. Pero HB y sus votantes asumen todo tipo de luchas que se puedan producir en Euskadi.

P. ¿Cuáles son exactamente las relaciones entre Herri Batasuna y ETA?

R. ETA es miembro consultivo del KAS (HASI, LAIA, ASK) y sin embargo no es miembro formal de Herri Batasuna (HASI, LAIA, ESB y ANV). Esto quiere decir que aunque HB no sea el interlocutor designado por ETA para discutir su programa con el Gobierno —ese interlocutor es KAS—, sin embargo asume todas las formas de lucha que conduzcan a la liberación nacional y social de Euskadi. Hay coincidencias, tanto a corto plazo, como a nivel estratégico, de los objetivos que se plantean ETA y HB. En lo que difieren una y otra es que nosotros tratamos de conseguir nuestros objetivos por medios puramente pacíficos. Nosotros no tomaremos las armas.

En definitiva —y esto debe hacer pensar a los analistas políticos y al Gobierno— HB asume la forma de lucha de ETA y ésta asume las formas de lucha pacíficas que adopta Herri Batasuna.

P. ¿Qué puede prometer Herri Batasuna a las 170.000 personas que la han votado?

R. HB no hace promesas electorales. Hablar hoy, como hacen los partidos mayoritarios, de soluciones al problema de la crisis económica y del paro es hacer demagogia pura, ya que son consecuencias del sistema capitalista que las genera *per se*. Nuestro programa táctico, a corto plazo, no asegura que se vaya a solucionar este problema, sino que pretende traer la normalización de la vida en Euskadi, lo que lleva implícito un recorte del poder político de la oligarquía, que devendrá en un ne-

Francisco Letamendia

(Pasa a página 13)

Manifestación del vicepresidente del Parlamento navarro miembro de esta coalición

Herri Batasuna: «Coincidimos con ETA militar»

Pamplona:
José María ESTEBAN,
corresponsal

«Herri Batasuna coincide con la estrategia y táctica política de ETA militar, no de ETA (p-m), ni de los grupos autónomos, pero sí de ETA militar», ha manifestado el vicepresidente del Parlamento Foral de Navarra, José Antonio Urbiola, parlamentario de Herri Batasuna, en el curso del debate sobre una moción presentada sobre el terrorismo en Navarra ante la Comisión de Derechos Humanos del Parlamento Foral, según informó en rueda de prensa el presidente de la misma y presidente del Parlamento Foral de Navarra, Víctor Manuel Arbeloa.

La frase constituye, sin duda, el cénit de una sesión que, en frase de Arbeloa, fue dura, tensa y polémica, aunque correcta.

En la misma se debatía y fue aprobada con los votos de UCD, PSOE, UPN, PNV (aunque con algunas matizaciones) y Zufía, de grupo mixto, «la condena sin paliativos de la campaña terrorista desencadenada en Navarra, considerándola como el primer enemigo de la libertad y de la democracia de los navarros».

Este punto era el primero de los cuatro que constaba la propuesta, que recibió el voto en blanco de Antoñana, de Amaiur y la abstención de Urbiola, de HB.

Al mismo tiempo, la Comisión de Derechos Humanos aprobó «hacer un llamamiento a todas las instituciones democráticas y al pueblo navarro en general para que, en la medida de sus posibilidades, y por todos los medios democráticos y pacíficos, se opongan resueltamente a cualquier terrorismo, sea cuales sean sus pretendidas justificaciones, más o menos encubiertas.

La Diputación se pronuncia por los fueros

«Realizar —igualmente— cuantas gestiones sean necesarias para hacer público, constante y eficaz el rechazo total del Parlamento Foral a cualquier clase de terrorismo, especialmente al que destruye la vida de las personas, y declarar firmemente ante el pueblo navarro que nada ni nadie va a suplantar la voluntad popular, representada legítimamente en este Parlamento Foral.»

La Diputación Foral de Navarra acordó iniciar oficialmente las conversaciones para la «reintegración foral y amejoramiento del régimen foral de Navarra», y solicitar audiencia a Su Majestad el Rey Juan Carlos I.

Este acuerdo se produce como consecuencia de lo aprobado por el Parlamento Foral de Navarra el pasado día 1 de julio de las bases a negociar con el Estado central, en una de las cuales se dice textualmente que «se llevarán a cabo mediante pacto entre la Diputación Foral y el Gobierno del Estado».

El acuerdo ha sido tomado con los votos favorables de los diputados de UCD, Arza, Lasunción y Sánchez de Muniain, y Malón, del PSOE, y con el voto en contra de García de Dios, de Herri Batasuna.

Y los polis-milis, a Euskadiko Ezkerra

ETA militar apoya a Herri Batasuna

MADRID, 26 (D16).– La organización ETA militar apoya a la coalición vasca Herri Batasuna en las próximas elecciones generales, según un comunicado impreso en castellano y euskera en hojas volantes distribuidas los últimos días por diversas poblaciones vascas.

Por su parte, ETA político militar, que tradicionalmente se ha identificado con el grupo político EIA, integrado como partido fundamental en la coalición Euskadiko Ezkerra, ha desplegado una inusitada actividad terrorista en las últimas semanas, que podría interpretarse como un apoyo a dicha coalición vasca y un intento de evitar el radicalismo de izquierda de Herri Batasuna.

En el impreso de ETA militar titulado «ETA ante las elecciones generales», la organización terrorista, después de dejar sentado que la «única salida válida es la postura abstencionista», exhorta al pueblo vasco a votar como «una forma de concretar y canalizar el amplio marco de la política abstencionista, preconizada desde siempre por la izquierda abertzale».

«Desde esa perspectiva –dice ETA militar– valoramos la opción programática de Herri Batasuna como la más correcta y unitaria de cara a la base popular y, y a tal efecto, ETA le manifiesta su total apoyo y exhorta al pueblo trabajador vasco a que igualmente apoye su voto favorable a las candidaturas de Herri Batasuna.»

ESTO NO ES ESPAÑA
HERRI BATASUNA

HERRI BATASUNA

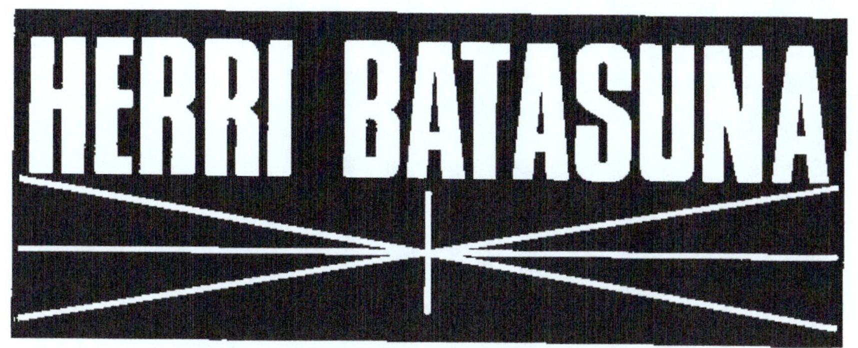

MONCLOAKO ESTATUTOA KONSTITUZIOAREN SEMEA

EL ESTATUTO DE LA MONCLOA HIJO DE LA CONSTITUCION

egin APUNTA
E.T.A. DISPARA
HB APLAUDE
PEPE REI SE ESCONDE

18. El intento de asesinato

Un acontecimiento que tuvo eco en los medios nacionales y también internacionales se dio el treinta y uno de mayo, fecha fijada para la celebración del juicio de las llamadas 11 de Basauri, detenidas hacía ya tres años acusadas, dos de ellas, de practicar abortos, y las otras nueve de haberlo practicado.

La puesta en altavoz de esta circunstancia hizo que muchos periodistas se desplazan al pueblo, también militantes de movimientos feministas que estaban en favor de un aborto libre y sufragado por el estado, y los que pensaban todo lo contrario, que el aborto era un crimen contra una criatura indefensa.

Yo decidí permanecer en segundo plano los días que duró el jaleo mediático y de manifestaciones y contramanifestaciones, porque después de todo yo soy policía y aunque estaba a favor de las acusadas, la verdad es que el aborto estaba tipificado en el código penal como delito.

La relación con Leire, que explicaré más adelante, estaba dando sus primeros pasos, pero al conocer mi opinión sobre el tema, se mostró muy sorprendida y así me lo dijo.

—Yo creía que los maderos erais reacios a opinar así de las mujeres —dijo—. Porque no te equivoques, Manuel, el juicio contra las 11 de Basauri es un juicio contra todas nosotras, no tan solo dirigido a ellas.

—Nunca he dudado de eso ni un solo instante.

Lo cierto es que llegado el momento de celebrarse la vista, esta hubo de suspenderse por falta de calificación, lo que viene a significar que los hechos investigados no cuadraban de modo adecuado en el tipo penal o categoría legal aplicada. O sea, que la fiscalía no parecía tener muy claro qué delito tenía que imputar a las acusadas.

Más allá de esto, resultó que por fin conseguí colaborar en la detención de un grupo de etarras, todos legales, a principio del mes de junio. Se llegó a ellos a través de las pruebas obtenidas en unos arrestos anteriores en San Sebastián.

Estos terroristas no mataban directamente a las víctimas señaladas por la cúpula etarra, aunque eran colaboradores necesarios para la realización de los asesinatos. ¿Cómo? Realizaban labores de infraestructura, informaban sobre posibles víctimas a liquidar o del transporte y refugio de etarras vinculados con comandos que sí mataban, esta vez de la ETA militar.

Los arrestos se realizaron en Bilbao. En las casas donde fueron detenidos se encontraron armas y diversa documentación, que habría que ser estudiada para llegar a otros posibles terroristas.

Un día cualquiera de trabajo, de regreso a la fonda, me abordó un hombre al que no conocía, que enseguida me di cuenta de que estaba acompañado de un sujeto de similar catadura, esto es, bien vestidos pero con caras que a mí me parecieron siniestras.

Pensé que había llegado mi hora, ETA me había pillado, y aunque yo no era ningún valiente, sí que estaba decidido a vender cara mi vida, así que en mucho menos de un segundo tenía la pistola apuntando a uno de los tipos, ya que ambos estaban separados un buen puñado de metros, el uno situado enfrente de mí y el otro a mi izquierda.

—Tranquilo, inspector Moreno —dijo el individuo que había venido primero hacia mí—, no es aún hora de pegarnos tiros.

—Pero llegará, ¿verdad? —repuse yo.

Me estaba dando cuenta que el par tal vez no fueran etarras, porque estos malnacidos no se andaban con charletas antes de atentar contra su objetivo, pero subliminalmente no descarté que se trataran de terroristas… aunque de otro signo.

—Llegará —continuó hablando el mismo sujeto de antes. De hecho, el otro no despegó los labios en ningún momento—. Pero antes, teniendo en cuenta que eres policía, nos gustaría contarte, a mi amigo y a mí, por qué vas a morir hoy, aquí, dentro de un momento.

—No hace falta que me expliquéis nada —repliqué—. En España, en este momento, hay muchos terroristas con ganas de joderlo todo. Está ETA y los radicales de izquierda por un lado, y grupos de ultraderecha por otro…

—¿Adivinas qué somos nosotros?

—Sí, por supuesto. Del Batallón Vasco Español o a Triple A, que en realidad son lo mismo.

—¡Premio para el caballero! —El tipo pareció entusiasmado—. Pero como no queremos estar aquí toda la tarde, voy a decirte el motivo por el que vas a morir.

—No hace falta… —Al mismo tiempo que yo hablaba, por eso les pillé por sorpresa, disparé dos veces al parlanchín y otras tantas veces al mudo—… que me lo digas, por no limitarme a detener etarras, también a vosotros, los otros terroristas —concluí con la explicación que había dejado a medias.

Mientras hablaba, me dirigí hacia los dos hombres tendidos. El hablador estaba muerto; una de mis balas le había atravesado el corazón. El otro estaba herido, muy mal herido, pero no hice nada por él. Que se pudriera en el infierno en el que creía.

No tardaron en aparecer en el lugar compañeros de la comisaría. Me preguntaron qué había pasado. Se lo conté. Todos sin excepción me dijeron que había tenido mucha suerte, que el que tenía que haber estado muerto en el suelo era yo, no ellos.

Guilabert en persona se había acercado allí. Después de escucharme, fue a ver los cuerpos tendidos. Regresó al poco y me llevó a un aparte.

—Los dos están muertos. El que está ahí —señaló con la barbilla hacia el que no había dicho nada—, acaba de fallecer. La ambulancia ha llegado tarde a atenderle con solo unos pocos minutos de retraso.

—Que se joda.

—¿Los has matado porque sí?

—No, ya sabes que yo nunca haría una cosa así. Vinieron a por mí, me dijeron que eran de esos que se creen salvadores de la patria, sin concretarme si pertenecían al Batallón Vasco Español, a la Triple A, o a cualquier grupúsculo nuevo que se haya formado últimamente. Aproveché un descuido por su parte y los disparé antes que lo hicieran ellos para matarme.

—Los dos están muertos.

—Ya me lo has dicho. Y sí, si están muertos es porque tiré a matar.

—¿Tiraste a matar?

—¿Tú no hubieses hecho lo mismo? Dos contra uno, eran dos contra uno, si no los mataba y quedaban heridos, podrían haberme disparado también.

Guilabert guardó silencio. Miró hacia el jaleo que se había montado en torno a los cadáveres, luego hacia el pueblo y finalmente volvió a enfrentarse a mí.

—He reconocido a uno de los muertos —me dijo ahora—. Es uno de los nuestros, un tal Carlos Molina. Parece evidente que colaboraba con esos grupos armados —no dejó de sorprenderme que no dijera «terroristas», cuando él mismo me había mandado a investigar un asesinato co-metido por la ultraderecha— que atentan contra nuestros enemigos.

—Te equivocas en dos cosas, Álvaro —le repliqué yo—. En primer lugar, ese tal Molina no es un compañero mío, sino un cabrón que traicionaba al juramento dado.

—¿Qué es lo otro en que estoy equivocado?

—En definir a los etarras o los *grapos* como nuestros enemigos, porque sería reconocer lo que al menos ETA argumenta, que se está librando una guerra en Euskadi contra unas fuerzas de ocupación, nosotros.

—Sí, tienes razón. He estado desafortunado en las palabras que he elegido.

—Además, he llegado a una conclusión.

—¿Cuál?

—Que me autorizaste a investigar en Andoaín el asesinato de José Ramón Ansa porque se trataba de un chaval que no tenía nada que ver con el jaleo que está montado aquí. Si hubiese sido un etarra o un batasuno, no me hubieras hecho el encargo.

Guilabert no dijo nada más sobre esta cuestión. Volvió a mirar a todas partes, nervioso, antes de volver a hablar.

—La muerte de estos dos canallas te puede traer complicaciones —me informó de lo que ya sabía—. Como uno de los muertos, al menos, es un policía, para que nadie haga muchas preguntas, si estás de acuerdo, redactaré un informe sobre lo ocurrido aquí que dirá que se mataron entre ellos en el transcurso de una rencilla personal. De esta forma, tu nombre no saldrá a relucir en este feo asunto y disimularemos que uno de los nuestros —insistió en el término en el que yo no estaba de acuerdo— colaboraba con grupos parapoliciales en la lucha contra ETA.

Di un suspiro fuerte. La decisión la tomé casi de inmediato.

—Quítame de mierdas —dije a mi jefe—, evita citar mi nombre para que no me vea en el marrón que me supondría esta movida extraña y escribe lo que quieras.

PALACIO DE JUSTICIA

MNISTIA 11 MUJERES
ERECHO AL ABORTO
COORDINADORA FEMINISTA DE NAVARRA
AMNISTIA 11 EMAKUMEENTZAT
DERECHO AL ABORTO

AMNESTIE
VOOR DE
ELF
VROUWEN
AMNESTIA
PARA LAS
ONCE
MUJERES
amnestie voor
de elf spaanse
vrouwen
recht op
abortus
AL
ABORTO!
RECHT
OP
ABORTUS!

ABC. SABADO, 6 DE OCTUBRE DE 1979.

SEGUN UNA NOTA DE LA DSE

DESARTICULADO UN COMANDO AUTONOMO DE ETA

Además de los cuatro activistas detenidos en Guipúzcoa, fue capturado otro en Pontevedra

Cinco presuntos integrantes de un comando autónomo de ETA, que actuaba en Guipúzcoa, han sido detenidos por la Policía y puestos a disposición judicial, según informa una nota de la Dirección de la Seguridad del Estado. El escrito de la Dirección General dice lo siguiente:

«Hoy ha sido puesto a disposición judicial Julio Cabezas Centeno, presunto miembro de un comando autónomo de la organización terrorista ETA, el cual fue detenido por funcionarios de la Brigada Central de Información, en colaboración con la Brigada Provincial de Pontevedra, en dicha ciudad.

Las investigaciones realizadas han dado como resultado la desarticulación de un comando que venía actuando en la provincia de Guipúzcoa, cuya Brigada Provincial, a requerimiento de la Brigada Central de Información, ha procedido a la detención de Domingo Altuna Imaz, María Nieves Elezgaray Andonegui, Ana Isabel Zuzuarregui Redondo y José Ramón González Martín, a quienes se acusa de estar implicados en el asalto al cuartel de la Policía Municipal de Rentería, donde se apoderaron de una pistola y diversos uniformes.

También están presuntamente implicados en el atraco perpetrado en la Caja Provincial de Ahorros de Oyarzún, así como en el atraco al Banco Hispano Americano de Lezo, hechos ocurridos en los meses de julio y finales de septiembre del presente año.

A los detenidos en San Sebastián les han sido intervenidos tres escopetas de cañones recortados, dos de ellas repetidoras. Un rifle, calibre 44, Magnum, y una pistola Firebard, de nueve milímetros, Parabellum; abundante munición para las mismas, un kilo de dinamita «goma-2», 50 metros de mecha detonante, numerosos cebos eléctricos, un uniforme completo de la Policía Municipal de Rentería, cinturones, guantes blancos e insignias, una carpeta con talones de multas utilizados por la Policía Municipal de dicha ciudad, cables, pilas, pelucas y otros postizos, guantes de plásticos, pasamontañas y otros efectos.

Los detenidos de San Sebastián fueron puestos ayer a disposición judicial.»

PLVS
VLTRA

SI NO SE PONE EN LIBERTAD A GOMEZ BENET

La Triple A, dispuesta a entrar en acción

DA
BIDEAN

19. Antecedente último: Vitoria, 1976

Ya he hablado antes de Leire y de que la seguía viendo. Es que de lo que uno se propone a lo que realmente hace va mucho trecho. Esto quiere decir que a pesar de mi empeño en no querer ver más a Leire, cada vez que venía a buscarme para salir, yo siempre aceptaba ir con ella.

Yo no quería mantener ninguna relación íntima con ella, ni personal ni física, pero ya se sabe qué ocurre con estas cosas. Primero nos veíamos cada diez días, luego una vez a la semana, después dos y más tarde cada vez que a uno de los dos le apetecía, lo que significa que salíamos a menudo.

En lo referente a lo meramente físico, el primer beso tardó mucho en llegar, para follar no hubimos de esperar tanto.

Casi nunca hablábamos de política, aunque yo notaba que ella se iba alejando poco a poco de las posiciones radicales que mostraba cuando conocí y que sufría tanto por los asesinados por ETA como por los que, podríamos decirlo así, los de su bando.

Hasta que llegó el día trece de junio, fecha en que ETA asesinó a Ángel Baños Espada, un currante de la central nuclear de Lemóniz, con una bomba que muy posiblemente no fuera destinada a él en concreto, puesto que el artefacto fue colocado como al aliguí, como para que pillara a cualquiera de los que trabajaban allí, en un tanque de aceite dispuesto para la refrigeración de la turbina del complejo.

El no a las centrales nucleares estaba muy en boga ese año, también en los anteriores, y yo mismo no era partidario de ellas, pero que unos terroristas colocaran una bomba en Lemóniz para matar de forma indiscriminada era, sin duda, una medida extrema que acabó con la vida de un currito que trababa allí, como podía haber matado a dos, cinco o diez personas más, quién sabe.

Ese día vi a Leire. Fuimos a un bar a tomar unos zuritos y unos pinchos, pero no pude evitar estar mustio durante toda la tarde-noche.

Ella se dio cuenta de mi estado y como no era imbécil, supo de inmediato a qué se debía mi estado depresivo, así que en un momento determinado no pudo aguantar más y me lo dijo.

Para mi sorpresa, me mostró bien a las claras que ella no estaba en absoluto contenta por el asesinado cometido, por parecidos motivos a los míos. Ella no quería una central nuclear en Lemóniz, ya he dicho que a mí tampoco me gustaban ese tipo de instalaciones, pero ese no era motivo para matar a cualquiera, daba lo mismo quién fuera, a un don nadie que lo único que había hecho ese día era acudir a su puesto de trabajo.

—Esto es como un toma y daca para ver qué bando... —quiso decir otra palabra, no le salió a tiempo— mata a alguien que no se lo merece.

—Según tus amigos de ETA —fui cruel—, esta es la consecuencia de la guerra que libran los vascos contra el Estado. Como dicen ahora, de socializar el sufrimiento.

Ella mostró su malestar hacia lo que le había arrogado dejándome de hablar durante un buen rato. Cuando lo hizo, mostró mucho rencor.

—Que sepas que no son solo los «míos» —siguió con el tono feroz al que yo había conducido nuestra conversación, incluyéndose ella misma entre los terroristas, cosa que no era— matan a currantes porque sí, porque les sale de los cojones. Si visitas Vitoria aún hoy en día, verás que uno de los temas de conversación preferidos de la gente normal, de a pie, son los hechos sucedidos hace ya tres años en la que ahora es la capital de Euskadi. Se mató a gente que no se diferenciaban mucho de lo que era Ángel Baños.

El tres de marzo del setentaiséis, a primera hora de la tarde, se estaba celebrando una asamblea en la que parti-cipaban unos cuatro mil trabajadores en huelga de varias empresas del sector del metal, que ya duraba varios meses. La reunión se daba en la iglesia de San Francisco de Asís de Zaramaga, un barrio obrero del norte de Vitoria.

»Tus compañeros, que eso eran aunque tú no te veas reflejados en ellos, o sea, policías armados de la infausta compañía ubicada en Miranda de Duero, que cada vez que vienen a Euskadi la montan gorda y, si pueden, matan a alguien, junto con la guarnición de grises destinados en la misma Vitoria, recibieron la orden o no se sabe si pudo ser por decisión propia de los mandos presentes en la escena, decidieron acabar con la asamblea.

Yo ya había leído esa noticia y había visto las escenas terribles que se dieron en aquel horrible suceso, pero escuchaba con mucha atención lo que contaba Leire, por ver el punto de vista de alguien que vivía en el País Vasco en el momento de los hechos y fue testigo de la tensión popular que se dio en el lugar tras lo sucedido.

Seguía ella hablando, así que le volví a dedicar toda mi atención.

—La gristapo empezó a lanzar gases lacrimógenos al

interior de la iglesia, lo que hizo que los trabajadores congregados allí corrieran hacia la puerta y salieran a la calle.

»Los grises que estaban fuera pareció como si los estuvieran esperando para cazarlos. Les lanzaron balas de goma y otros hicieron uso de fuego real. El resultado fue terrible. Cinco muertos[13] y ciento cincuenta heridos.

»¿Quién puede soportar una masacre así, sin ningún sentido? —concluyó Leire; en sus ojos brillaban dos lágrimas que pugnaban por salir.

Finalmente, permanecieron en donde estaban.

---

[13] Los asesinados ese día en Vitoria fueron Pedro María Martínez Ocio, Francisco Aznar Clemente, Romualdo Barroso Chaparro, José Castillo, de Basa y Bienvenido Pereda Moral.

EL CORREO ESPAÑOL
EL PUEBLO VASCO

BILBAO.-Jueves, 14 de junio de 1979. Nº 22.371. 20 ptas.

EDICION VIZCAYA

Debate sobre los Presupuestos Generales del Estado

CONGRESO: LOS AYUNTAMIENTOS PODRAN LIQUIDAR SUS DEUDAS

Crónica de LUCAS S. MIRANDA

● Página 21

Ayer, a las 14,15 de la tarde

LEMONIZ: UN TRABAJADOR MUERTO AL HACER EXPLOSION UN ARTEFACTO

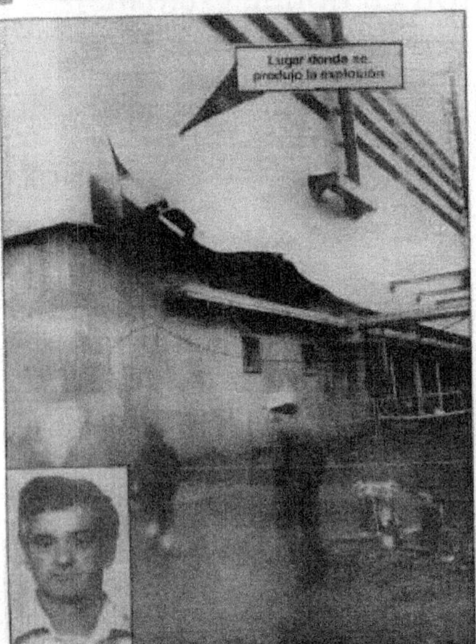

Exterior del edificio de turbinas número 1, donde se produjo la explosión. La chapa levantada indica el lugar exacto donde se encontraba situado el depósito de aceite objeto del atentado. En la parte inferior de la fotografía de Mete, Angel Baños Espada, el operario muerto.

Angel Baños Espada, de 46 años, natural de Cartagena, casado y padre de cinco hijos resultó muerto a consecuencia del atentado perpetrado contra la central nuclear que la empresa Iberduero construye en la localidad vizcaína de Lemóniz. La víctima era montador de profesión y pertenecía a la empresa Tecnin, que realiza obras de contrata en la citada central.

El atentado se registró hacia las 14,15 horas, momento en que se procede habitualmente al relevo de los trabajadores. Poco antes de las dos una llamada anónima anunció la explosión de un artefacto en breve tiempo. Idéntico aviso fue recibido en la emisora Radio Popular de Bilbao.

Una vez dada la alarma y mientras como medida preventiva comenzaban a ser desalojadas las instalaciones, se produjo la explosión del artefacto junto a una de las turbinas de la central.

Fuentes de Iberduero han calificado esta segunda explosión como menos importante que la del pasado año, si bien las pérdidas materiales han sido cuantiosas produciéndose una deformación en el tanque de aceite y roturas en diversas tuberías.

AMPLIA INFORMACION EN PAGINA 15

Pleno del Senado

Se crea una comisión especial para asuntos del terrorismo

● Página 21

El Rey sale hoy hacia Marruecos

• Con el problema de la pesca y el de el Sahara como telón de fondo •

Crónica de nuestra enviada especial PILAR CERNUDA

● ULTIMA PAGINA

JON CASTAÑARES, SATISFECHO DE SU REUNION CON LOS ALCALDES DE 19 CIUDADES EN VALENCIA

● Página 3

El presupuesto Thatcher provoca la cólera de los sindicatos británicos

Crónica de nuestra corresponsal, BEATRIZ IRABURU

● Página 20

Los sandinistas aseguran que la caída de Somoza es inminente

● Página 17

VITORIA
NO OLVIDA
MARTXOAK 3 DE MARZO
XOAK 3
STITZIA EGIA
LONARPENA
KONPONBIDEA
aurkako kereila
martxoaren 3ko hilketengati

20. Mayo y Junio

El mes de mayo de 1979 murieron a manos de ETA siete personas, mientras que en junio asesinaron a otras seis más[14].

No cayó ninguno de los nuestros, sí dos guardias civiles y cuatro militares, pero a mí lo que más me llamó la atención de los atentados de los terroristas es que, definitivamente, se habían puesto en modo IRA, banda de similares actuaciones que ellos en el Reino Unido, esto es, no encargándose únicamente de «combatir» a las «fuerzas de ocupación del Estado», sino regulando cómo debería ser la vida de los vascos según su criterio, porque durante estos dos meses asesinaron a siete civiles.

Los dos beneméritos muertos fueron José Miguel Maestre Rodríguez y Antonio Peña Solís. Ambos fueron ametrallados por dos terroristas desde posiciones diferentes mientras circulaban en un coche patrulla. Ambos murieron en el acto y se contaron doce impactos de bala en el vehículo.

[14] Llevamos un tiempo sin recordarlo, ahora lo hacemos. El número de víctimas puede variar según las fuentes.

Los militares asesinados se dieron mayormente en un atentado único realizado en Madrid, en el distrito de Chamartín. Los fallecidos fueron Luis Gómez Hortigüela, teniente general y jefe superior de personal del Ejército, Jesús Ábalos Jiménez y Agustín Laso Corral, ambos coroneles y el primer civil, como los hemos estado llamado hasta ahora, Luis Gómez Borrego, el chófer del vehículo donde viajaban todos los citados, sorprendentemente sin escolta. El coche circulaba con una normalidad aparente cuando, al aproximarse a un cruce y reducir la marchar, dos terroristas dispararon contra él una ráfaga de ametralladora cada uno y después lanzaron una granada dentro del auto. Los cuatro ocupantes del mismo murieron en el acto.

Unos días después, ya en el mes de junio, Andrés Antonio Varela Rúa, comandante de Infantería retirado, fue asesinado también por un dúo de terroristas disfrazados con pelucas, acribillado a balazos en el portal de su casa.

Del primer civil muerto por la acción de un comando etarra ya hemos hablado, Luis Gómez, conductor del vehículo donde asesinaron también a los tres militares.

El segundo ciudadano sin filiación conocida muerto a manos de ETA fue Antonio Pérez García, un hombre que trabajaba como vigilante en una fábrica de cementos y, que al mismo tiempo, poseía un bar en el pueblo de Lemona, o Lemoa. La tarde de su asesinato salió de trabajar y cogió su coche para dirigirse a su negocio. En la puerta del local dejó a un compañero suyo de trabajo y después él se fue a estacionar en un aparcamiento cercano. Al llegar allí, le estaban esperando dos terroristas encapuchados que dispararon una ráfaga de metralleta contra él a través de la ventanilla del conductor. Murió en el acto. Antonio Pérez acababa de volver al País Vasco después de ausentarse de él durante un tiempo al sufrir amenazas de la banda criminal, que lo consideraba un confidente de la policía.

Luis Berasategui Mendizábal era dueño de un taller de maquinaria agrícola en Vergara, o Bergara. Una tarde, tras el trabajo, estaba en un bar de la localidad echando una partida de cartas con unos amigos. De repente, accedieron al local dos individuos con la cabeza cubierta con bolsas amarillas, con solo huecos para los ojos. Al principio, todos los parroquianos que estaban en el bar se pensaron que eran dos mozos que se habían pertrechado de esa forma por divertimento, puesto que Vergara estaba en fiestas. No. Se encaminaron directamente hacia donde estaba Luis Berasategui y le dispararon varias veces. Murió en el acto. Al empresario lo acusaba ETA de pertenecer a la extrema derecha y de mantener relaciones de amistad con miembros de la Guardia Civil, debido a la proximidad de su entorno cotidiano con el cuartel. En realidad, los terroristas lo mataron por no pensar como ellos querían. Ya había sido amenazado con anterioridad.

De Ángel Baños Espada, trabajador de la central nuclear de Lemóniz ya hemos hablado, aunque no hay que olvidarse de él.

A Héctor Abraham Muñoz Espinoza lo asesinaron en el interior de una de las dos tiendas de antigüedades que tenía en Irún. Desde hacía tiempo ya había recibido varias amenazas de muerte por parte de la banda terrorista y él no sabía muy bien por qué, tal vez era considerado confidente o colaborador de la policía, pero según parece no era ni una cosa ni la otra. Tenía planeado abandonar el País Vasco, pero no le dio tiempo a hacerlo. Dos supuestos patriotas, *abertzales* es eso mismo en euskera, aunque la realidad es que ellos y los matarifes que pertenecen a ETA lo que hacen, realmente, es tener acojonado a todo el pueblo vasco, penetraron en la tienda donde Héctor Abraham Muñoz estaba, le dispararon a la cabeza, el corazón y el cuello y como permanecía vivo, fue rematado en el suelo. Nadie supo a ciencia cierta el motivo de este atentado. Tal vez, aunque no sé yo si daría tanto como matarle, porque era amigo de concejal Julio Martínez, asesinato por ETA en noviembre de 1977. O como siempre, porque a alguien de la banda terrorista le salió de los huevos asesinarle, aunque solo fuera por el simple hecho de que le caía mal.

La muerte de Diego Alfaro Orihuela cuenta con dos versiones de los hechos muy diferentes. Yo investigué el caso porque se dio en Basauri. Teniendo en cuenta la fecha del deceso, veintidós de junio, yo me incliné hacia una tercera interpretación de lo ocurrido, pero como está hecha a base de suposiciones, la dejaré para el final y la contaré en muy pocas palabras. El atestado oficial reflejó que Diego Alfaro estaba en un coche con otros agentes comerciales de la empresa donde trabajaba, vehículo que se encontró en medio de un fuego cruzado entre la policía y unos etarras, al menos supuestos. Una bala perdida le dio en la cabeza y provocó su muerte. El informe añadía que los terroristas estaban disparando contra dos autobuses llenos de agentes procedentes de Bilbao que regresaban al cuartel tras su servicio. Diego y sus compañeros, al darse cuenta de lo que estaba sucediendo, se agacharon, pero dos balas perdidas entraron en el coche por la luna trasera. La familia y una parte de los testigos presenciales, por el contrario, sostienen que la víctima fue el resultado de un error de los policías, que confundió a los viajantes del coche con un comando de ETA y abrió fuego contra ellos.

Yo tuve que atenerme a la versión oficial, porque durante la pesquisa del caso, según con quién hablara, fueran *basauritarras*, apolíticos o *zorokotroskos* vinculados al mundo radical *abertzale*, decían lo primero o lo segundo, según les conviniera, porque la mayoría de los declarantes no habían sido testigos de los hechos. Lo que sí puedo confirmar es que ese día si fueron dos autobuses de los nuestros a Bilbao y que sí oí un tiroteo, pero no vi nada de lo ocurrido porque me mantuve en mi mesa, sin moverme, hasta que los disparos dejaron de sonar. No sé si lo hice por miedo o por prudencia, o si las dos cosas son lo mismo.

En favor de la hipótesis del fuego cruzado estaba que de los varios ocupantes del coche solo Diego Alfaro murió, mientras que los compartían vehículo con él no sufrieron ningún percance, por lo que sí era posible que le hubiese matado una bala perdida. Tampoco el vehículo, cuando lo inspeccioné, parecía acribillado a balazos, de tal forma que si mis compañeros hubieran hecho fuego a discreción contra él hubiese habido más impactos de bala que los que presentó, un par de ellos incluyendo el que acabó la vida de Diego.

En favor de la versión de la familia es que los proetarras habían estado jodiendo mucho la marrana últimamente en Basauri, donde se sospechosa con muchos visos de verdad que se había establecido un comando etarra. El miedo que todos nosotros sentíamos, más las algaradas continuas de los proetarras y la sapiencia de que había terroristas escondidos entre nosotros, pudieron jugar una mala pasada a los nervios de algún compañero, que al ver el coche repleto de viajeros y que les pareció que circulaba en actitud sospechosa, creyó que eran lo que finalmente no fueron y él y los que les acompañaran abrieron fuego contra él.

La tercera teoría que al final no puse sobre la mesa porque no me encajaban del todo las piezas, es que los dos terroristas de ultraderecha que vinieron a por mí estuvieran implicados de alguna forma en el incidente, pero finalmente descarté esa posibilidad porque los tiempos no me cuadraron.

Francisco Medina Albala era un albañil, no otra cosa, que trabajaba en el barrio donostiarra de Intxaurrondo en lo suyo, de albañil, en donde se estaban levantando unos nuevos edificios de viviendas destinados a la guardia civil. Un día, cuando se dirigía al trabajo en su moto, un coche se cruzó delante de él. Al menos dos terroristas se bajaron del vehículo y le ametrallaron. Nunca tuve más claro, al conocer este asesinato, las pautas comunes que estaban tomando ETA y el IRA, como paladines de los ciudadanos que dicen defender y que en realidad están a sus pies. ¿A quién se le puede ocurrir matar a un albañil, además afiliado a Comisiones Obreras, por el simple hecho de trabajar en una obra para la Guardia Civil? Solo puede surgir esa idea de un loco o un iluminado, o las dos cosas a la vez, que debería ser el hijo de puta que en este momento gobernara en ETA.

unidad

En Villafranca de Ordizia, este mediodía

DOS GUARDIAS CIVILES, ASESINADOS A TIROS

(Información en página 18)

Para seguridad de los niños del colegio

El Consulado francés será trasladado de emplazamiento

Página 18

En Santurce: Desactivados dos artefactos de goma-2

ESTABAN COLOCADOS JUNTO A UNA PANCARTA EN UN DEPOSITO DE FUEL OIL

459.525: TOTAL DE MANIFESTANTES DEL PRIMERO DE MAYO

En Oviedo y Huelva no se celebró ningún tipo de manifestación

Una bomba desprendida de un cazabombardero norteamericano cae en un camping de Huesca

Así se votó en San Sebastián el 3 de abril

UN ESTUDIO A FONDO, BARRIO POR BARRIO

(Página 4)

Muy importante: FINANCIACION DE LAS COMUNIDADES AUTONOMAS

El Gobierno presentará un programa de prioridades legislativas

Xabier Aizarna

"La economía está antes que la política"

Don José Antonio Pagola, nuevo vicario de la diócesis

LA VANGUARDIA

BARCELONA-1
Sábado, 26 de mayo de 1979
Número 35.130

FUNDADA EN 1881
POR DON CARLOS Y DON BARTOLOMÉ GODÓ

Redacción y Admón.: PELAYO, 28
Teléfono 301-54-54 (20 líneas)
Precio de este ejemplar 20 pts.

El terrorismo ataca al Ejército y desgarra la voluntad de paz

UN TENIENTE GENERAL, DOS CORONELES Y UN CHOFER, ASESINADOS EN MADRID

Un sacerdote da la Extremaunción a las tres víctimas que fallecieron instantáneamente en el atentado.

A las 9.15 de la mañana de ayer, en la calle Corazón de María, en Madrid, fue realizado un atentado en el cual perdieron la vida el teniente general don Luis Gómez Hortigüela, jefe superior de Personal del Cuartel General del Ejército —a quien vemos en la foto de la izquierda—, los coroneles Avalos Gomariz y Laso Corral y el conductor del vehículo, Lorenzo Gómez Borrero. Cincuenta balas de metralleta fueron disparadas contra el vehículo en que viajaban las víctimas y posteriormente fue arrojada una bomba de mano en el interior del aludido automóvil. Eta-Militar se ha atribuido el criminal atentado en llamadas telefónicas hechas al diario «El País» y la policía ya ha identificado a los asesinos.

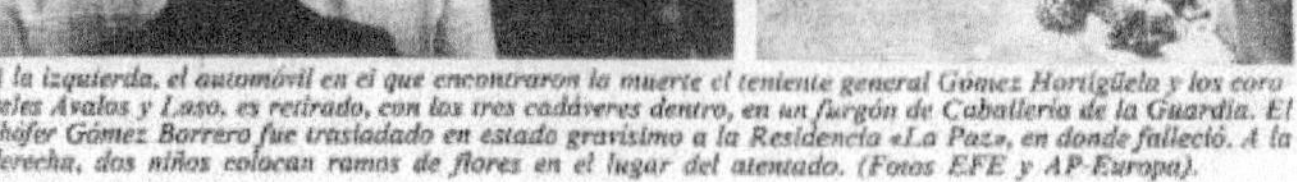

A la izquierda, el automóvil en el que encontraron la muerte el teniente general Gómez Hortigüela y los coroneles Avalos y Laso, es retirado, con los tres cadáveres dentro, en un furgón de Caballería de la Guardia. El chófer Gómez Borrero fue trasladado en estado gravísimo a la Residencia «La Paz», en donde falleció. A la derecha, dos niños colocan ramos de flores en el lugar del atentado. (Fotos EFE y AP-Europa).

FIN DE SEMANA

Sumario de las páginas «Fin de Semana» de nuestra edición dominical.

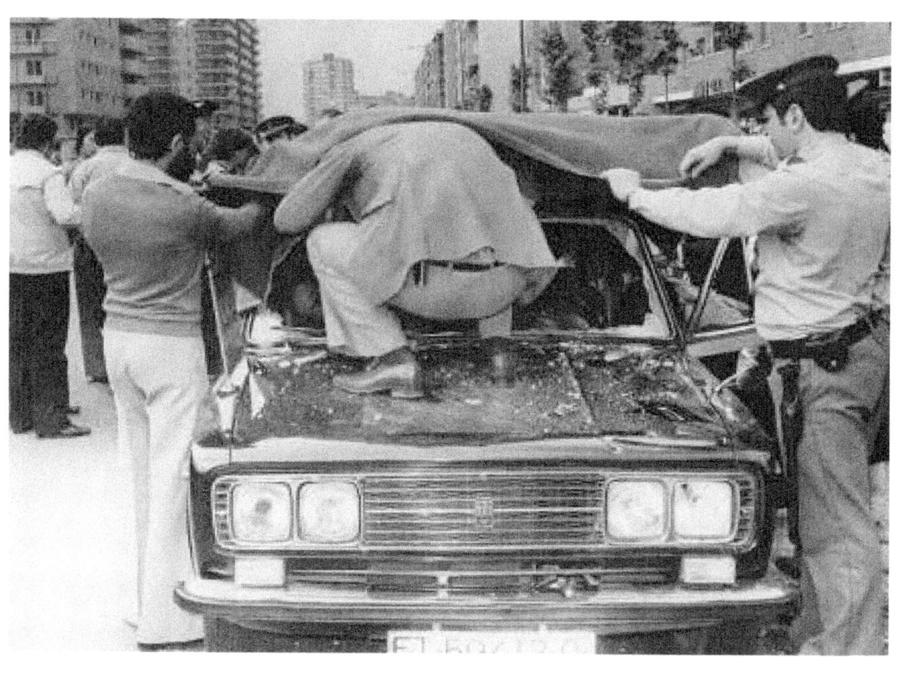

LA VOZ DE ESPAÑA

San Sebastián, jueves, 7 de junio de 1979 — Director en funciones: JAVIER ESTEBAN

Precio del ejemplar: 20 ptas.

Cuando se encontraba en un bar jugando a las cartas

MUERTO A TIROS, EN VERGARA, EL PROPIETARIO DE UN TALLER DE MAQUINARIA AGRICOLA

Dos personas, con el rostro cubierto, dispararon contra él

Ayer, a primeras horas de la noche

EL DELEGADO DE INDUSTRIA DE NAVARRA, SECUESTRADO

El hecho se produjo en Pamplona

En la zona céntrica del Boulevard

POLICIA AGREDIDO POR VARIAS PERSONAS

Lamo de Espinosa expuso ayer ante el Congreso importantes proyectos de reforma

LAS AUTONOMIAS, SOLUCION PARA LA AGRICULTURA

Amaña, no pudo con Benes

Perdió por k. o. técnico en el octavo asalto

Para elegir a sus tres representantes en el CGV

MAÑANA, SE REUNEN LAS JUNTAS GENERALES DE GUIPUZCOA

Solicitado por el Tribunal Supremo

EL PARLAMENTO DECIDIRA SI PROCEDE EL JUICIO CONTRA CASTELLS, MONZON Y LETAMENDIA

ADVERTENCIA DE BOICOT MUNDIAL A LOS BARCOS ESPAÑOLES

Esta tarde, por primera vez

ELECCIONES PARA LA FORMACION DE LOS ORGANOS DE GOBIERNO DE LA CAJA DE AHORROS PROVINCIAL

Habrá 60 consejeros en representación de clientes

LOS COMPROMISARIOS DIJERON "SI" A ZUBIETA

Jornada española

OJOS ESPAÑOLES PARA «HOLOCAUSTO»

MADRID, 22.—Tras haber leído la novela «Holocausto», visto las nueve horas del film y debatido el tema con personas competentes y despiertas, me creo en la obligación moral de decir a los lectores una sola cosa: contemplemos esta serie televisiva con ojos españoles y con atención a los intereses españoles.

Esto quiere decir una cosa muy clara, a mi entender.

Primero: no transfiramos a la nación alemana de hoy el colosal peso de esta factura histórica.

Segundo: el actual Estado de Israel no tiene por qué ser el beneficiario del impacto originado por el [illegible]. Sentadas esas premisas, las relaciones de España y de los españoles con la nación alemana deben estar regidas por los intereses actuales y contemporáneos, no por una extraña mezcla vindicativa.

Del mismo modo, las relaciones con el Estado de Israel deben ser mantenidas con el complejo mundo de las naciones y los intereses contemporáneos sin que tampoco tengamos nosotros que pagar una especie de parte alícuota de esa deuda histórica.

—O—

También según mi particular modo de ver las cosas, creo que hay dos lecciones muy importantes a extraer y ambas son de mucha utilidad para los españoles de hoy. La primera es que debemos dar su importancia al efecto corrosivo de las ideologías totalitarias que desembocan o nacen, siempre, de una matanza de seres humanos. Cuando se juega a la indiferencia con los valores ideológicos se acaba pagando una factura, por lo general, muy pesada.

Un segundo paso es considerar la estructura política de las naciones: nunca debe concederse a una persona el poder absoluto y omnímodo sobre la vida y la muerte de sus conciudadanos ni otorgarle la facultad de decidir qué cosa es buena y mala según su personal imperio.

Es una regla sabia repartir y equilibrar los poderes para que nadie tenga nunca más poderes totalitarios.

LUIS APOSTUA

Fin de semana con los Estatutos

Crónica de **JOSE CAVERO**

MADRID, 22 (Colpisa).—Un tema ha hecho hoy la competencia a la expectación despertada por el encuentro entre el presidente del Gobierno con el presidente del Consejo General del País Vasco, Adolfo Suárez y Carlos Garaicoechea, respectivamente. La competencia ha venido de parte de la serie televisiva «Holocausto». En un matutino prestigioso de la capital se hablaba de la serie por distintas causas, y desde ángulos diferentes, nada menos que en seis páginas diferentes, ante el comienzo de su emisión. Que tracará cola no lo duda nadie.

Algunas paredes del centro de Madrid habían madrugado tanto como este colega y siglas rubricadas por cruces gamadas mostraban su desacuerdo con la decisión de emitir esta dramatización novelada del exterminio judío a manos de los nazis.

Había otro asunto de prensa que ha ocupado más de una llamada telefónica «entre enterados», bien temprano: otro matutino había iniciado la víspera un serial para relatar en debate «el caso Atarés y sus circunstancias».

Tras publicarse, paralelamente, un comentario editorial de otro colega abiertamente contrario a tan peregrina idea, el diario primero parece haber optado hoy por guardarse los originales para mejor destino que el de la impresión. Posiblemente, se especula haya habido más argumentos que el editorial para interrumpir un asunto tan visiblemente inoportuno.

Varios colegas se han detenido en el hecho de que se hayan filtrado los motivos de desacuerdo sobre el Estatuto catalán y no del vasco. Y se cree suponer que hay «razones ocultas» para esta filtración. De momento, lo que ha originado es un notable enfado de algunos líderes catalanes —Jordi Pujol, por ejemplo— que consideran esos desacuerdos toda una «enmienda a la totalidad». Tampoco ha dejado de llamar la atención al personal el hecho de que el periódico que, actualmente, pasa por hallarse más en línea con las tesis y argumentos gubernamentales afirme hoy rotundamente que el proyecto de Estatuto vasco es constitucional. Aquí no hay demasiada claridad... o laquien ha vuelto a beber, como se bromea en la villa. Lo que sucede es que las cuestiones son demasiado complicadas y complejas como para tomarlas a broma.

Con estos prólogos se ha iniciado un «loco fin de semana estatutario». El presidente Suárez pudo haber desayunado ayer con los catalanes; tomó café, a primera hora de la tarde, con el vasco Garaicoechea, pudo haber cenado con el Rey

ESPERA TORRIDA

Bajo el sol implacable de una tarde del verano madrileño los periodistas montan guardia frente al Palacio de la Moncloa usando, por todo asiento, el duro bordo de una acera. Esperan a que finalice la entrevista entre el presidente del Gobierno, Adolfo Suárez, y el del Consejo General Vasco, Carlos Garaicoechea. La reunión, como es sabido, se prolongó desde de las cinco de la tarde a las nueve de la noche.

A título personal, no nos asombramos de nada. Estamos acostumbrados a hacer guardia, en peores garitas, al servicio de los lectores. Resulta, sin embargo bochornoso que la Prensa española, ante un acto relevante y noticioso, pero cotidiano y previsto, tenga que esperar así. ¿Qué diría, al ver la escena, un embajador extranjero que en aquel momento acudiese a la Moncloa?

Ahí no están sólo hombres con nombres y apellidos propios y con notoria capacidad de aguante, tal y como en esta profesión suele ser costumbre. Ahí está la Prensa española representada por todos los títulos de la nación. Tras ella millones de lectores, que también esperaban.

La Moncloa ha creado una flamante Secretaría de Estado para la información, regentada, por cierto, por un periodista. Lo que no parece haber creado todavía es un sitio decoroso, con techo, sillas y ceniceros, para que esperen los informadores que acuden casi a diario. El olvido, a más de notorio, puede resultar, por otra parte, revelador de muy escasa imaginación política: Los trabajos de este modo, por más que quieran servir a la objetividad, no se sentirán muy ilusionados por elogiar a quien así los trata. (Foto EUROPA PRESS).

ULTIMA HORA

Hubo disparos, al parecer, desde la autopista

Una persona herida gravemente en las inmediaciones del cuartel de la Policía Nacional de Basauri

★ Se encontraba accidentalmente en el lugar de los hechos

Sobre las once de la noche de ayer se escucharon, en las inmediaciones del cuartel de la Policía Nacional de Basauri, varias ráfagas de metralleta. Inmediatamente después se encendieron todos los focos de la prisión provincial, ubicada junto al cuartel, y se montó un espectacular servicio de seguridad en los alrededores del acuartelamiento.

Mientras grupos de policías —muchos de paisano— controlaban las carreteras que circunvalan el acuartelamiento —se llegó a cortar el tráfico en la carretera Bilbao-Burgos—, otros, metralleta en mano, llevaban a cabo una rigurosa batida en los campos cercanos. En un momento de la improvisada persecución de los presuntos agresores se volvieron a oír, según testigos cercanos al lugar de los hechos, nuevas ráfagas de metralleta y tiros aislados como de «Goma». Después de unos cuarenta y cinco minutos, aproximadamente, los miembros de la Policía se volvieron a replegar hacia el cuartel, en medio de un gran nerviosismo. En el interior del cuartel la tensión era evidente.

Puestos al habla con el establecimiento penitenciario se nos informó que los disparos no fueron dirigidos contra su edificio y que en el interior de la prisión la calma era total. Los disparos fueron hechos, al parecer, desde las proximidades de la autopista, en la parte trasera del cuartel de la Policía, y posiblemente los disparos fueron hechos contra el citado acuartelamiento. Fuentes de la Policía, tanto del cuartel como de la Jefatura Superior de Bilbao, no nos confirmaron estos extremos.

Sobre las doce de la noche se llevaban a cabo registros en algunos vehículos que circulaban por Basauri. Los controles de carretera de la provincia fueron a partir de esos momentos más rigurosos.

Como consecuencia del tiroteo, y todavía sin concretar debidamente los hechos, resultó herida gravemente una persona que se encontraba accidentalmente en las cercanías. Se trata de Diego Altaro Orihuela, de 60 años de edad, quien vive habitualmente en Sevilla. Trasladado al Hospital Civil de Basurto, se le han podido apreciar heridas de proyectil en la región craneal. Pronóstico grave.

Hace unos meses este cuartel de Basauri fue escenario de un atentado, con un balance de dos policías muertos y varios heridos. Unos individuos dispararon desde la autopista Bilbao-Behobia, a su paso por Basauri, contra un grupo de policías que hacían ejercicios físicos en el patio del cuartel.

★ El albañil asesinado en San Sebastián estaba afiliado en Comisiones Obreras

RESUMEN DE AGENCIAS, 22.—El albañil Francisco Medina Albala, asesinado esta mañana en San Sebastián, era miembro de la central sindical Comisiones Obreras, en la que ingresó el 5 de julio de 1977. La confederación sindical de CC. OO. ha condenado en una nota oficial «el brutal asesinato del compañero Francisco Medina Albala».

Por otra parte, al mediodía de hoy han salido desde Almuñécar, con dirección a San Sebastián, en un taxi, los padres de Francisco Medina Albala. Francisco Medina Roquena y Carmen Albala, padres del obrero asesinado, recibieron la trágica noticia a través de la radio a primeras horas de la mañana, siendo la madre la primera en conocer el suceso. Francisco Medina había abandonado Almuñécar hace unos seis años, cuando la crisis de la construcción afectó a la zona costera granadina. En todo el litoral de la provincia la noticia ha causado gran indignación y repulsa.

★ De momento, nada planificado sobre la educación sexual en los colegios

MADRID, 22 (Efe).—No hay nada planificado sobre educación sexual en los colegios, de cara al curso 1979-80, por parte del Ministerio de Educación, han informado a Efe fuentes allegadas a este Departamento.

Lo anterior no desmiente la existencia de ciertas orientaciones para la educación sexual en la escuela, que servirán de base a un estudio más totalizador que elaborará en fecha próxima la Dirección General de Educación Básica; ni que alguna de estas orientaciones, muy básicas, se estén aplicando de manera incipiente en algunas escuelas estatales.

★ Nicaragua: USA descarta una intervención unilateral

WASHINGTON, 22 (Efe).—El Gobierno Carter desmintió hoy una intervención unilateral para resolver la crisis de Nicaragua en caso de que la OEA rechace su proyecto de resolución presentado ayer en la sesión de apertura de la reunión extraordinaria de ministros de Asuntos Exteriores americanos.

El portavoz de prensa de Carter, Jody Powell, declaró en la Casa Blanca que «no se descarta» el empleo de tropas norteamericanas dentro del cuerpo de paz propuesto siempre que la OEA lo decida.

SE EXCLUYE LA FUERZA DE PAZ

Un segundo proyecto de resolución sobre Nicaragua que abogó por la «exclusión definitiva del régimen somocista y la instauración de un Gobierno transitorio que represente a todos los sectores democráticos del país» fue presentado ayer en la OEA a propuesta de los países del Pacto Andino. La resolución excluye por completo la posibilidad del envío de una fuerza de paz interamericana a Nicaragua, tal como propuso ayer tarde Cyrus Vance en nombre de los Estados Unidos.

"¿Por qué lo han matado...?, se preguntaba su esposa, quien afirmó que no había recibido amenazas

Un albañil granadino abatido a balazos en el barrio de Eguía

San Sebastián. (DV). —Un albañil granadino de 22 años de edad, Francisco Medina Albala, resultó muerto ayer sobre las ocho menos cuarto de la mañana, en el barrio donostiarra de Eguía, al ser alcanzado por los disparos de pistola de dos individuos...

Huyeron en un vehículo blanco robado a punta de pistola

Trasladado al cementerio de Polloe

«¿Por qué lo han matado...?»

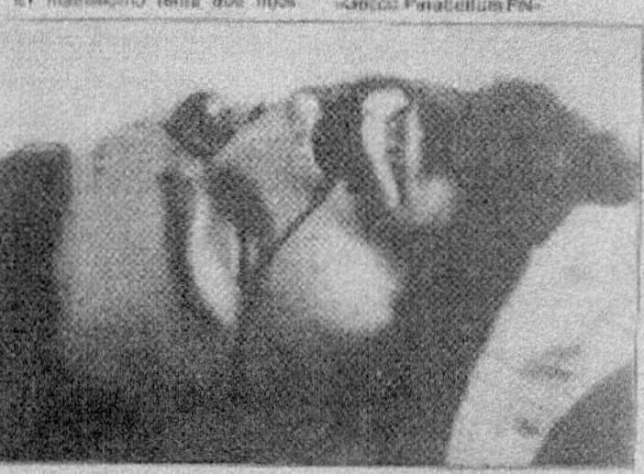

Afiliado a Comisiones Obreras

ETA (m) reivindica la muerte del anticuario chileno

El director financiero de "Egin", en libertad

35 presos de Basauri han salido «de permiso» en lo que va de año

ETA-m reivindica la muerte del anticuario chileno

El fiscal pide tres años de cárcel para Mario Onaindía

Prueba pericial en torno a la esquela de EIA

Un médico bilbaíno denuncia torturas policiales

Los trabajadores de Carreteras vizcaínos no quieren armas

V.

La única opción

LA GACETA DEL NORTE

Fundado en el año 1901 — SEPTIMA EDICION — Domingo, 29 de julio de 1979

DIRECTOR: MANUEL GONZALEZ-BARANDIARAN * TELEX 33.773 * PRECIO 25 PESETAS * AÑO LXXVII * NUMERO 26.729

Dos policías asesinados ayer en Bilbao

NO CESAN LOS ATENTADOS

Policía nacional don EMILIO LOPEZ DE LA PEÑA.

Cabo primero don MIGUEL A. SARO PEREZ.

Dos policías nacionales fueron asesinados ayer en un atentado terrorista, perpetrado a primeras horas de la mañana, en la zona de Luchana-Erandio, en Bilbao. De esta forma se ha roto violentamente el esperanzador clima de distensión y diálogo que se observaba en el País Vasco desde la aprobación del Estatuto de Autonomía.

Con este nuevo golpe terrorista se confirma que los profesionales de la violencia no entienden ningún género de diálogo. Para ellos, su único diálogo comienza y termina con el asesinato alevoso.

Se trata, en definitiva, de otra acción incalificable —como afirma el CGV en su comunicado de condena— cuyo único objetivo es no dejar que la paz llegue a nuestra tierra.

Amplia información en página 8

Terminaron las discrepancias entre los ministros económicos

Hoy, Consejo de Ministros

MADRID (Agencias). — El Consejo de Ministros que se ha venido aplazando desde el día 25 ha sido convocado para las 7.30 de la mañana de hoy, en el palacio de la Moncloa.

El Consejo estudiará el programa económico del Gobierno. Como se sabe, fuentes de UCD habían señalado con anterioridad que no existen discrepancias fundamentales entre los distintos departamentos económicos sobre el plan económico a medio plazo que debe aprobar el Consejo de Ministros. Se reconoce que el primer aplazamiento en su reunión, que estuvo prevista para el miércoles pasado, festividad de Santiago, se debió a diferencias de criterios entre los responsables de las distintas parcelas económicas. Sin embargo —se añade—, ya se han concretado exactamente los contenidos del plan y existe un acuerdo básico.

- El Congreso dijo «sí» a la energía nuclear Página 13
- García Valdés hace balance de su paso por la Dirección General de Prisiones Página 16
- Normas definitivas del Ministerio de Educación sobre las clases de Religión Página 17
- Senekowitsch debutó con derrota en Colonia (4-0) Página 28

ULTIMA HORA

Ayer, en Guipúzcoa

TRES GUARDIAS CIVILES HERIDOS

Un brigada y dos guardias civiles resultaron heridos a consecuencia de los impactos al ser ametrallado el cuartel de este cuerpo en la localidad guipuzcoana de Hernani, a las 10.45 de la noche de ayer.

Los tres heridos en el atentado son el brigada don Moisés Cordero y los números don Juan Alvarez y don Antonio Pastor.

Según manifestaron a Efe fuentes competentes, el ametrallamiento se produjo desde un coche que pasó por delante del cuartel, a gran velocidad, y disparó contra los guardias civiles que se encontraban en la puerta.

Los tres heridos fueron trasladados inmediatamente a la Residencia Sanitaria Nuestra Sra. de Aránzazu, de la capital donostiarra.

ESPECIAL ECONOMIA

21. Una relación que no acaba de funcionar

Leire y yo, yo y Leire. La relación entre los dos creo que ambos sabíamos que no iba a funcionar, pero seguíamos viéndonos. Con ella me sentía seguro, aunque nunca dejé de aplicarme las medidas de autoprotección en su compañía.

Ella me daba a entender, más en gestos y acciones que de palabra, porque nunca hablábamos de esas cosas cuando quedábamos, que había abandonado el radicalismo extremo en el que había estado inmersa tantos años, parecía que se había dado cuenta de que las ideas no se defienden con violencia… ¿pero fue una ilusión mía todo esto?

Porque un día estaba viendo la tele, en concreto un informativo, y pusieron imágenes de unos disturbios que se habían producido en Bilbao. Hubo una manifestación convocada por Herri Batasuna que acabó como siempre, a hostias y con botes de humo ocultando la escena en la que se presuponía que se estaban dando los tomas y dacas entre los antidisturbios y los radicales, una buena parte de ellos aprendices de terroristas.

Los cámaras que habían filmado la escena habían tomado unos primeros planos, y en uno de ellos vi a Leire embozada tirando un objeto contra los que supongo que eran los policías que intentaban disolver a los manifestantes.

Me quedé con la boca abierta y durante un momento creí que había visto mal. Me volví hacia Enriqueta, que estaba viendo las noticias conmigo y noté un gesto de disgusto en su faz.

—Así es Leire —me dijo—. Algunas veces se le va la olla y se mete en unos berenjenales que no veas.

La patrona había despejado todas mis dudas. Leire había participado en la manifestación, algo que yo no podía reprocharle en absoluto, pero que fuera una de las personas que se enfrentaban a la policía me jodió bastante.

Tanto que cuando la vi la siguiente vez, sin tan siquiera saludarla, le dijo que lo nuestro, si es que había algo que se pudiera llamar de esta forma, había terminado.

Leire me pidió que le diera una explicación sobre lo que había pasado para que la dejara así, de repente, y empezó a seguirme camino de mi habitación, hasta que su madre se interpuso entre los dos y le dijo que ella se lo explicaría.

Enriqueta, un buen rato después, llamó a la puerta de mi cuarto y, sin decir palabra, me entregó una nota.

«Tal vez tengas razón y somos incompatibles. Lo único que te pido es que estás ahora más al loro que nunca, porque ETA ha retirado la consigna de que no se atente contra ti, aunque creo que no eres un objetivo inmediato. Imagínate por qué».

No tuve que darle mucho a la mollera para saber a lo que se refería Leire. A principios del mes de junio había detenido a seis etarras, preferí ocultar quiénes eran los dos sujetos muertos por mí más allá de mis mandos en el Cuerpo, para así no vincular a la policía con los grupos terroristas de ultraderecha y, por último, el informe que redacté sobre la muerte de Diego Alfaro tampoco les gustó, porque a ETA no le interesaba más que su verdad, fabricada por sus fundadores y continuadores en base a mitos más que a verdades, consignas fanáticas sin ninguna base histórica, eslóganes que a base de ser repetidos una y mil veces convirtieron en hechos reales una sarta de embustes. La comedura de coco sistemática de ilusos con la cháchara de un patriotismo impostado, hacía que creyeran lo que les decían porque nosotros, las fuerzas de orden público, que actuábamos como salvajes en más ocasiones de las necesarias, que en realidad no deberían ser más que ninguna, y aunque actitudes tan salvajes de los míos y los picoletos se daban aún en otras muchas partes del país, realizadas aquí dejaban generalidades sobre los unos y los otros que sostenían el odio de todavía muchos de los vascos sentían hacia los que ellos llamaban *txakurras*.

La vida en Euskadi sin Leire se me hizo dura de cojones. Volvía a la apatía existencial anterior a ella y, cuando salía fuera de Basauri siempre me acompañaba Enriqueta, que jamás sacó el tema de lo que había pasado con su hija.

F
INGENIEROS

UGT

UIDACION
RAN LIQUIDA

ATZOKO ETA GAURKO
GUDARIEN ALDE
ESTATUTOA
INDEPENDENTZIA
POR LA RECUPERACION
SIN CLAUDICACIONES
DE LOS DERECHOS
DE EUSKADI
HERRI BATASUNA

E.T.A
bietan

Antiguo cine Coliseo de San Vicente, en Barakaldo

Gran Cinema, luego Getxo Antzokia, en Getxo

22. Verano sangriento

La vida se me hacía triste. No hacía nada, apenas salía de la fonda y pasaba mucho tiempo mirando las musarañas.

El verano era la época del año que más me molaba, pero el de este año no lo disfruté nada. Me hubiese gustado ir a la playa, a ese par de horas que aguantaba en ella sentado debajo de una sombrilla, con viajes abundantes hacia el mar. Me gustaba mucho bañarme.

Pasado ese tiempo que aguantaba sobre la arena, recogía y hacía otra parada obligatoria en el chiringuito que mejor aperitivo pusiera. A veces comía allí, otras un menú del día de un bar cercano al hotel en donde estuviera.

En el País Vasco no podía hacer nada de eso. En primer lugar, porque tenía miedo, no podía arriesgarme a estar tumbado a la bartola durante esas dos horas, me convertiría en un blanco muy fácil para ETA, ahora que según parecía habían retirado el escudo que tenía delante de mí; porque el verano allí era como un otoño caluroso en Madrid, con temperaturas que raramente alcanzaban los treinta grados, así que ir a la playa allí no representaba una necesidad vital para mí. Ademá, en Euskadi llueve mucho en todas las estaciones del año, lo que hacía que muchos de los días no se podía ir a la playa.

El tiempo fue pasando como una tortuga, muy despacio, y cuando terminó el verano lo eché enseguida de menos.

No había hecho el recuento habitual de los asesinatos cometidos cada mes por los asesinos de ETA, pero ya tarde, a mediados del mes de octubre, se me ocurrió hacerlo, aunque esta vez decidí agruparlos por el verano entero y los días de septiembre que ya eran otoño.

Por primera vez, no voy a relacionar las circunstancias de la muerte de cada una de las víctimas de la banda terrorista, me limitaré a citar sus nombres, cómo fue asesinado y el motivo que arguyó ETA cuando atentó contra personas que no fueron policías, guardias civiles o militares.

Los terroristas mataron a veinticinco seres humanos en esos tres meses. Doce en julio, aunque algunos de ellos fallecieron después por consecuencia de las heridas recibidas en un atentado dado en este periodo, seis en agosto y siete más en septiembre.

Guardias civiles cayeron cinco. Los primeros en ser asesinados fueron el brigada Moisés Cordero López y el número Antonio Pastor Martín , ametrallados cuando estaban junto a la puerta de su casa-cuartel; Juan José Tauste Sánchez, tiroteado cuando arrancaba su coche para acudir a su destino; Antonio Nieves Cañuelo, acribillado en una tapia del cementerio británico de Bilbao mientras realizaban un servicio de vigilancia en el aeropuerto de la ciudad. Antonio Pastor falleció cuando que el coche patrulla atacado volcó.

He dejado para el final a Juan Luna Azol porque no murió debido a los atentados terroristas perpetrados por la banda como un objetivo señalado en particular. Me explico. El veintinueve de julio se produjeron cuatro ataques. ETA colocó explosivos en la estaciones de Atocha y Chamartín y en el aeropuerto de Barajas, lugares todos ellos ubicados en Madrid, y se produjo el asesinato de los mencionados Moisés Cordero y Antonio Pastor en San Sebastián.

Las bombas fueron colocadas, en los tres sitios, en la zona de las consignas. Como consecuencia de la explosión en Barajas murió José Manuel Amaya Pérez, un submarinista tinerfeño; en Atocha fueron asesinados Jesús Emilio Pérez Palma, estudiante, y Guadalupe Redondo Vian, ama de casa; en Chamartín se cargaron a Dorothea Fertz, alemana de visita en España, y José Manuel Juan Boix, deportista. Como decía antes, había dejado para el final de guardias civiles asesinados por ETA en ese trimestre a Juan Luna Azol, muerto también por la bomba indiscriminada colocada en Atocha.

Podría seguir con las demás víctimas civiles, siempre que lo escribo me pregunto si debería llamarlas así, pero lo dejaré para adelante para no dejar a medias las trágicas consecuencias de ese veintinueve de julio, aunque tal vez se podía considerar a Dionisio Rey Amez englobado en este grupo, algo que no he hecho porque este hombre, aunque retirado, fue policía nacional, que también murió en Atocha.

Esta circunstancia me sirve de nexo de unión para relacionar ahora a los compañeros ultimados por ETA durante este trimestre. Fueron cinco contando al anterior.

Miguel Ángel Saro Pérez y Emilio López de La Peña fueron acribillados por un comando terrorista al salir de un estanco tras terminar de realizar un control de carretera.

El mismo día fueron asesinados dos compañeros más en dos atentados diferentes. José María Pérez Rodríguez murió como consecuencia del ametrallamiento por varios terroristas del convoy policial en donde marchaba. Aureliano Calvo Valls, pluriempleado en un taxi, fue baleado cuando lo conducía, por supuesto estando fuera de servicio.

Sigo ahora con la gente normal, los llamó así para evitar considerarlos como civiles, porque creo que esto somos todos tras cumplir con nuestro horario de trabajo.

El asesinato de Jesús María Colomo Rodríguez mostró bien a las claras que ETA mataba por motivos fascistas, aunque entiendo que alguno los considere comunistas extremos. El pecado de esta persona es que trabajaba como camarero en el Círculo Tradicionalista de Villafranca de Ordizia, pluriempleado además en una sala de fiestas, en cuyas inmediaciones fue tiroteado y abatido por un terrorista. Para disfrazar tan brutal crimen, la banda criminal alegó que se trataba de un confidente de la policía.

El pecado de Antonio López Carrera fue que se trataba de un antiguo componente de la guardia de Franco. Guardia de Franco, que no el mismo Franco, que quede claro. Fue ametrallado a la salida de un restorán después de cenar.

Modesto Carriegas Pérez era el director de una sucursal bancaria. Fue atracado y secuestrado y después baleado en las escaleras del portal de su casa. El motivo que dio ETA para matarlo fue que se negó a pagar el impuesto revolucionario, el chantaje que la banda terrorista exigía a la mayor parte de los empresarios asentados en el País Vasco.

Pero Modesto Carriegas no era el patrón de nadie, trabajaba para una entidad bancaria, por lo que lo más probable es que se convirtiera en objetivo de ETA por ser candidato por una coalición electoral llamada Unión Foral del País Vasco, vinculada a Alianza Popular.

Sixto Holgado Agudo era taxista en la ya muy nombrada localidad de Rentería. Fue tiroteado en el coche y su cuerpo tirado al vertedero del pueblo. ¿El motivo del asesinato? A Sixto Holgado no se le conocía ninguna afiliación política, pero parece ser que albergaba simpatía hacia Falange. ETA le acusó de ser confidente de la policía, como siempre que mataba al modo de los nazis.

Lo de Pedro Goiri Rovira fue un asesinato al más puro estilo de la mafia. Pedro Goiri era camarero, no sé si en realidad era el propietario, en un restorán que eligieron unos etarras para atracar. Al negarse este a darles el dinero de la caja, lo mataron.

El siguiente capítulo de esta crónica negra se refiere a los policías municipales, que no eran un objetivo esencial de ETA pero a los que, de vez en cuando, gustaba de matar.

Manuel Ferreira Simois era eso, un municipal de un pueblo de Euskadi. Dirigía el tráfico en una de las plazas más importantes de la localidad. Entonces llegó hasta donde él estaba un coche ocupado por tres etarras. Uno de ellos se bajó del vehículo y tiroteó a Manuel Ferreira hasta que supo que estaba muerto. La víctima había recibido múltiples amenazas antes, tales como pintadas en muchas paredes o cartas con esquelas a su nombre. ETA nunca dijo por qué decidió asesinarlo, más allá de que se trataba de un policía municipal, aunque en sus razones para hacerlo podía estar el hecho de que el asesinado no era natural del País Vasco, por lo que muy probablemente la banda terrorista le consideraba parte de las supuestas «fuerzas de ocupación» del territorio que consideraban de su propiedad.

Por último, los militares. Aurelio Pérez-Zamora Cámara, coronel, y Julián Ezquerro Serrano, comandante, fueron asesinados en Bilbao cuando circulaban en un coche y hubieron de cederle el paso a otros vehículos en un cruce. Los mataron al estilo suyo, ya patentado por lo que nos enseñaban las películas americanas cuando trataban sobre los capos, ametrallándoles.

La última víctima a citar es Lorenzo González-Vallés Sánchez, teniente general y gobernador militar de Guipúzcoa hasta el momento de su asesinato. Le dieron un tiro en la nuca cuando iba a pie desde su casa a misa.

La parca, con su guadaña siempre enarbolada para

segar vidas. Y eso que aún no he hablado de los crímenes ocasionados por los grupos terroristas del otro lado, que también parecieron espabilarse este año, o simplemente el número de muertes ocasionadas por ETA resultó insoportable a ciertas instancias de muy arriba y decidieron combatir el fuego con fuego. Más si se tiene en cuenta que en los círculos de poder, ya fueran políticos, eclesiales, militares y, en menor medida, económicos, estaban situados muchos nostálgicos del franquismo.

Tres heridos leves y grandes destrozos

Potente bomba contra una zapatería de Bilbao

[illegible]

Marcha a Lemóniz

La columna "Gladys" partió de Tudela

[illegible]

La columna «Gladys» partió de Tudela

[illegible]

Editorial de "The Guardian" sobre el País Vasco

[illegible]

La flecha señala el lugar donde los tres miembros de la Guardia Civil se encontraban en el momento de recibir las ráfagas de metralleta que les alcanzaron (Foto Ayglés)

A las 10,45 de la noche y desde un automóvil

Tres guardias civiles heridos a las puertas del cuartel de Herrera

[illegible]

Gran despliegue policial

[illegible]

1 de la madrugada: en el quirófano

[illegible]

Garaikoetxea niega que se hubiera negociado con ETA durante las negociaciones estatutarias

[illegible]

LA VOZ DE ESPAÑA

San Sebastián, domingo, 29 de julio de 1973 — Director: EMILIO REY

Precio del ejemplar: 25 ptas.

CGV: ANTIDEMOCRATICO E INHUMANO

DOS POLICIAS ABATIDOS A TIROS EN BILBAO

ATENTADO CONTRA EL CUARTEL DE HERRERA

TRES GUARDIAS CIVILES MUY GRAVES

DESCENSO DEL BIDASOA: 30.000 PERSONAS

En la XIII edición del Descenso Internacional del Bidasoa fueron más de treinta mil las personas que, a lo largo del recorrido de la prueba, presenciaron la dura lucha de los piragüistas por hacerse con el triunfo. A ello hay que añadir el récord de participación: más de 300 piragüistas y 250 embarcaciones.

Amplia información sobre el desarrollo de la prueba en páginas 17 y 18.

DIVORCIO: NO HAY DECISION DEL GOBIERNO

JUBILADOS: PIDEN ACTUALIZAR SUS PENSIONES

EL PAIS

ETA (p-m) reivindica el triple atentado de Madrid y anuncia nuevas acciones

El programa económico aún no es definitivo

Ha muerto el filósofo Herbert Marcuse

EL CORREO ESPAÑOL
EL PUEBLO VASCO

BILBAO.—Martes, 14 de agosto de 1979. Nº 22.423. 20 ptas.

EDICION VIZCAYA

LOS GUINEANOS RECUPERARAN LOS BIENES ARREBATADOS POR MACIAS

★ *Nguema ha sofocado dos tentativas de contragolpe*

Crónica de MANUEL LEGUINECHE, enviado especial

(Páginas 12 y centrales)

SUAREZ REGRESO AYER DE SU JIRA AMERICANA

Suárez llegó a las nueve de la mañana de ayer a Barajas procedente de la República Dominicana, finalizando así su viaje oficial a Brasil, Ecuador y Santo Domingo. En la foto de «Efe» Suárez recibe el saludo del vicepresidente primero del Gobierno, Gutiérrez Mellado.

(Crónica de FERMIN CEBOLLA en última página)

Tres individuos encapuchados le dispararon desde un coche

PORTUGALETE: UN POLICIA MUNICIPAL ASESINADO

Dado que Portugalete celebra estos días fiestas patronales fueron numerosas las personas que presenciaron el atentado. En la fotografía de Ortúzar, marcado con una cruz el lugar donde se encontraba el policía municipal de servicio (aparece en la parte inferior sobreimpresionado). Al fondo la carretera de Santurce.

● Más información en página 9

Al intentar apagar un incendio forestal

PONFERRADA (LEON): TRES PERSONAS CARBONIZADAS

(Páginas Centrales)

Para grandes almacenes y edificios de altura elevada

EL AYUNTAMIENTO DE BILBAO ESTUDIARA LAS CONDICIONES DE SEGURIDAD EN CASO DE INCENDIOS

Pág. 9

Por la Comisión Constitucional

DICTAMINADO EL ESTATUTO DE CATALUÑA

Crónica de SUSANA OLMO

● Página 14

400 muertos en un enfrentamiento con el Polisario

Fuerte revés militar marroquí en el Sahara

El Frente Polisario afirma haber dado muerte a 400 soldados marroquíes, herido a 200 y capturado a 175 en un enfrentamiento, el sábado, en la localidad de Bir Enzaran —señalado en el mapa—, donde la guarnición marroquí fue destruida por los guerrilleros saharauis. Rabat ha admitido el choque y haber sufrido bajas, aunque afirma haber causado numerosos muertos al Polisario.

Página 11

Reconoció a sus agresores

Propietario de un bar muerto a tiros en Las Arenas

Conoció a su asesino

SUCESOS

Junto al cuerpo fue hallada una escopeta de cañones recortados

Hallado el cadáver de un joven en Fuenterrabia

Atropello en Eibar

Vehículo desaparecido

Muere al caer desde un balcón, en Bilbao

Un millón en otro atraco a la CAP

Don Amador de Santiago nuevo Delegado de Hacienda

Continúan los atentados contra miembros de las Fuerzas Armadas

"Cualquier día me pegan cuatro tiros", había dicho a una vecina

Asesinado a la puerta de su domicilio el gobernador militar de Madrid

El gobernador militar de Madrid, general Constantino Ortín Gil, fue asesinado ayer a mediodía, cuando entraba en su domicilio, por cuatro individuos que le dispararon a bocajarro. Uno de los disparos fue en la frente, mortal de necesidad, por lo que la víctima ingresó cadáver en la Residencia Francisco Franco. Inmediatamente después de conocerse el atentado, las fuerzas de seguridad emprendieron una gran operación de control en Madrid y sus salidas, que provocó un fuerte embotellamiento general de tráfico. La capilla ardiente del general Ortín ha sido instalada en el Cuartel General del Ejército.

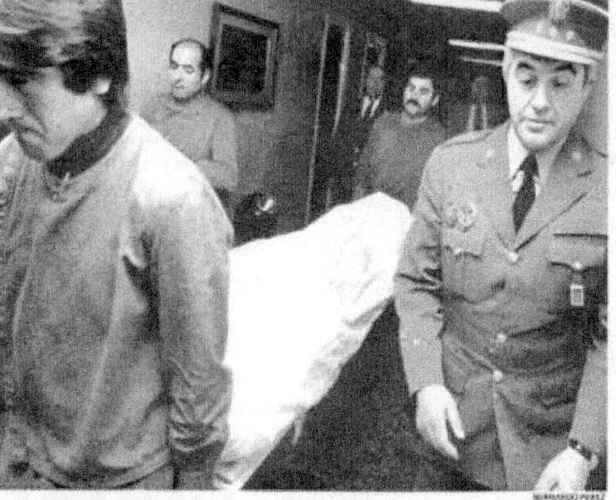

El cuerpo del general Ortín es trasladado a la ambulancia militar que lo llevó al Cuartel General del Ejército

Emilia Bravo, la asistenta del general de división, gobernador militar de Madrid, Constantino Ortín Gil, salió de la vivienda y llegó corriendo hasta la portería gritando: «¡Vicente, han matado al señorito!, ¡han matado al señorito!»

Vicente Romero, el portero del inmueble número 63 de la calle de Menéndez y Pelayo, interrumpió sobresaltado su comida y salió a la calle junto a la sirvienta de los señores de Ortín. Por el ascensor descendía ya la esposa del militar, Ana María Alvarez Bernier. Cuando las tres personas salieron a la luz de la calle sólo quedaban en el suelo las manchas de sangre que poco después serían regadas y esparcidas con el agua de unos cubos. Eran, aproximadamente, las tres y diez de la tarde de ayer, miércoles, 3 de enero de 1979. El gobernador militar, de 63 años, había sido trasladado en su propio coche a la residencia sanitaria Francisco Franco.

Unos minutos antes, en la vivienda del gobernador militar, tercer piso, con vistas a la calle de Menéndez y Pelayo y al parque del Retiro, su esposa y la sirvienta esperaban, como todos los días, la llegada del militar para el almuerzo. El matrimonio no tenía hijos. «Minuto arriba, minuto abajo, siempre llegaba a la misma hora, de tres menos cuarto a tres», recuerda el portero.

Los disparos fueron oídos en la casa de la víctima del atentado. La mujer del portero también dice haber oído, al menos, uno, pero creyó, como otros vecinos, que se trataba del reventón de un neumático. Emilia Bravo se asomó a la ventana y pudo llegar a ver al señor Ortín en el suelo. El uniforme, la sangre, el coche oficial. «Un 1.300 —precisa Vicente Romero— desde que era gobernador; antes tenía uno más pequeño.»

Sin embargo, muy pocos testigos presenciaron el atentado. El edificio es colindante al Hospital del Niño Jesús y hace esquina con la calle del Doce de Octubre. En la puerta contigua hay un establecimiento, cerrado a la hora de cometerse el atentado. En la esquina de enfrente, una cafetería.

Calibre nueve milímetros «parabellum»

Al parecer, y con respecto a sus habituales costumbres, Constantino Ortín se retrasó ayer unos minutos en llegar a su casa. Según fuentes del Gobierno Militar consultadas por *Efe*, el gobernador solía salir a las dos y media en punto. El Gobierno Militar queda a unos mil metros de la vivienda particular, distancia que, a esas horas, se tarda en recorrer en coche unos cuatro o cinco minutos, o incluso menos. Ayer, sin embargo, el general Ortín salió de su despacho a las tres en punto de la tarde.

Por su parte, el Gobierno Civil ha informado en una nota oficial que «por las gestiones de inspección ocular realizadas en el lugar del atentado, han sido hallados dos casquillos de bala calibre nueve milímetros *parabellum*, que son entregadas en la Brigada Regional de Información, que instruye las correspondientes diligencias, en las que declara el conductor del coche oficial, don Vicente Medina Casa, domiciliado en la calle de Navalmoral de la Mata, número 62, quinto B, así como otros dos testigos presenciales del hecho que se encontraban en las inmediaciones. «De la información inicial practicada —añade la nota— parece ser que el arma utilizada por los autores ha sido una pistola.»

Las versiones recogidas respecto al modo en que se ejecutó el atentado y sus autores reflejan diversas contradicciones. Según unas fuentes, los dos testigos de las inmediaciones eran dos clientes de la cafetería Yolanda. Según otras, un transeúnte y un vecino del general Ortín.

Dichas versiones coinciden en que los autores eran cuatro. *Europa Press* precisa que uno de ellos vestía un *anorak* verde y otro un *anorak* amarillo.

En cuanto a la posición de los autores, se vuelven a encontrar discrepancias. Según unas fuentes, dos de los autores se hallaban junto al portal de la vivienda; otro, en la esquina inmediata, y el cuarto, en la esquina de la cafetería. Según otras versiones, los dos individuos que realizaron los disparos se hallaban junto a la puerta del hospital del Niño Jesús. Un tercero, en la esquina de la cafetería, y el cuarto, al volante del vehículo en el que huyeron. Parece que éste se hallaba aparcado en la calle de Doce de Octubre, frente al número 2. Según estas versiones, los dos que se encontraban más próximos a la vivienda del militar, al llegar el coche oficial esperaron que se apease el general. Cuando se disponía a subir a la acera, se acercaron a él y le dispararon ambos. Inmediatamente se dieron a la fuga.

La nota del Gobierno Civil es, sin embargo, más precisa y señala como cinco el número de componentes del comando: «A las quince horas, cuando el gobernador militar de Madrid, don Constantino Ortín Gil, se apeaba de su coche oficial, frente a la calle de Menéndez Pelayo, número 63, finca en la que está su domicilio, tres individuos, de unos veinticinco años, estatura normal y unos 65 kilos de peso, efectuaron contra su persona varios disparos, cayendo el general al suelo gravemente herido y dándose a la fuga los autores en un coche Seat 131 de color blanco, M-6522-BC, que esperaba en la calle de Doce de Octubre y donde había otros dos individuos más. Dos de los autores materiales del hecho llevaban sendas prendas chubasqueros, uno de color azul y el otro verde, y este último, barba.»

Según pudo saber EL PAIS, inmediatamente después de poner fin a la vida del general, uno de los autores introdujo su arma por la ventanilla del coche oficial y apuntó a la cabeza del chófer, Vicente Medina, al tiempo que preguntaba a uno de sus compañeros: «¿Lo mato?» Y éste respondió un tanto despectivamente: «¡Bah, déjalo!» Tras lo cual huyeron.

El chófer, aún impresionado, tanto por el atentado contra su superior como por «haber vuelto a nacer» —según comentó luego—, se apresuró entonces a tratar de socorrer al general. Dos personas le ayudaron, y en el mismo coche oficial lo trasladaron al centro sanitario Francisco Franco.

El parte médico firmado por el doctor Fernández Conde señala que la víctima ingresó cadáver a las tres y diez de la tarde. No obstante, se le hizo una radiografía de cerebro, de carácter comprobatorio. Según dicho parte, el general Ortín presentaba tres heridas de bala. Una en la frente, mortal de necesidad, otra en el tórax y una tercera en la axila, si bien posteriormente se precisó que era en el brazo.

El parte fue leído a las 4,55 horas de la tarde por Antonio Guillón, secretario general de la ciudad sanitaria.

El general presentía el atentado

«Hace algún tiempo que venía sólo con el chófer, sin su ayudante —cuenta el portero, Vicente Romero—, y más de una vez me dijo que no saliera a esperarlo, que no me pusiera mucho a su lado, por si acaso una ráfaga de metralleta dirigida contra él terminaba también conmigo.» Y añade el portero: «Yo le replicaba que de alguna forma hay que morir y que no me importaba que fuese a su lado. Era un hombre querido por todos los vecinos y vivía aquí desde hace cuarenta años.»

El general parece que presentía un atentado. También a una vecina, hace unos días, le dijo: «Cualquier día me pegan cuatro tiros», a lo que esta señora le contestó que «así no podía ir por la vida», según ha recogido *Efe*. También *Europa Press* ha constatado que el general, hace escasos días, expresó su intención de instalarse en el pabellón-vivienda del Gobierno Militar y que a su compañero de armas, el general García Manuel, le había confiado: «No sé, estoy pensando en venirme al pabellón a vivir. El día menos pensado soy yo la víctima.»

23. El asesinato olvidado de ETA

Una depresión profunda, eso fue lo que me dictaminó un loquero al que un médico del cuartel de Basauri me remitió, tras llamarme él por propia iniciativa al ver que cada día estaba demacrado y que había perdido una barbaridad de peso.

No aguantaba más estar viviendo la vida que estaba haciendo en el País Vasco. No la soportaba, pero tenía que seguir sufriéndola como una pesadilla todos los días, no tenía otro remedio… o sí.

La primera idea que me vino a la cabeza es pegarme un tiro con la pistola que desde hace meses tenía cargada y sin el seguro puesto. Después de todo, ¿quién me echaría de menos? Sí, mis padres vivían, tenía tres hermanos y algunos sobrinos, pero ellos iban a su bola y yo a la mía desde hacía muchos años, lo que no significaba que no me fueran a echar de menos si muriera. No tenía pareja que pudiera llorarme. Había tenido varias novietas a lo largo de mi vida, aunque el último rollo serio que había tenido desde hacía tiempo era el que mantuve con Jesusa, que se acabó por agotamiento del uno del otro. Porque lo de Leire… se había quedado en el preámbulo de que se diera algo importante entre nosotros.

Pero, ¡que cojones! ¿Por qué iba a hacer yo el trabajo a ETA sin presentar batalla? Una vez que fui consciente de que no me importaba morir, mejor era plantarlas cara a los terroristas que matarme yo en lugar de que lo hicieran ellos.

Además, había una solución tan evidente que no sé cómo se me pudo pasar tenerla en cuenta desde un principio. Además, era muy sencilla de conseguir. Tener una depresión hacía que todos te consideraran un loco y a un orate se le ha de apartar de lo demás. Estaba enfermo, porque de eso se trata sufrir una depresión, aunque sea de la cabeza y no del cuerpo, que dicta en mí que debo aislarme del mundo. Podía aprovecharme de ese estigma, pedir la baja médica, volverme a Madrid o a mi pueblo, recuperarme todo lo que pudiera allí y, llegado el momento, cuando estuviera mejor y estuviera a punto de ser dado de alta, plantearme lo que ya hice cuando supe por Roberto Conesa que me mandaba al infierno, dejar la policía.

En estos momentos de crisis aguda por los que pasaba, fue cuando reapareció Leire a mi lado. Ni siquiera me llegué a plantear si la quería junto a mí o no, simplemente vino, yo no la rechacé y con eso ella se conformó, al menos de momento.

Yo elegí, en mi locura, enfrentarme a ETA viniera o no a por mí, intentaría llevar una vida lo más normal posible porque el pánico que invadía todo mi ser lo iba a sentir igual, solo que en contacto con gente. Además, Leire me ayudó mucho al principio a relacionarme, me presentó sitios de Basauri que yo no sabía que existían a pesar de llevar ya nueve meses y pico viviendo allí. Con el tiempo, incluso me atreví a ir solo, porque en el pueblo cogí la fama de ser un *txakurra* menos perro que mis compañeros.

Aun así, jamás deje de llevar la pipa conmigo allá a donde fuera y con las mismas precauciones de siempre, con una bala en la recámara y el seguro sin echar.

Aquello, al que no conozca lo putas que lo pasábamos las fuerzas del orden en el País Vasco, le podía parecer que era como una liberación, que ya me había integrado en la vida que se daba en el entorno donde yo estaba. Pero no, seguía teniendo miedo siempre, continuaba tomando las medidas de precaución de siempre, y siempre estaba vigilante ante la presencia de uno o varios terroristas que vinieran a cazarme, para así vender cara mi vida.

Con respecto a Leire, noté un cambio importante en

sus planteamientos *abertzales* radicales, luego supe que su paulatino rechazo a la violencia terrorista, no solo de ETA, empezó a darse a partir de los atentados indiscriminados de la banda en Madrid el veintinueve de julio, cuando colocó bombas en Barajas, Atocha y Chamartín.

También empezó a sufrir en carne propia, aunque yo creo que era más al ver el ánimo de sus colegas enganchados en la red batasuna, la muerte de etarras o filoetarras asesinados por el Batallón Vasco Español o la Triple A, que en realidad eran lo mismo. Y coligió de estos sentimientos terribles cómo deberían sentirse los familiares y allegados de los asesinados por ETA.

Tuvo varias ocasiones de mostrar su dolor y extrapolarlo a las personas que caían en el otro fiel de la balanza de muertos. Porque en esos mismos meses el BVE atentó contra Francisco Javier Larrañaga, un etarra, en Bayona; a Enrique Gómez Álvarez, Korta, también en esta localidad gala; a Juan José Lopategui Carrasco, Pantu, a quien mataron, e hirieron en la misma acción a Domingo Iturbe Abásolo, Txomin, y a María Arancha Sasiaín Echave, Neska, esta vez en Anglet; y a Justo Elizarán Sarasola, Periko, de nuevo en Bayona.

Del homicidio de José Ramón Ansa Echevarría, perpetrado por la Triple A, ya he hablado y yo mismo fui quien averigüe quienes eran los asesinos. No conocía más víctimas mortales reivindicadas o atribuidas a esta banda terrorista durante el periodo citado.

Un día conversaba yo con Leire de este asunto y ninguno de los dos estuvimos nada afortunados con lo que dijimos al inicio de ella.

—Los etarras asesinados —remarqué esta última palabra para no parecer muy crudo al expresarme— no me dan ninguna pena. Muertos ellos, no podrán asesinarme a mí. Eso no significa que me alegre de lo que les ha ocurrido, porque lo correcto es que hubieran sido detenidos y hubiesen pasado muchos años entre rejas.

—Por supuesto, no estoy de acuerdo contigo —replicó ella—. Los etarras asesinados, como has dicho tú, no dejan de ser personas y hay que llorarles porque toda persona muerta se merece al menos eso.

—¿Acaso yo he dicho lo contrario? Además, ¿opinas lo mismo sobre los policías, guardias civiles, militares y personas al azar asesinados por ETA? —Aquello no me daba buena espina, amenazaba con que aquella charla acabara en discusión—. Te recuerdo que los etarras eran asesinos, mientras que sus víctimas, que yo sepa, nunca han matado a nadie.

—Sí, se merecen que les lloren, porque como ya te he dicho antes, por muy malo que sea alguien, no deja de ser una persona —por fortuna, Leire estuvo conciliadora y así el fantasma de la bronca se empezó a diluir—. Pero no te equivoques, madero —estuvo a punto de decir *txakurra*—, todos los colectivos que has citado han servido a la dictadura para oprimir a los vascos —le dije, al mismo tiempo que hablaba ella, «no solo a los vascos»— y que la aparente democracia hacia la que avanza el Estado ahora no parece que les haya entrado en la cabeza a muchos ellos.

—¿Por qué dices Estado y no España? ¿Por qué dices muchos cuando son tan solo unos pocos?

—Porque no sé qué es España, en primer lugar. En segundo, te recuerdo que cuando la policía se lía a hostias o a tiros, que ya sabes que tus compañeros son de gatillo fácil, en una manifestación, o protesta u homenaje, no son pocos los que reprimen, sino muchos.

—Obedecen órdenes. Te recuerdo que hasta hace dos días la policía estaba militarizada y no se puede pedir de un día para otro que sus integrantes se adapten a la nueva situación.

Leire guardó silencio durante un buen rato.

—¿Sabes una cosa? —dijo tras él.

—Si no me la cuentas, no.

—Que tras los atentados de Madrid y los asesinatos de abertzales en Francia por fascistas, te entiendo mucho más. Comprendo el dolor que sientes, el miedo que te hace vivir como gato enjaulado sin poder sacar las uñas para defenderte. La muerte siempre está al lado de cada cual, pero tiene que llevarte cuando te toque, no cuando alguien decida que ya ha llegado tu hora, nadie debe arrogarse las funciones de la parca, que para eso está.

Un nuevo asesinato conmocionó a los que servíamos en la comisaría de Basauri.

Manuel Fuentes Fontán, guardia civil, vivía en Santurce, aunque acudía habitualmente a Portugalete, donde vivía su novia con su familia. Solía acudir todos los días a comer a su casa, y el día treintaiuno de octubre no fue una excepción.

Tras hacer un rato de sobremesa, Manuel Fuentes se dirigió a su coche para volver a Santurce, como hacía siempre. Por precaución vestía de paisano en esos desplazamientos cotidianos. Aun así, ETA se había fijado en él.

El guardia llegó al coche, entró en él pero no pudo llegar a arrancarlo. Dos terroristas estaban esperándole, uno encapuchado y el otro embozado con un pañuelo. Fueron hacía él y lo ametrallaron, como casi siempre, a bocajarro.

El coche de un particular lo recogió y consiguió llevarle vivo hasta un hospital, donde falleció muy poco tiempo después.

La investigación del homicidio quedó estancada casi desde el inicio, a pesar de que contaba con muchos hilos de los que tirar. En primer lugar, Francisca, la novia, vio todo lo sucedido desde una ventana de su domicilio, a la que se asomaba todos los días para despedir desde allí a Manuel. Había otros testigos presenciales, pero lo cierto es que sus declaraciones fueron contradictorias con respecto a lo dicho por Francisca.

También se recogieron proyectiles en el lugar del crimen, por lo que las muestras se podían comparar con otras obtenidas en otros atentados y ver si se correspondían entre sí, para relacionar así un caso con otro.

Nada de nada.

Una anomalía que jamás había ocurrido antes fue que la instrucción del asesinato de Manuel Fuentes, como todos los casos de terrorismo, debería haberla hecho la Audiencia Nacional, pero en este caso se quedó en el juzgado de instrucción número 3 de Bilbao.

La investigación, por estos motivos y otros que yo aún no conocía, no avanzaba. Las pesquisas sobre los asesinatos de ETA, ahora me refiero a Vizcaya pero debe ser igual en el resto de las provincias vascas y en Navarra, es que el comando Vizcaya, el mayor actuante de la banda terrorista en la provincia, que se sabía que lo componían seis sujetos y que estaban repartidos en dos *taldes* de tres individuos cada uno. Cada uno de ellos funcionaba a su aire, como suelen hacer la mayor parte de los grupos armados y otras organizaciones clandestinas, que se dividen en células que apenas tienen contacto con otras, para preservar así el secretismo estricto de quienes forman parte de ellos.

Las identidades de los terroristas que conformaban el comando Vizcaya eran muy difíciles de lograr. Permanecían unos meses activos en el terreno, entorno a medio año, marchaban a Francia para no quemarse y eran sustituidos por otros integrantes de la banda.

El hecho es que parecía que el crimen de Manuel Fuentes, tras quedar estancado, iba a pasar a un segundo plano y ojalá no ocurriera que no acabara convirtiéndose en un caso sin resolver.

Un día, estando en la comisaría, recibí una llamada.

Lo que me dijo una voz de hombre fueron unas palabras tajantes.

—Soy el mando más alto de la Guardia Civil en Vizcaya —escuché—. En menos de cinco minutos iré a buscarle en un coche que yo he dispuesto. Cójalo sin rechistar.

Al ir hacia la puerta de la comisaría vi que Guilabert asentía con la cabeza, deberían haberle avisado de lo que me ordenaban más que me pedían.

Aun así, al salir a la calle fui con la pistola en ristre, por si se trataba de una trampa. No fue así, el vehículo que vino a buscarme no era ni mucho menos de alta gama, ya he dicho que los medios con los que contábamos las fuerzas del orden españolas eran siempre limitados, pero noté enseguida que estaba blindado y que el hombre que se había identificado como el más alto mando de la benemérita en Vizcaya, cuyo nombre sabía pero no recordaba, tenía escoltas.

Subí al coche. Allí estaba sentado un varón de unos sesenta años, de gesto grave y adusto y aunque iba vestido de paisano, supe en el momento que se trataba del gerifalte de la guardia civil que había contactado conmigo.

Se presentó brevemente como el teniente coronel Alfonso Quijano de la Calle, que enseguida fue el grano.

—Uno de mis hombres, el agente Manuel Fuentes Fontán, murió asesinado en Portugalete. Las circunstancias que rodearon el crimen parecían muy claras, pero parece que la investigación no deja de tropezar con contradicciones, por no decir cosas raras. —Me contó las que ya había encontrado yo. Las contradicciones entre las declaraciones de los testigos, la carencia de unos resultados concluyentes por Balística, que el caso no hubiese sido instruido por la Audiencia Nacional…— y el hecho de que la novia del fallecido ha desaparecido sin que se haya podido averiguar dónde se encuentra ahora…

—¿Francisca ha desaparecido? —inquirí yo, desconcertado.

—Tal como le he dicho.

—¿Qué quiere de mí?

—Que se involucre usted en el caso —contestó el teniente coronel—. Un amigo común, del que no voy a revelarle el nombre porque no lo considero necesario, me ha hablado de usted y su eficiencia. Así que me gustaría que usted sacara sus propias conclusiones inspeccionando lo poco que tenemos sobre los trámites realizados para su investigación.

—¿Poco? ¿A qué refiere?

—El sumario con todos los trámites realizados. Se ha extraviado en el juzgado que estaba instruyendo el caso[15].

—¿Cómo?

—Lo que oye. Solo tenemos para mostrarle el atestado que levantaron mis hombres en el momento en que se personaron en el escenario del crimen. Eso sí, le puedo asegurar que es bastante prolijo.

Acepté lo que el teniente coronel me proponía, siempre que realizara los trámites necesarios para que un policía se entrometiera en un caso que era jurisdicción de la Guardia Civil.

Consintió y me puse a ello.

Leí en primer lugar las declaraciones de Francisca, la novia.

« Yo iba a despedirle a la ventana cuando escuché los disparos. Al asomarme a ella, vi a un individuo con pasamontañas rojo que disparaba contra el coche de Manuel, poco después corría y se metía en una furgoneta».

«Tras ser herido, Manuel tocó la bocina con las pocas fuerzas que le quedaban para llamar la atención. Bajé rápido, me pidió que le sacara el coche; lo intenté, pero fue inútil, no podía. Unos vecinos me ayudaron y lo metimos

[15] En realidad, el sumario ya no existe al ser mandado destruir por Junta de Expurgo de la administración de justicia del País Vasco.

en otro coche para llevarle a la clínica San Juan de Dios, el centro sanitario más cercano».

«Los asesinos fueron cuatro. Uno disparó mientras que los otros etarras se quedaron en el coche, que era un Renault 4, un cuatro latas, tipo furgoneta. El vehículo estaba aparcado en doble fila».

Según Francisca, aunque ella por su declaración inicial no pudo verlo de ninguna forma porque cuando se asomó a la ventana, según sus propias palabras, ya había oído los disparos, «los asesinos esperaron dentro del R4 a que saliera Manuel de mi portal y se metiera en su coche. Cuando lo hizo, se bajó uno de ellos y le disparó por la ventanilla».

Otros testigos, por su parte, entraron en contradicción por lo dicho por la novia al referirse al número de terroristas implicados en el asesinato. Según todos ellos, los etarras fueron solo dos, uno con un capuchón que ocultaba su cara y el otro embozado con un pañuelo que también impidió que se viera la geta. Ambos, antes de ocultar sus rasgos, esperaban a Manuel junto a una valla de un edificio en construcción y si se refirieron a un Renault 4 fue para indicar que esa era la marca del vehículo en el que los terroristas huyeron, en donde les esperaba un tercer miembro del comando, nunca un cuarto.

Luego, examiné lo que los compañeros de la benemérita contaron sobre lo que se encontraron en la escena del crimen.

La víctima presentaba doce heridas de bala. También había otros seis impactos en la puerta del conductor. Dentro del coche encontraron el arma del agente, que también presentaba un último impacto de proyectil en la mirilla, por lo que era de suponer que Manuel intentó defenderse al ver a su asesino, o asesinos en plural, dependiendo de las versiones de lo ocurrido.

Los guardias civiles recogieron las balas, restos de otros tres proyectiles y un casquillo que mandaron al departamento de Balística de la Guardia Civil de Bilbao, cuyas conclusiones no pude ver, pero por lo dicho por la prensa y el propio teniente coronel cuando le telefoneé para preguntarle por ello, por lo visto no fueron concluyentes.

Fotos no pude ver ninguna, porque en primera instancia fueron remitidas al juzgado municipal de Portugalete, que se hizo cargo de las primeras diligencias. Pero ya no existían. O se perdieron en el camino desde Portugalete a Bilbao, desde un juzgado a otro, o alguien las hizo desaparecer aposta.

Aunque no había imágenes propias por parte de la guardia civil del suceso, sí que pude ver algunas que había publicado la prensa, por lo que me pude hacer una idea básica de cómo se había perpetrado el atentado. Además el atestado sí incluía un croquis de cómo estaba todo dispuesto en el escenario del crimen, realizado en el momento que los com-pañeros del asesinado llegaron al lugar del atentado.

Intenté hablar con el forense que hizo la autopsia de Manuel y con los guardias que realizaron el atestado, pero no recibí autorización para verlos, así que, en ese sentido, me quedé en bragas.

Como la lógica dicta que hay que hacer, la comandancia vizcaína de la benemérita cursó aviso a todos los puestos dados en el País Vasco del Cuerpo para que estuvieran atentos a movimientos inhabituales de sospechosos de estar vinculados a ETA de una forma u otra, para así poder atrapar a los asesinos de Manuel. Tampoco hubo resultados.

Un día pasé aviso al teniente coronel para que me recibiera. Como la otra vez, un coche blindado vino a buscarme a la comisaría, aunque esta vez no acudió Quijano, al que los que estaban en el vehículo me llevaron a ver en Bilbao.

Le conté mis conclusiones. Empecé hablando de las actitudes de la novia, que parecía haberse contradicho en las declaraciones que hizo y que me parecía muy sospechoso que ahora no se supiera nada de su paradero.

—¿Me está queriendo decir que Francisca puede pertenecer a ETA —exclamó el teniente coronel sin disimular su sorpresa.

—No, no quiero decir eso —aclaré yo—. La ausencia de Francisca se puede llevar a varios motivos. El primero es que no pudiera resistir el dolor que le ocasionó el asesinato de su novio y decidió empezar una nueva vida en otro sitio, lejos de la violencia estructural que vive la sociedad vasca.

—Dígame otras razones que justifiquen que no se haya vuelto a saber más de ella.

—Le diré una más, señor Quijano, que para mí es fundamental. El miedo. Porque no es la primera vez que a los familiares y allegados de un asesinado por ETA se le ha hostigado tras su muerte.

—¿Qué me dice de las contradicciones entre su declaración y la de los otros testigos?

—También hay varias explicaciones a esa cuestión. Se me ocurre, por ejemplo, que reconociera a uno de los etarras y que no quería que supiera que eso había ocurrido, porque seguro que entonces se podía considerar mujer muerta.

—Muy interesante esta observación suya.

—Lo peor que podía ocurrir es que a Manuel, en realidad, no lo mataran terroristas, sino que fuera una confabulación de la misma Francisca para asesinar a su novio. ¿Motivos? ¡Quién sabe! Manuel podía ser un mal novio, tal vez un maltratador del que ella quería deshacerse, o puede ser que Francisca no aguantara la presión que suponía ser la novia de un guardia civil en el País Vasco y quería librarse de tanto sinvivir. Lo que es seguro es que no habría ningún motivo económico para idear un plan así.

—¿Por qué?

—Manuel y Francisca eran tan solo novios, ni tan siquiera vivían juntos, cosa que les hubiese dado igual según las leyes que rigen en España, que no reconocen a las que son llamadas parejas de hecho. Esto supone que aunque Manuel fuera un hombre rico, ella no heredaría nada, ni de acuerdo a lo que he dicho, tampoco cobraría ninguna indemnización por su muerte. Ese dinero lo recibirían sus padres o tal vez sus hermanos, ya que nuestra víctima no tiene hijos.

—¿En serio cree que Francisca ha tenido algo que ver con el crimen de su novio?

—No. Pero usted me ha pedido que estudie un caso en el que no he intervenido desde el principio y no podía pasar por alto las actitudes que al menos parecen sospechosas de esa mujer.

—¿Quién mató entonces a mi guardia?

—ETA con casi total seguridad. Más concretamente, terroristas pertenecientes al comando Vizcaya, que lo forman al menos seis de esos hijos de puta.

—Solo hace falta saber los nombres de los cabrones que lo integran. Una labor nada fácil. Su visión de lo ocurrido con Manuel ha sido brillante, inspector Moreno, pero creo que seguimos estando en el punto de partida.

—Tiene usted razón, señor Quijano —regañé un poco al teniente coronel—, pero es en parte culpa de todos nosotros, los hombres de la fuerzas del orden que estamos siendo torturados mentalmente por ETA y sus secuaces.

—¿Qué quiere decir con eso?

—Que en actual momento que estamos viviendo aquí, en el País Vasco, policías y guardias civiles, ambos Cuerpos están más preocupados en prever el próximo ataque de los terroristas que de investigar el ocurrido ya.

El teniente coronel se quedó pensativo un buen rato.

—Tiene usted razón, inspector Moreno.

Y la conversación y mi implicación en ese caso acabaron ahí.

EN LOS ATENTADOS DEL DOMINGO

YA SON CINCO LOS MUERTOS

ETA político-militar, responsable de la colocación de los artefactos en Barajas, Chamartín y Atocha

Madrid. (De nuestra Redacción.) Cinco muertos y 95 heridos es el trágico balance de los atentados terroristas perpetrados el mediodía del domingo contra tres centros neurálgicos de la capital española.

A las 12,40 horas del domingo se recibió en la Redacción de Efe de Madrid una llamada de Euzkadi Press indicando que se iba a facilitar un comunicado. Según fuentes próximas a la Jefatura Superior de Policía de Madrid, existen evidencias fundadas para sospechar que ETA político-militar es responsable del triple atentado.

Inmediatamente después pasaron una grabación en la que se oía una voz masculina que, precipitadamente, dijo: «ETA, organización armada para la revolución vasca, en su segunda fase de la operación (añadió algo que no se entendió), hoy, 29 de julio de 1979, entre las doce y las catorce horas harán explosión tres bombas en Madrid: en Barajas, Chamartín y Atocha.» Efe avisó inmediatamente del contenido de la llamada al Departamento de Orden Público.

Las explosiones se produjeron de forma escalonada durante catorce minutos, entre las 13,01 y las 13,15. La secuencia de las explosiones fue así: Pocos segundos después de las trece horas, en el departamento de consignas de llegadas nacionales del aeropuerto de Barajas. A las trece y doce minutos, en el vestíbulo de la estación de Chamartín. Finalmente, a las trece y quince minutos, en la consigna de la estación de Atocha.

El Gobierno Civil de Madrid, en una nota informativa facilitada a última hora de la tarde del domingo, comunica que en los tres atentados se utilizaron maletines contemporizadores que activaron a la hora establecida por los terroristas una cantidad de cinco o seis kilos de explosivos.

Las pérdidas materiales originadas por las explosiones se estiman en unos veintitrés millones de pesetas entre todos los puntos afectados. Se desconoce cuándo estarán en funcionamiento las zonas destruidas.

BARAJAS: Un policía nacional y un guardia civil, entre los heridos

Un muerto y siete heridos es el balance de la explosión registrada a la una del mediodía en el departamento de consigna de llegadas nacionales en el aeropuerto de Barajas.

Nada más registrarse la explosión, según ha sabido Efe de testigos presenciales, el personal de Iberia y los efectivos de la Guardia Civil y Policía Nacional que se encontraban en las inmediaciones comenzaron a evacuar a los heridos por la explosión del artefacto. Los heridos, personal del departamento de consigna, viajeros, un policía nacional y un guardia civil fueron trasladados a sanidad de Barajas y, después, al centro hospitalario de La Paz.

La bomba se encontraba dentro de una maleta colocada en consigna al lado de una pared que colindaba con los lavabos de este departamento. Tanto el interior como la fachada de este edificio han quedado completamente derruidos.

CHAMARTIN: La onda expansiva alcanzó cincuenta metros

La explosión en la estación de Chamartín se produjo once minutos después de la habida en el aeropuerto de Barajas. Inmediatamente se procedió al desalojo del público y el tráfico ferroviario quedó interrumpido. La explosión causó la muerte de una señora y numerosos heridos.

El artefacto explosivo había sido colocado en las taquillas automáticas del vestíbulo que están situadas junto a las vías de largo recorrido. La onda expansiva alcanzó un radio de acción de cincuenta metros.

Los destrozos ocasionados por la explosión son cuantiosos y la mayoría de las personas heridas han resultado a consecuencia de cortaduras de cristales.

ATOCHA: Los artificieros buscaron nuevos artefactos

El tercero y último de los atentados se produjo a las 13,15 en la estación de Atocha, que causó la muerte de tres personas.

La bomba se encontraba detrás de la oficina de información, situada al lado de la oficina de coches-cama en el departamento de consigna, en el interior de una maleta.

Uno de los fallecidos es la mujer que atendía la oficina de información.

El lugar, en el momento de la explosión, se encontraba lleno de público, por lo que los heridos son numerosos. Unos 30 ó 40 fueron trasladados en coches «Z» de la Policía Nacional y en ambulancias a diferentes centros sanitarios, y varios más, según testigos presenciales, con cortes producidos por los cristales, abandonaron la estación en taxis.

Después de la explosión, los viajeros y el personal de Renfe fueron desalojados, ante el temor de nuevas explosiones, y la zona acordonada. Artificieros de la Policía Nacional registraron durante dos horas el recinto de la estación ante la amenaza de nuevos artefactos explosivos, sin que se encontrara ninguno.

El departamento de consigna quedó destrozado por los efectos de la explosión, asimismo, la onda expansiva afectó a las oficinas del primer piso y rompió prácticamente todos los cristales de la zona de entrada.

La explosión se produjo en la zona de facturación de equipajes.

Llegaron a ser siete las víctimas mortales

ABC. SABADO, 30 DE JUNIO DE 1979. PAG. 11

EL CADAVER DEL ETARRA GOMEZ ALVAREZ LLEGO AYER A VITORIA

Al pasar el coche fúnebre por la frontera, un grupo de personas retiró la bandera española

Vitoria. (Agencias.) Los restos mortales de Enrique Gómez Alvarez, el refugiado vasco que resultó muerto en un atentado el lunes último en Bayona (Francia), llegaron ayer por la tarde a Vitoria.

El coche fúnebre que contenía el féretro salió de Bayona a las nueve de esta mañana, y pasadas las doce, la comitiva fúnebre llegó a Hendaya y a la una menos cuarto se efectuó el paso de la frontera.

Según fuentes policiales, mientras se efectuaban los trámites en el puente fronterizo de Santiago, personas desconocidas retiraron del mástil la bandera española y arrojaron piedras contra las cabinas policiales españolas.

Ya en territorio español, varios coches de la Policía acompañaron a la comitiva fúnebre y la condujeron hasta Durango, y luego hacia Vitoria por Urquiola, sin pasar por Mondragón.

En esta villa guipuzcoana, de donde es natural la esposa de Gómez Alvarez, unas cuatrocientas personas esperaban al féretro, y al conocerse la noticia de que los restos mortales no pasarían por Mondragón, se manifestaron unas cien personas, en señal de protesta, y en algunas fábricas se realizaron paros de una hora.

Ya en Vitoria más de un centenar de personas, entre las que se encontraban parientes del supuesto miembro de ETA muerto, y que esperaban para asistir al entierro, que estaba previsto en principio a las dos de la tarde en el cementerio de El Salvador, han tenido que abandonar el lugar ante la evidencia de que el cadáver no iba a ser inhumado a dicha hora. A la hora de cerrar esta edición se desconoce aún cuándo se celebrará.

IBAÑEZ FREIRE, A «TRIBUNA POLICIAL»

«Sólo quedan unas minorias extremistas que parecen no querer el progreso»

«Es muy probable que se incrementen los efectivos del Cuerpo Superior de Policía no tanto en el número de nuevos funcionarios como en una más óptima organización, dotada de mejores medios, para que su trabajo sea más eficaz», afirma el ministro del Interior, Antonio Ibáñez Freire, en unas declaraciones que publica la revista «Tribuna Policial», órgano de la Asociación Profesional de Funcionarios del Cuerpo Superior de Policía.

Ibáñez Freire dice que el Ministerio del Interior «ha de ser el órgano que respete y haga respetar, con exquisitez y responsabilidad la Constitución que han refrendado los españoles, y que se cimenta en la defensa de las instituciones democráticas y de la unidad de España; de la salvaguardia de la Monarquía parlamentaria y en la custodia de los derechos que consagra el mandato constitucional».

CRITICAS MALINTENCIONADAS.— «Vamos a intentar —continúa— que el Ministerio del Interior no sea el blanco propicio de críticas malintencionadas ni el saco de los golpes de apresurados y mezquinos intereses de minorías extremistas ni de "snobistas" de circunstancias.»

«Sólo quedan —añade— unas minorías extremistas e iconoclastas que parecen no querer el progreso. Si aislamos este virus, lograremos el objetivo de una plena democracia para España que está basada, fundamentalmente, en la justicia y la libertad.»

EL CORREO ESPAÑOL
EL PUEBLO VASCO

BILBAO.-Jueves, 1 de noviembre de 1979. Nº 22.451. 25 ptas.

EDICION VIZCAYA

Portugalete (Vizcaya): Asesinado un guardia civil

Manuel Fuentes Fortán, natural de Pontevedra, de 23 años de edad, soltero, guardia civil adscrito al Cuartel de la localidad vizcaína de Sestao, resultó muerto a primeras horas de la tarde de ayer al sufrir un atentado en Portugalete, poco después de abandonar la casa de su novia, donde había comido. Según los testigos presenciales, entre ellos su novia, Francisca [illegible], dos individuos encapuchados y armados con pistola y metralleta dispararon repetidas veces contra el guardia civil, en el momento en que éste se disponía a arrancar su vehículo. La víctima, gravemente herida por doce impactos de bala, fue trasladada a la Clínica San Juan de Dios, donde falleció a los pocos minutos de ingresar.

En la fotografía de ORTUZAR, enmarcado en un círculo el vehículo del guardia civil. Los números 1 y 2, el lugar donde estaban los autores del atentado, y la flecha, la dirección que éstos siguieron en la huida.

● PAGINA 10

NUEVO DIRECTOR PARA EL CONSERVATORIO DE MUSICA

● PAGINA 8

Rueda de prensa con el presidente Suárez

"NO EXCLUYO EN ABSOLUTO UNA VISITA AL PAIS VASCO"

★ *"Ya se hicieron las amnistías en su momento"*
★ "La aplicación del Estatuto será seria y responsable"
★ *"La acción terrorista no va a disminuir a corto plazo"*
★ "No están previstos cambios en el Gobierno"

Crónica de nuestro corresponsal, José Luis Torres Murillo ● PAGINA 18

SENADO: Aprobada la creación de una Audiencia Territorial en Bilbao

● PAGINA 19

Leizaola regresará en la tercera semana de este mes

● PAGINA 23

TODOS LOS SANTOS

La Iglesia conmemora hoy a todos los que, porque vivieron y murieron en la gracia de Dios, gozan junto a El de la eterna Bienaventuranza. Ese es el auténtico significado de la festividad de Todos los Santos que se celebra hoy, 1 de noviembre.

Hasta ahora, como es sabido, esta festividad lo ha sido, tanto a efectos religiosos como civiles. Ello venía motivando desde tiempo inmemorial que los fieles aprovecharan también el día de hoy para honrar a los difuntos, acudiendo a los cementerios con flores y oraciones, y adelantando, en este sentido, la conmemoración de mañana.

Pero la festividad de Todos los Santos, como han reiterado nuestros obispos, tiene su significación específica, y sigue convocándonos a todos a celebrar comunitariamente nuestra fe y unirnos, con nuestras oraciones a la Iglesia Triunfante, en un clima mutuo de caridad y fraternidad.

El hecho de que, por primera vez, la autoridad civil, unilateralmente, haya declarado el día de hoy como laborable, no incide en la inequívoca festividad religiosa del día, que sigue siendo de precepto a todos efectos.

Ahora bien, en consideración a quienes, por imperativos de la ley civil, han de trabajar, los prelados de las diócesis de Vitoria y Bilbao, en uso de sus atribuciones, eximen a los fieles de la obligatoriedad del precepto cuando encuentren serias dificultades para cumplirlo, exhortándoles, no obstante, a hacer todo lo posible por cumplirlo, incluso aunque tal cumplimiento suponga algún sacrificio.

El obispo de Logroño, por otra parte, deja a la conciencia de cada cual el cumplimiento del precepto, con arreglo a sus circunstancias personales, pero precisando también que todos deben hacer lo posible por celebrar comunitariamente nuestra fe.

Nuevo accidente de un «DC-10»: 74 muertos

● PAGINA 16

13 MILLONES DE PESETAS DISTRIBUYO AYER LA CAJA DE AHORROS VIZCAINA

EN LA CONMEMORACION DEL 55º DIA UNIVERSAL DEL AHORRO

(Página 5ª)

24. **El resto del año**

Prometo que no me han entrado las prisas para terminar de contar mi experiencia como policía en el terrorífico año de 1979, pero eso de tener la compañía de Leire y que hubiera algunos vecinos que ya me hablaban en Basauri, hizo que el tiempo se me pasara un poco más deprisa, tan poco mucho he de aclarar, y me encontrara en las navidades de ese año, unas fiestas que a mí no me gustan nada, no por su carácter religioso, porque cada uno puede creer en lo que quiera y celebrarlo como le plazca, aunque yo, agnóstico bordeando ser ateo, jamás seguía ese ceremonial.

El motivo de que no me gustaran estas fiestas se debía a la propia forma de actuar del ser humano. El mayor hijoputa del mundo, llegados estos días, se ponía el disfraz de buena persona y actuaba como realmente no era él el resto del año. Hasta que pasaba Reyes, se quitaban la máscara y volvían a ejercer de como realmente eran.

Yo tuve vacaciones la semana de Nochevieja, que me gustaba celebrar mucho más que Nochebuena aunque un poco menos que Reyes. Ese día cené con mis padres y todos mis hermanos, que esta vez se pusieron de acuerdo para coincidir en tal fecha, a sabiendas que por mi destino en Euskadi cualquier día podía morir. También vinieron toda la *troupe* de mis sobrinos y cupimos en la casa de mis viejos no sé cómo.

Dos cosas más antes de centrarme en los asesinatos cometidos por ETA en el último trimestre del año. Primero, no le dije a Leire que se viniera conmigo ni ella me lo pidió. Lo otro, que estuve hablando muchos ratos con mi padre, sobre todo de cómo era la vida de un policía allí arriba, y no le oculté que había estado tentado de pegarme un tiro.

—Hay mejores soluciones que esa para que tu vida deje de ser una mierda —intervino él cuando me escuchó decir esto.

—Lo sé —dije malhumorado, como todos los hijos hacen con sus padres cuando llega el momento en que estos se creen más listos que aquellos—. Pero estoy aquí, ¿lo ves? Vivito y coleando.

—¿Qué quieres, Manolo —el viejo era de las pocas `personas que me llamaban así y le hacía caso—, que solo escuche y no hable? Si es lo que quieres, me levanto ahora mismo de la silla y me voy.

—Perdona, papá —reflexioné rápido para darme cuenta de que había hablado mal antes—. Anda, dime lo que querías decirme antes.

—¡Que tienes una solución muy fácil para esos males de los que tanto te quejas! —ahora quién alzó la voz fue él—. Deja la policía de una puta vez y te vienes *pacá* con esa moza que nos has dicho que andas liado.

Una vez más, por si no había tenido bastantes ocasiones antes para darme cuenta de ello, comprobé que la falta de estudios no era sinónimo de ser tonto. La recomendación de mi padre es la que tenía que haber tomado no solo ahora, sino en estas mismas fechas del año pasado, cuando ya me planteé entregar mi placa de inspector en las mismas narices de Roberto Conesa, el mandamás de casi todos los que estábamos en el oficio de resolver delitos, que me mandó al País Vasco porque no le gustó mis participaciones en algunos de los pasos decisivos que había dado España para avanzar hacia un régimen democrático, como fue la legalización de PC o el abortamiento del golpe de estado tramado en la Operación Galaxia.

Pero no, volví el día dos de enero, por supuesto del año siguiente, 1980, a Bilbao. En el camino ordené mis notas y me quedó claro a quién había matado ETA estos tres últimos meses y aunque el porqué lo suponía ya, redacté los motivos que había dado la banda terrorista para justificar los asesinatos menos claros.

Empiezo esta vez por mis compañeros muertos.

Carlos Sanz Biurrun era inspector de la Brigada de Investigación Criminal de Pamplona. Fue tiroteado al bajar de su coche cuando iba a comer a su casa, situada en pleno centro de la ciudad. Los dos terroristas que participaron en su asesinato le dispararon siete veces y ya en el suelo, lo remataron.

A Antonio Mesa Portillo, un comisario del Cuerpo, le ametrallaron cuando iba en un coche con el inspector Miguel Ángel González Fuentes, que era quién conducía, un hecho que le salvó la vida. Al detenerse en un semáforo, fueron atacados por un número indeterminado de terroristas, que ametrallaron la parte derecha del vehículo, en donde estaba situado el pasajero. Antonio Mesa logró salir del coche, a pesar de que ya estaba herido tras recibir la primera ráfaga disparada por sus asesinos y repelió el ataque, sin ningún éxito. Fue alcanzado por veinte disparos, mientras que Miguel Ángel González fue alcanzado por cuatro balazos en una de sus piernas. Un vecino que pasaba por ahí, Francisco Andrés Cobreros, también fue herido leve.

Dos policías muertos, ninguno de uniforme, este trimestre. Guardias civiles cayeron cuatro.

Además del ya citado Manuel Fuentes Fontán, otros tres compañeros suyos fueron asesinados, todos en el mismo atentado.

Ángel García Pérez, Antonio Alés Martínez y Pedro Sánchez Marfil fueron asesinados en un restaurante mientras cenaban en compañía de la mujer del citado en último lugar en un local frecuentado por inmigrantes, *maketos* en la terminología de estos putos fascistas vascos, y guardias civiles. La mecánica del atentado fue muy preparada. Cuatro individuos entraron en el restorán cuando aún los tres beneméritos y la mujer estaban en la barra. Pidieron unas consumiciones, las abonaron y salieron a la calle. Inmediatamente después, volvieron a entrar los tipejos al lugar, apartaron a la mujer con brusquedad y acribillaron por la espalda y a muy poca distancia a los tres guardias. A pesar de que cuando cayeron al suelo estaban evidentemente muertos, fueron rematados uno a uno con disparos en la cabeza, al más puro estilo de la mafia, lo que realmente eran ellos.

Lo más cruel de estos asesinatos es que cuando los investigadores de los mismos preguntaron a los clientes del restaurante presentes en el momento de los crímenes, ni uno tan solo de ellos quiso colaborar con ellos, como tampoco se atrevieron a describir a tamaños psicópatas, a pesar de que actuaron a cara descubierta. El miedo, que es libre.

El último asesinado de una persona que tenía que llevar uniforme por cuestiones de trabajo fue Fernando Rodríguez Espínola, que curraba como guardia forestal. Además, colaboraba como corresponsal en El Diario Vasco y en La Voz de España. Como muchos otros días, él estaba tomando el aperitivo en uno de sus bares preferidos, apoyado en la barra. El local estaba muy frecuentado porque tenía fama de ser buen sitio, así que a Fernando Rodríguez no le debió de extrañar que dos clientes más se perfilaran en la puerta. Lo malo es que no se trataba de eso, sino de unos putos asesinos que le dispararon a la cabeza, sin antes decir nada, a muy poca distancia de él. Una vez tendido en el suelo, le dispararon seis veces más. Murió en el acto. Los terroristas etarras, al reivindicar el crimen dijeron que la víctima era un confidente de la guardia civil y, por tal motivo, ya había sido amenazado.

El mismo día que fue asesinado Fernando Rodríguez fue secuestrado el político Francisco Javier Rupérez Rubio, que finalmente sería liberado un tiempo después. También fue objeto de un atentado Mikel Arregi Marín, concejal por Herri Batasuna de Lakuntza (Navarra), supuestamente muerto al saltarse un control de la Guardia Civil, versión sobre la que siempre ha habido muchas dudas de que fuera verdad.

Voy, por último, a relatar los casos de los hombres asesinados por sus ideas, eso que tanto hacía ETA y, aunque eran crímenes injustificables, los simpatizantes de la banda e incluso muchos de que no comulgaban con ella solían utilizar una coletilla que se hizo muy popular aquí, eso de «algo habrá hecho».

Luis María Uriarte Alza había estado fuera del País Vasco dos años, huyendo de las amenazas de ETA y sus marionetas. Había vuelto hacía muy poco a su trabajo como responsable de un taller de reparación de camiones. Luis María Uriarte era de los que no llegaban tarde a ningún sitio. A él no le podían decir ese dicho «de que es de los que vam a los toros y te pierdes el primero», porque ante cualquier acontecimiento era de los llegaban antes que el portero. Ese día aparcó el coche frente a la puerta del taller y se puso a leer el periódico, a la espera de que llegara el momento de que empezara su jornada laboral. Entretenido como estaba, no se debió de apercibir que dos alimañas se acercaban hacia donde él estaba y que, sin mediar palabra, le dispararan unos dos primeros tiros de pistola y después le dedicaran una ráfaga de ametralladora. El pecado de este señor era que se trataba de un carlista convencido y, por ello, solía participar en el viacrucis de Montejurra que se celebra todos los años en Navarra. También había que añadir a su currículum que habia sido alcalde del pueblo de Vedia once años.

Ya he dicho por activa y por pasiva que yo no simpatizo con ningún partido que defienda en sus estatutos y en su programa la implantación de un régimen totalitario. Por eso no soy carlista, ni de los tradicionalistas ni de esa otra vertiente progresista, porque ambas tendencias buscan la implantación de una dictadura, ya sea fascista o *zorokotroska*, cuando yo lo único que aspiro es a vivir en libertad.

Germán González López fue asesinado tras aparcar su coche y procedía a cerrar el maletero cuando dos falsos iluminados por la luz de ETA se situaron a muy poca distancia de él. Uno de los terroristas le disparó siete veces y la víctima murió antes de llegar al suelo. ¿Cuál fue la afrenta de Germán González al pueblo vasco? Estar afiliado al PSOE, haber hecho campaña a favor del estatuto de autonomía en el referéndum convocado al efecto y ser apoderado del partido en una de las mesas electorales levantadas con ese propósito. UGT y Comisiones obreras convocaron un paro de protesta por este asesinato. Fue muy mayoritario en Álava y Vizcaya, la mitad de los trabadores lo realizaron en Guipúzcoa.

También fueron dos los canallas que se escondieron detrás de una furgoneta, como buitres que acechan a sus presas, que al paso a su lado de Juan Luis Aguirreurreta Arzamendi le dispararon nueve tiros por la espalda. El atentado lo reivindicaron los Comandos Autónomas Anticapitalistas, una máscara de ETA sin más. Las traiciones de Juan Luis Aguirreurreta a los demás vascos eran varias, no se conformaron con una esta vez, y dijeron de él que era un *confite* no solo de la policía o la guardia civil, sino de los dos Cuerpos a la vez, ser uno de los dirigentes de los grupos terroristas de extrema derecha y de haber pertenecido a la Brigada Político-Social, la gestapo de Franco. La familia hubo de salir al paso de lo que ella llamó la falacia de que la víctima estaba relacionada con los Guerrilleros de Cristo Rey.

Unos días antes de navidad, en el único asesinato de

la banda de terrorista en el mes de diciembre, dos sujetos esperaban a Juan Cruz Montoya Ortueta a que saliera del colegio donde trabajaba como conserje. Nada más verlo fueron hacia él y le dispararon a quemarropa. Murió como consecuencia de las heridas recibidas en el ataque. Dos alumnos fueron testigos de todo. El motivo por el que ETA decidió matar a Juan Cruz Montoya fue porque fue confundido con un guardia civil retirado, algo que no era. La banda terrorista quiso ocultar su error no reivindicando el crimen, pero se supo de inmediato que el crimen había sido una obra suya. Un par de días después del asesinato, unas cuatro mil personas se manifestaron en silencio por las calles de Vitoria en protesta por tan cruel crimen, aunque en realidad todos los atentados de ETA eran de una bestialidad sádica.

No puede evitar un balance total de las muertes ocasionadas por los terroristas en todo el año 1979, entre setentaiséis y ochenta según las fuentes.

Terrible, una cifra terrible, teniendo en cuenta que hasta el treinta y uno de diciembre de 1977 ETA había matado, desde su fundación en 1968, «tan solo» a setentaisiete personas. El año pasado ya se notó mucho que la banda terrorista había subido listones anteriores, con sesentaiséis muertos ocasionados. Ahora entre setentaiséis y ochenta… y lo que faltaba por venir[16].

[16] Insistimos una vez más en las cifras que se dan en esta novela son aproximadas, puesto que según las fuentes consultadas dan un número de víctimas u otro. Así, por ejemplo, el catedrático de la Complutense Mikel Buesa compara los datos dados en la cronología que se publicó como apéndice al libro de Manuel Sánchez y Manuela Simón *Historia de un desafío. Cinco décadas de lucha sin cuartel de la Guardia Civil contra ETA* (2017) y *Vidas Rotas* de Alonso, Domínguez y García Rey (2010). En este estudio de Buesa se cita, por ejemplo el caso de 1977 en el que el autor explica que la *Cronología* recoge una víctima menos que *Vidas Rotas*. En 1978, la *Cronología* menciona a cuatro asesinados más que *Vidas Rotas*. Para 1979, en el texto no se habla de ninguna discrepancia en el número de asesinados por ETA y cifra en ochenta el número de muertos por la banda terrorista.

DIARIO DE NAVARRA

PRECIO: 20 PESETAS — PAMPLONA, MARTES, 9 DE OCTUBRE DE 1979 — Director: José Javier Uranga Santesteban

Depósito Legal NA. 5 - 1958. — Año LXXVI. — Número 24.127 — Editora: La Información, S. A. — Teléfono 21 13 53 — Redacción y Talleres: Carretera Zaragoza. Teléfono 23 40 50.

A las 3 menos cuarto de la tarde de ayer, en la Bajada de Labrit

El inspector Carlos Sanz Biurrun muerto por disparos de pistola, en un atentado

Casado, sin hijos, vivía en el 28 de la calle Tejería

Natural de Guendulain (Cizur), desarrolló su trabajo en Pamplona

Ayer a las 3 menos cuarto de la tarde en las proximidades de su domicilio fue asesinado a tiros Carlos Sanz Biurrun, de 30 años, natural de Guendulain (Cizur), inspector de la Brigada Judicial de Pamplona. El Sr. Sanz, casado y sin hijos, estaba aparcando su coche frente al número 28 de la Bajada del Labrit cuando recibió varios impactos —dos de ellos en la cabeza— al menos de un agresor, que disparó una pistola. El Sr. Sanz tenía su domicilio a cincuenta metros del lugar del suceso, en el número 28 de la calle Tejería.

Poco después fue localizado en la Chantrea el vehículo utilizado por el comando en su huida. Al parecer este turismo pertenecía a un hombre que fue dejado atado en un bosquecillo junto a Perdón en Frío, hacia el km. 6 de la carretera de Guipúzcoa. Mientras todos los controles policiales en las salidas de la ciudad, estuvieron durante unas tres horas, sin que haya trascendido si se produjo alguna detención. A última hora de la tarde fue instalada la capilla ardiente en el Gobierno Civil y esta tarde tendrán lugar los funerales en la parroquia de San Miguel.

(Información en pág. 32)

Puente Arce (Santander)

Detenidos los presuntos asesinos de dos sargentos de la Guardia Civil

Se trata de dos individuos que fueron expulsados de la Benemérita

Parece que pretendían robar armas

Al día

Un policía navarro

Atentado en San Sebastián

Ocho policías nacionales y tres obreros, heridos

Cuando las víctimas se hallaban almorzando en una cafetería, entraron tres individuos y dispararon sus metralletas

16 enfermos de cólera han ingresado en el Hospital de Navarra desde el sábado

El primer caso se registró en Lumbier y los afectados proceden de la zona de Aoiz-Lumbier. Cuatro, dados de alta

(Información en Pág. 31)

EL DIARIO VASCO

Decano de la Prensa donostiarra

XLVI. Núm. 13.869 ■ San Sebastián, jueves 29 de noviembre de 1979 ■ 20 Ptas. — Director: MIGUEL LARREA ZABALEGUI

Cuatro jóvenes les dispararon con pistolas mientras se encontraban en un bar, a las 10,25 de ayer noche

TRES GUARDIAS CIVILES MUERTOS EN AZPEITIA

(Sigue en la última página.)

El retraso podría deberse a intereses electorales catalanes

EL ESTATUTO SERA RATIFICADO HOY EN EL CONGRESO, NO EN EL SENADO

Página 3.

Ante la situación "de suma gravedad" en el desarrollo autonómico

PNV AMENAZA CON DAR MARCHA ATRAS

Página 3.

EL PAPA, EN TURQUIA

Página 20

MONZON: "NO ME RETRACTARE DE NADA DE LO QUE HE DICHO"

Página 3.

LA VOZ DE ESPAÑA

San Sebastián, martes, 13 de noviembre de 1979 — Director: EMILIO REY

Precio del ejemplar: 20 ptas.

DIAS DE VIOLENCIA EN EL PAIS VASCO

- Concejal de Lacunza muerto al ser ametrallado por la Guardia Civil
- Guarda forestal fallece tiroteado por un comando armado
- Dos guardias civiles heridos graves en un atentado en Salvatierra

- Asalto armado a una factoria nuclear de Santander
- Diversos grupos políticos convocan huelga general

Secuestro del secretario de Relaciones Internacionales de UCD reivindicado por ETA (p-m)

EL GOBIERNO RECHAZA LA NEGOCIACION

Anoche la organización ETA (p-m) reivindicó el secuestro del secretario de relaciones exteriores de UCD y diputado por Cuenca del mismo partido.

La Real, único imbatido, derrumbó al "gafe" madridista

YA TODO ES POSIBLE EN ATOCHA

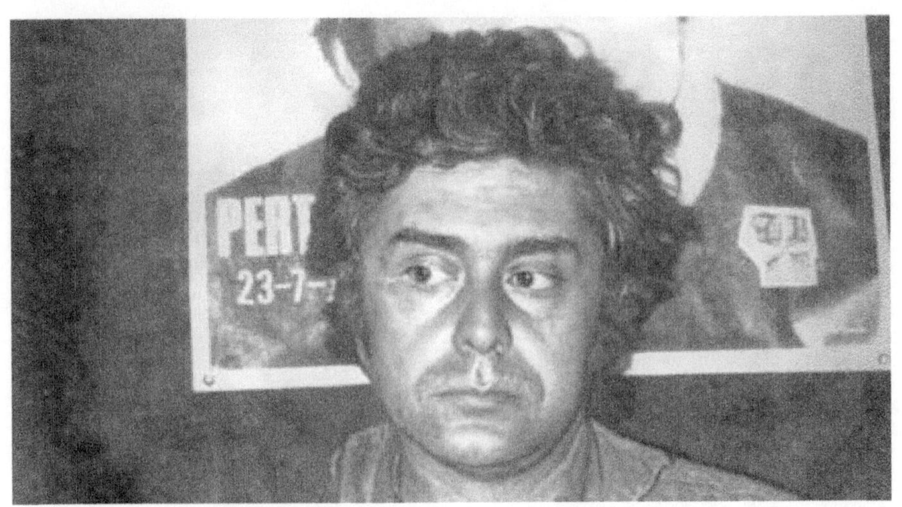

Javier Rupérez mientras estuvo secuestrado

SESINADO UN CONCEJAL DE H.B.

BILBAO.-Domingo, 28 de octubre de 1979. Nº 22.488. 20 ptas.

EDICION VIZCAYA

Los funcionarios de Justicia continuarán la huelga indefinidamente

• PAGINA 27

Otro problema para los "arrantzales"

La Comunidad Económica Europea reducirá las capturas de merluza

Crónica de ANGEL MARCOS

• PAGINA 15

Primer asesinato tras el referéndum en Villarreal de Urrechua (Guipúzcoa)

EL CUERPO DEL SOCIALISTA GERMAN GONZALEZ TENIA NUEVE ORIFICIOS DE BALA

★ *Comandos autónomos de ETA reivindicaron el atentado*

En la fotografía el cuerpo [illegible]. Comandos autónomos de ETA reivindicaron el atentado [illegible] «Euskadi Press».

• INFORMACION EN LAS PAGINAS [illegible]

EL GOBIERNO SURCOREANO AFIRMA QUE PARK MURIO ACCIDENTALMENTE

El Gobierno surcoreano afirmó ayer que la muerte de Park Chung-Hee fue accidental, en un tiroteo entre el jefe de sus fuerzas de seguridad y el director de la Oficina de Inteligencia (KCIA). Las Fuerzas Armadas han mostrado su apoyo al régimen provisional, mientras Estados Unidos ordenaba intensificar la vigilancia sobre Corea del Norte. Los tanques están en las calles tras la proclamación de la ley marcial (Ap-Europa.)

• *MAS INFORMACION EN ULTIMA PAGINA*

Interesantes declaraciones del Director General de la

CAJA DE AHORROS MUNICIPAL DE BILBAO

«LA AUTONOMIA NOS ABRE UN CAMINO DE ESPERANZA»

(Página 9)

LA IGLESIA DE LEQUEITIO, JOYA DEL GOTICO

SE HARA UN MUSEO CON EL RETABLO FLAMENCO Y OTRAS IMAGENES

• PAGINA 5

MUZOREWA ACEPTA EL PLAN BRITANICO PARA LA TRANSICION EN RHODESIA

Crónica de nuestra corresponsal, Beatriz Iraburu

• PAGINA 20

Dos individuos le remataron en el suelo

VITORIA: ASESINADO EL PORTERO DEL COLEGIO "LOS MARIANISTAS"

★ Al parecer, el comando se equivocó de persona

VITORIA. (De nuestra Redacción.) Juan Cruz Montoya, de 55 años, portero del colegio «Los Marianistas», de Vitoria, fue asesinado anoche por dos individuos encapuchados que dispararon sobre él cuando salía del centro de enseñanza. Uno de los jóvenes le remató de un disparo en la sien cuando se encontraba caído en el suelo. La víctima no había recibido nunca amenazas y no se le conocían afinidades políticas por lo que al parecer el comando se equivocó de persona.

Juan Cruz Montoya, asesinado ayer en Vitoria

Sobre los jardines de la catedral nueva podía observarse el charco de sangre producido por las heridas de la víctima. (Foto AROCENA)

ALAVA: DOS MUERTOS Y CINCO HERIDOS EN LAS CONCHAS DE HARO

SOBRE EL RECHAZO EN EL PARLAMENTO FORAL DE LA MOCION DE INTEGRACION DE NAVARRA

Telesforo Monzón: «Nos puede conducir a la guerra»

Onaindía: «La postura del PSOE da carta blanca a los grupos armados»

★ Reta a Txiki Benegas a un debate público»

La joyería Yurre, atracada

Vitoria: Dos jóvenes se llevaron más de dos millones y medio en joyas

25. Huir

Mientras yo estaba en Cercedilla, Leire hacía su vida en Basauri y en Bilbao, o donde fuera, celebrando las navidades a su modo, divirtiéndose con su cuadrilla o con los nuevos amigos que iba haciendo tras desvincularse de Herri Batasuna, algo que no había sido bien visto por los radicales que se decían patriotas, y que no eran otra cosa que los componentes de una secta. Porque una cosa es predicar la independencia del País Vasco, porque estaban en su derecho, para eso España trotaba hacia la democracia, aún no le dejaban cabalgar los extremismos de derecha e izquierda, pero ser sectario, para mí, significa creerse todos los bulos que a uno le largan y llegar a matar para conseguir alcanzar sus metas.

Lo dicho, Leire seguía creyendo en lo que siempre había creído, en eso no había cambiado nada, simplemente se había dado cuenta de que la violencia no era el camino para implantar sus ideas. Por ese razonamiento que para ella era nuevo, ya no frecuentaba las *herriko* tabernas, aunque seguía yendo algunas veces a ellas para tomarse unos zuritos, porque ella siempre había sido más de cerveza que de vino.

Lo dicho, el abandono por su parte de ciertos círculos integristas del independentismo vasco había hecho que algunos de los que antes decían que eran sus colegas dejaran de hablarla o, a lo peor, que la insultaran. Fue apodada por los radicales como la novia del *txakurra* y empezó a darse cuenta del sufrimiento que vivían los que no eran perritos falderos de los sacramentos etarras, porque el vacío de algunos, los insultos, que miraran para otro lado antiguos amigos para no tener que saludarla… le empezó a sumir en un estado de ansiedad cuando percibió que la trataran como a una apestada fue a más.

Un día estaba en el bar al que me había llevado la primera vez que quedamos. La acompañaban dos amigas que aún le seguían siendo fieles ya que, según decían, Leire no iba a dejar de ser Leire por mucho que otros se empeñaran en predicar que sí.

Una de las amigas entró en el baño del local. Al volver se la notaba alterada, tenía el rostro desencajado.

—Leire, entra en el *tigre* —exigió la amiga—. Hay algo que tienes que ver.

Leire la hizo caso y fue al servicio. La siguieron las dos chicas que estaban con ella.

Leire se asomó a donde estaba el inodoro, pasando como un ciclón por donde estaba el lavabo. Allí, grabado con una navaja en la madera de la viga enfrente del váter, a donde tenías que mirar por cojones cuando te abrochabas los pantalones o la falda, había un mensaje muy claro.

«El *txakurra* ese que va de *txatxi*, al que se le ve con la García, que ya no es de los nuestros. ETA mátalo.

El mensaje en el lugar concreto donde el chivato lo había escrito, en el chiringo preferido por Leire y por mí, no era ninguna broma. Yo ya sabía que era un posible objetivo de los terroristas, pero esta era una amenaza directa hacia mí.

Yo ya había visto ese tipo de amenazas talladas en paredes de los retretes públicos de los lugares por los que me movía y siempre me habían merecido vomitivos, porque se instruía a ETA para que asesinara a una persona determinada, de la que rara vez se indicaba el nombre, solo referencias para que fuera localizado el objetivo sin posibilidad de errar. Esta vez era inequívoco que se referían a mí, lo que significaba que había entrado en la lista de personas a matar, cuanto antes mejor.

Nada más volver a Basauri, como Leire fue quién vino a buscarme, un riesgo que le dije que no corriera tal como estaba la situación con respecto a ella, a lo que no me hizo ni puto caso, me contó enseguida la amenaza personal que ETA había decretado contra mí.

Dije a Leire que no se preocupara, que yo llevaba un año entero practicando medidas de autoprotección, que ahora extremaría hasta lo más ínfimo e íntimo de mis actos para que los terroristas no lo tuvieran fácil.

—No es momento de hacer bromas.

—No lo hago. Por mucho que haga para evitarlo, ETA encontrará el momento para matarme.

—¿Y lo dices así, tan tranquilo?

—¿Tranquilo yo? No sé lo que es eso desde que llegué a Euskadi.

—¿Qué vamos a hacer ahora?

—Yo seguiré malviviendo a la espera del momento que me tenga que enfrentar a los etarras que vengan a matarme. Solo espero que cuando lo hagan, no estés tú conmigo.

—¿A qué viene eso ahora?

—Porque los terroristas no siempre apartan a los que acompañan a sus objetivos y puede que cuando me disparen, una bala perdida te dé a ti. —Respiré hondo, lo que iba a decir ahora no era fácil ni para el más bragado de los hombres—. Leire, en una relación entre dos personas, en este caso entre tú y yo, se pasa de gustarse el uno al otro al cariño y, por último, llega el enamoramiento. Leire, ahora es cuando más me jodería que me mataran, porque creo que he llegado a quererte.

A Leire se le saltaron las lágrimas. Echó el freno de mano del coche de forma brusca y lo detuvo de golpe. Me abrazó con un sentimiento embriagador y no sé si llegó a decirme que ella también me quería, pero eso me dio igual, no hacían falta palabras para expresar su sentimiento.

Un día, de vuelta a la fonda, en el que iba yo solo, me encontré que Enriqueta me esperaba en la puerta. Sonrió de oreja a oreja, muy posiblemente porque su hija le había contado el importantísimo paso que había dado nuestra relación. Me saludó y pasó dentro del edificio.

Allí, a la entrada, había un sobre dirigido a mí, que la patrona fue a coger para dármelo.

—¡No toques eso, Enriqueta! —la grité.

Ella me hizo caso más por el susto que por otra cosa.

—¿Qué pasa? Es una carta para ti, la acaba de traer un mensajero —dijo Enriqueta e hizo intención de nuevo de tomar el sobre.

—¡Te he dicho que no toques eso! —volví a chillarla.

Ella demudó el rostro y por fin se dio cuenta de lo que yo presumía que había en el sobre.

—¿Crees que…?

—Yo no conozco a nadie que me tenga que mandar

una carta, menos aún que lo haga por *mensaka*. Además, yo soy no ya un objetivo posible de ETA, sino que he sido amenazado directamente por ella, así que sí, no me extrañaría que en ese sobre haya una bomba dirigida a mí.

—¿Y cómo lo sabremos?

—El sobre no lo toca ni dios. Y por si acaso es una bomba y estalla, quiero que seas tú y yo quien se acerque a la comisaría para dar aviso.

Enriqueta me hizo caso y vi que iba casi corriendo al cuartel. Al rato, vinieron unos compañeros para hacerse cargo de la situación. Los artificieros tardaron un poco más en llegar porque tuvieron que venir desde Bilbao.

Sí, el sobre era una carta bomba y me dije a mí mismo que hasta aquí habíamos llegado.

Ya era casi medianoche cuando hablé con Borja Guilabert, mi jefe en Basauri, y le puse las cosas claras desde el principio.

—Compañero y amigo —empecé a decir—, yo me marcho de aquí. No me refiero a Basauri, sino a todo el País Vasco y Navarra.

—Te entiendo perfectamente, pero creo…

—Hay tres formas de conseguir lo que quiero —no le dejé seguir con su razonamiento, que ya conocía de antemano cuál era—. La primera, es que consigas un traslado, algo que está fuera de tus competencias, lo sé. La segunda, que vaya mañana mismo al médico para que me dé la baja y así pueda largarme a donde yo quiera, sin tener que soportar esta horrible tensión que va a terminar conmigo. La última, que me pire sin más y que así me echen de la policía de una puta vez. Tú eliges.

Guilabert se quedó pensativo durante un buen rato.

—Como te decía antes, te entiendo —dijo al cabo—. Tú puedes hacer lo que te dé la gana, pero yo probaría en primer lugar con lo del médico y la baja. Si quieres yo puedo acompañarte a ver al matasanos del cuartel, le confirmo que estás hecho polvo de verdad, que tu coco no rula bien y que o te firma la baja o que te veo capaz de pegarte un tiro.

—No te creas que no he pensado hacerlo alguna vez.

—A todos los compañeros nos ha venido a la cabeza acabar con todo tirando de pistola, Moreno. La cuestión es que consigas quitarte esa idea de la mollera e ir tirando hasta que tu vida cambie.

Nos callamos. Miramos en rededor, luego a los ojos del uno al otro.

—Hagamos lo que hemos decidido —consentí con el inspector jefe—. Mañana vamos a ver al médico para pedirle la baja. Pero te advierto que si no me la da, me largo de todas formas. Sea como sea, mañana saldré de este infierno.

El médico me dio la baja, a pesar de sus reticencias iniciales, alegando que todos los hombres del cuartel sentían algo parecido a lo que me ocurría a mí. Guilabert aplacó con amenazas las reservas del galeno y al final firmó el papel que tanto ansiaba tener.

Tras esto, me fui a despedir de Enriqueta, hice la maleta y, pasado un rato, Leire vino a buscarme con su coche.

Los dos marchamos a Madrid, y ni ella ni yo volvimos nunca a pisar el País Vasco.

FIN

16/02/2026

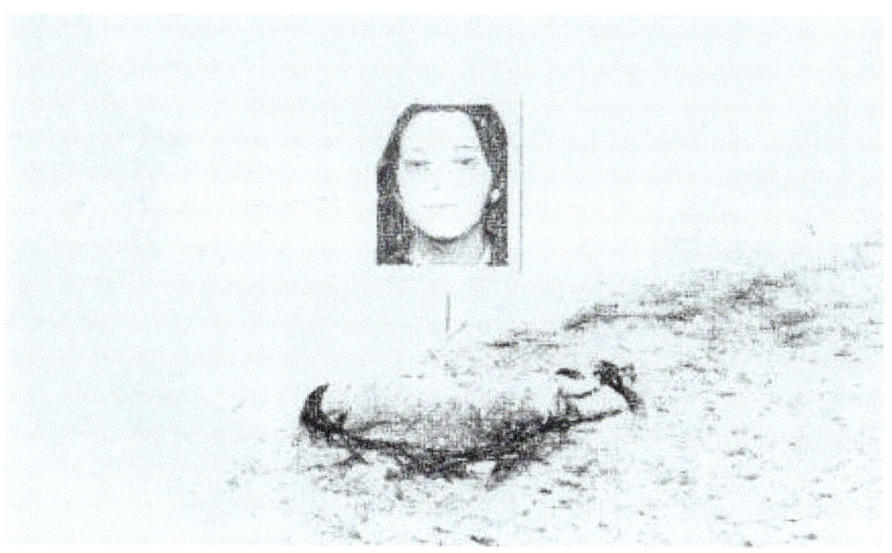

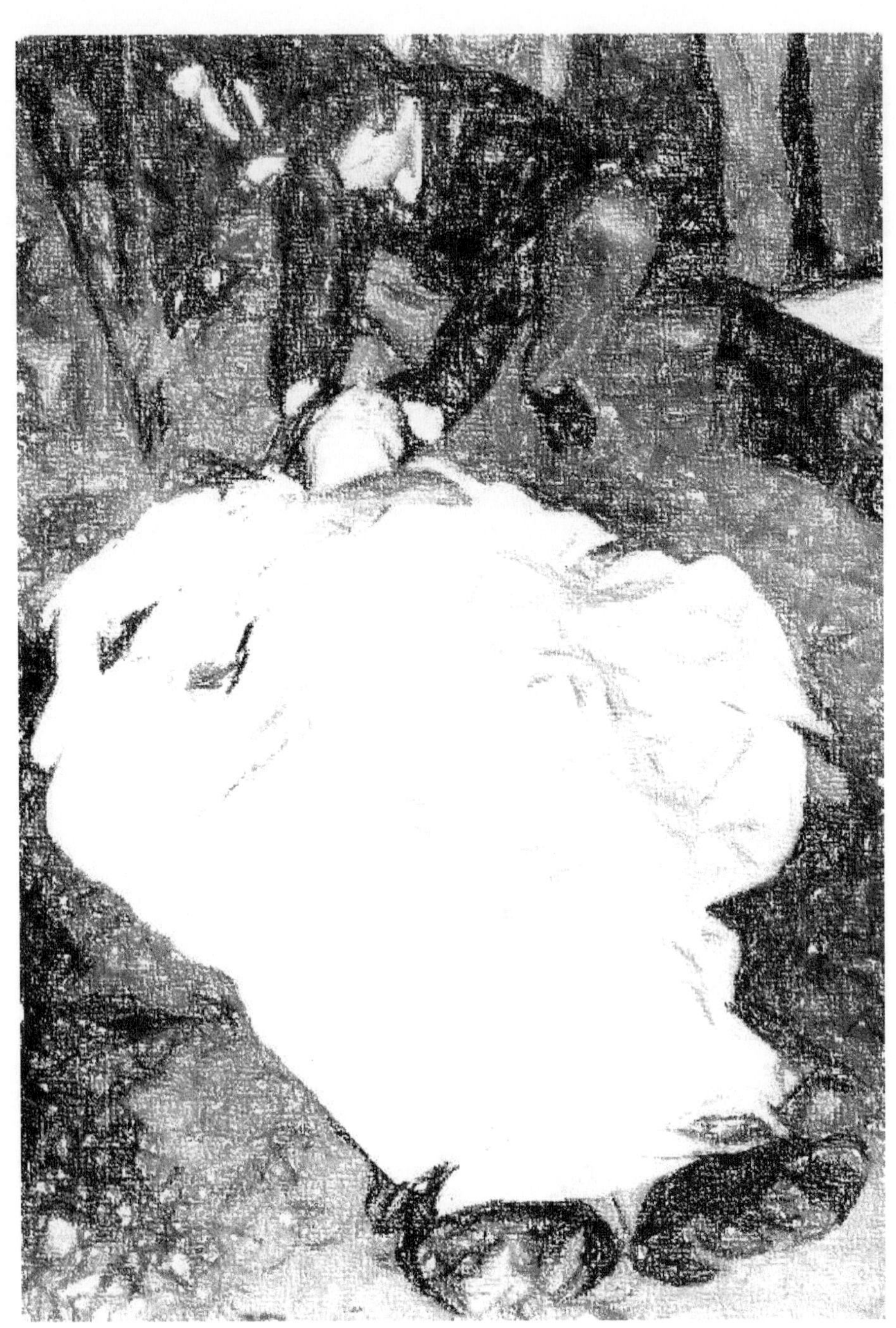

ETA
bietan

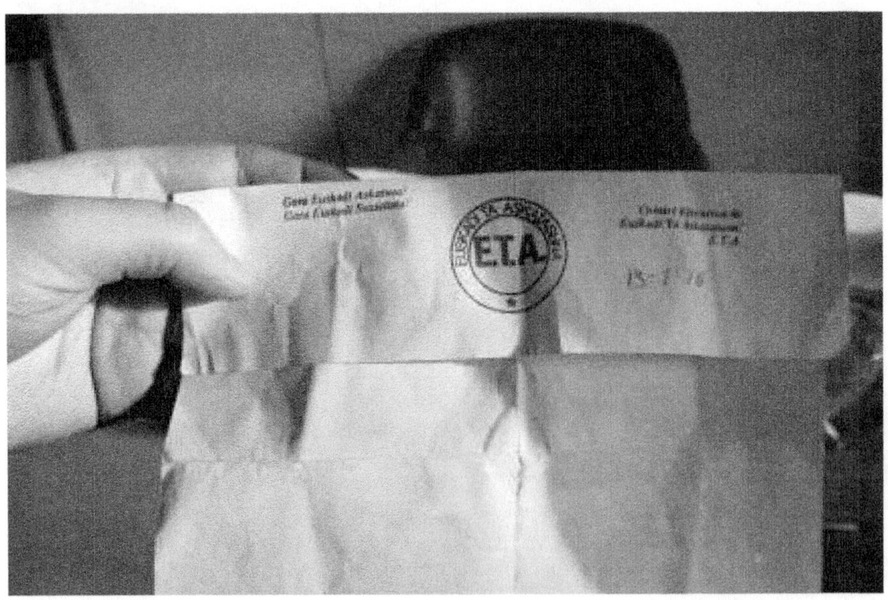

Carta con la que ETA pedía el «impuesto revolucionario»